마마 블랑카의 회고록

휴머니스트 세계문학 024

마마 블랑카의 회고록

LAS MEMORIAS DE MAMÁ BLANCA

테레사 데 라 파라 | 엄지영 옮김

차례

일러두기

1. 번역 대본으로는 Teresa de la Parra, *Las memorias de Mamá Blanca*(Monte Ávila Editores, 2008)를 사용했다.
2. 주석은 모두 옮긴이 주다.

마마 블랑카와 마찬가지로 사탕수수 농장을 다정하게 다스린
당신에게 이 책을 바칩니다. 당신이 손수 친 종의 소리가
농장 일꾼들에게 일요일 미사를 알렸고, 사탕수수를 짤 때 탑에서
나오는 성스러운 연기가 귀뚜라미의 노랫소리와 반딧불이의
깜박이는 불빛을 넘어 삼종기도 시간의 기도문처럼
나선을 그리며 하늘로 피어올랐죠. 아득하지만 다정한
안개처럼 느껴지는 내 어린 시절의 기억 속에서
어느 원시인의 제단에 제물을 바치는 이처럼 저 먼 들판에서
가축들의 머리를 지켜보는 당신의 모습이 보이는군요.

머리말

아름다운 추억과 가늘고 떨리는 영문 손 글씨 자국이 선명히 남아 있는 리넨 종이 오백여 장을 내게 남겨주고 세상을 떠난 마마 블랑카. 그녀는 나와 피 한 방울 섞이지 않은 남남이었다. 그녀의 삶이 끝나갈 무렵 쓰인 그 원고 뭉치를 나는 지금도 고이 간직하고 있다. 경건하면서도 단조롭고 소박한 가정생활의 분위기를 물씬 풍기는 그 원고 뭉치는 두꺼운 종이책처럼 등 부분이 가는 비단 끈으로 묶여 있고, 오랜 세월이 흐른 데다 이 세상에 없는 그녀의 손자국 위에 내 손때가 묻으면서 이미 흐릿하게 색이 바래 있다.

혈연으로 맺어진 관계는 아니지만, 나는 불가사의한 정신적 친밀감을 통해 마마 블랑카와 밀접하게 연결되어 있다. 우리의 영혼은 서로 소통하면서 오래 지속되는 공감과 우정, 그리고 사랑의 이야기를 엮어낼 뿐 아니라 서로를 이해하는 무한한 기쁨 속에서 서로 다른 정도로 친밀감을 드러낸다. 그런데 마마 블랑카라는 이름은 열정으로 불타오르는 내 입술에서는 좀 낯설게 느껴지지만, 너그러운 마음씨에 늘 미소 짓던 할머니에게는 너무 잘 어울리는 것 같았다. 그건 그녀의 맏손자가 할머니를 그렇게 부르면서 붙은 이름이었다. 어린아이와 대중은 추상적인 관념을 아예 모르거나 무관심하기 때문에 사물을 삶과 하나로 보는 능력을 가지고 있다. 그래서 그들은 말에 의미를 부여할 줄 알 뿐만 아니라 언어를 바꿀 수 있는 유일한 존재다. 하얀 머리카락과 너그러운 마음씨를 동시에 표현하는 그 이름이 너무 자연스럽게 주변에 퍼지는 바람에 마마 블랑카라는 이름은 마침내 모든 연령과 성별, 그리고 모든 조건의 사람을 가리키게 되었다. 빵 바구니를 든 가난한 여인이나 싸구려 장신구 상자를 든 행상이 집 앞에 도착해서 대문을 똑똑 두드리고는 마당으로 머리를 들이밀면서 "계세요!"라고 말한 다음, 문을 열고 나온 나이 든 하녀에게 다정한 목소리로 "마마 블랑카 부인과 잠시 이야기 좀 나눌 수 있을까요?"라고 물어본다고 해도 전혀 이상할 것이 없었다.

대부분 반쯤 열려 있어서 현관 안쪽에서 미소 짓고 있는 것처럼 보이는 그 대문은 누구든 언제나 따뜻하게 맞이한다는 표시이자 가진 것 없는 이들을 향한 자연스러운 사랑의 표현이고, 초인종이나 자물쇠가 없던 우애 시대의 정감 넘치는 흔적이었다. 그것은 또한 우리 둘 사이의 지고한 우정과 사랑이 시작된 원인, 혹은 계기였다.

내가 마마 블랑카를 만난 것은 아주 오래전의 일이었다. 당시 그녀는 일흔 살이, 그리고 나는 열두 살이 채 되기도 전이었다. 우리는 동화에 나오듯이 멀리서 서로의 이름을 물으면서 우정을 맺었다. 나뭇잎으로 떨어지며 노래하고 웃던 물소리 때문에 우리의 목소리가 잘 들리지 않았지만 말이다. 어느 날, 나는 동네에서 놀다가 문득 낡고 조용한 집을 들러보고 싶은 마음이 들어 대문 앞으로 갔다. 그러고는 커다란 노커와 나무 빗장이 달린 대문을 살짝 밀고, 두 개의 커다란 나무 잎사귀 사이로 고개를 내밀었다. 안쪽으로 창문과 흔들의자, 그리고 갖가지 물건이 보였다. 안마당 한가운데에는 양치류와 제라늄 화분들이 원을 그리고 있었다. 분수대 가장자리를 타고 올라온 줄기들은 초라한 철제 분수에서 뿜어내는 물줄기를 맞으며 걷잡을 수 없는 희열에 몸을 부르르 떨었다. 그 너머 열린 창문으로 식당 안이 보였다. 거기에는 백발에 하얀색 가운을 걸친 그 집 주인이 초콜릿이 든 잔에 플란티야•와 스펀지케이크를 적셔 조금씩 먹고 있었다. 나는 그녀가 저 화분과 분수의 보호자라도 되는 것처럼 여기고 한동안 그녀를 바

• 베네수엘라에서 커피나 초콜릿에 곁들여 먹는 카스텔라식 과자로, 밀가루, 우유, 달걀을 섞어 만든다. 미국의 레이디핑거와 비슷하다.

라보았다. 그러던 어느 순간, 그녀는 무슨 기척을 느꼈는지 시선을 돌려 대문으로 들어오던 내 머리를 발견했다. 그녀는 깜짝 놀랐지만, 이내 미소를 지으며 식탁에서 다정한 목소리로 나를 소리쳐 불렀다.

"아, 아주 좋아. 잘했어! 허락도 받지 않고 방으로 불쑥 들어오는 고양이나 새처럼 남의 삶을 살펴보다니! 그렇다고 도망가지 말고 이름이 뭔지 말해줘. 예쁘고 호기심 많은 아가씨!"

나는 그녀가 내 말을 알아들을 때까지 내 이름을 몇 번이고 외쳤다. 그녀는 예상치 못한 일을 겪어도 활달함을 잃지 않는 성격인 데다 골목길에서 일어나는 사소하면서도 즐거운 일을 좋아했기 때문에 조금 전과 똑같은 미소를 지으며 똑같은 목소리로 다시 소리쳤다.

"나는 마마 블랑카라고 해! 가면 안 돼! 가지 말고 이리로 오렴! 이리 들어와서 나랑 스펀지케이크 좀 먹자꾸나!"

눈으로 대충 훑어본 결과, 집 안은 오래되어 낡고 초라했지만 청결한 느낌과 향긋한 냄새가 사방에 감돌았다. 그러자 달콤한 자신감이 가슴에 스며들었다. 특히나 주인의 활달하고 유쾌한 모습을 보자 마침내 마음이 가라앉았다. 그래서 나는 그녀에게 발각되고 조사를 받는 듯한 느낌이 들었을 때도 뭘 훔쳐 먹다 붙잡힌 개처럼 냅다 도망가는 대신 우선 내 이름을 크게 외친 다음, 자연스럽게 안으로 들어갈 수 있었던 것이다.

우리는 커다란 식탁에 마주 앉아 스펀지케이크와 플란티야를 먹으면서 한참 동안 이야기를 나누었다. 그녀는 어린 시절에 우리 할아버지, 그리고 그 형제자매들과 오랫동안 이웃으로 지내면서 같이 뛰어놀았다고 했다. 하지만 그곳은 다른 동네였고, 아주 먼 옛날, 새까맣게 먼 옛날의 일이었다……. 그녀는 자기가 저세상으로 간 사람들과 많이 닮았다고 했다. 우리 집 정원에 장미도 많고 세상 모든 이의 이름을 큰 소리로 외칠 줄 안다는 세바스티안 앵무새도 있다고 하자 그녀는 나를 데리고 밖으로 나가더니 안마당과 장미가 있는 화단에 대해 자세히 알려주었다. 하지만 세바스티안 앵무새 대신, 아! 꽃들을 다 갉아먹은 개미 떼가 줄지어 가고 있었다.

사탕수수 농장과 사탕수수 제분소, 그리고 커피 가공 회사가 있는 곳에서 태어난 마마 블랑카는 야생 생물의 신비와 은신처를 아주 잘 알고 있어서 그녀의 오빠 장 드 라퐁텐•처럼 임기응변으로 재치 있게 꽃, 두꺼비, 나비에게 무언가를 물어보거나 대화를 나누곤 했다. 그녀는 내게 안마당과 화단을 보여주면서 말했다.

"여기 좀 봐. 이 데이지 꽃들은 등과 네크라인이 깊게 파인 무도회용 드레스를 차려입고 요염한 자태를 뽐내기 좋아하는 여자아이들 같다니까……. 여기 안마당 언저리에 있는 바

● 장 드 라퐁텐(1621~1695)은 프랑스의 시인이자 우화 작가다. '오빠 장 드 라퐁텐'은 친오빠가 아니라 이야기꾼으로서 친밀감을 느낀다는 뜻으로 보인다.

이올렛은 너무 가난해서 드레스도 없는 데다 창가에서 내다볼 연인도 없어 늘 슬픔에 빠져 있단다. 이 아이들은 나사렛인들처럼 약속을 지키기 위해 성주간에 자줏빛 망토를 걸치고 맨발로 나가는 것 말고는 바깥출입을 일절 하지 않아……. 그리고 저기 있는 아네모네 아씨들은 갑부들이라서 화려한 마차를 타고 다니지. 그런데 저 아이들은 벌들이 들려주는 달콤한 이야기만 듣고 살기 때문에 세상 물정을 전혀 모른단다. 사실 벌들은 쟤네 덕에 사니까 환심을 사기 위해서 그러는 건데, 그것도 모르고 말이야."

그렇게 해서 내 호기심은 완전히 충족되었다. 마마 블랑카와 나는 손을 잡은 채 위대한 우정을 향해 바이올렛과 데이지 사이를, 그리고 스펀지케이크와 플란티야 사이를 신나게 달려갔다. 그날 오후부터 나는 어떤 핑계를 대서라도 집에서 뛰쳐나와 길모퉁이를 돌아 친구 집 대문을 밀고 들어가곤 했다. 그러고는 마치 좋은 소식이라도 가져온 것처럼 들뜬 목소리로 소리치기 시작했다.

"나 왔어요, 마마 블랑카! 마마 블랑키타,• 나 왔다니까요!"

나처럼 어린 꼬마가 증조할머니뻘 되는 부인과 함께 그렇게 오랜 시간을 보낼 수 있다는 것을 아무도 이해하지 못했

• 마마 블랑카의 애칭이다.

다. 늘 그랬듯이 사람들은 언제나 겉모습만 보고 판단했다. 70년의 성상(星霜)을 보낸 할머니의 영혼은 풍상에 찌들지 않아 소녀 시절의 생기발랄함, 그리고 이와 더불어 하늘의 은총으로 탐스럽게 익은 결실을 베풀기 위해 자비로 뒤덮인 과일나무의 거룩한 사명감을 그대로 간직하고 있었다. 신비주의자들이 입으로 읊는 기도문처럼 할머니가 베푸는 따뜻한 대접은 나에게 무한한 지평을 열어줄 줄 알았고, 내 영혼의 신비한 갈망을 채워가고 있었다. 따라서 내가 그녀를 따랐을 뿐만 아니라 사랑했고, 모든 진정한 사랑이 그러듯이 그 시작과 끝에서 나는 나 자신을 찾고 있었다고 말한다고 해도 과장은 아닐 것 같다. 비록 당시 나는 어렸지만, 여행, 전쟁, 슬픈 일과 기쁜 일, 오르막길과 내리막길 등 기나긴 세월 동안 여러 사건으로 점철된 그녀의 따뜻한 생애는 우울한 정취가 깊이 배어 있는 박물관으로 보였다. 거기서 나는 삶이 혹시나 하는 마음에 아직 내게 주려고 하지 않는 숭고한 모든 감정을 내 취향에 따라 실컷 누릴 수 있었다. 하지만 그녀는 조바심을 태우는 내 모습이 재미있었는지, 저 멀리서 미소 짓고 장난스럽게 윙크하면서 나에게 그런 감정을 보여주곤 했다. 하지만 당시 나는 이 세상의 권력자들이나 부자들과 달리 삶이 우리에게 주는 것이 아니라 약속하는 것 때문에 멋지고 아름답다는 사실을 몰랐다. 아직 이루어지지 않은 수많은 삶의 약속은 그 무렵 불분명한 기쁨으로 내 영혼을 가득 채우고 있었다.

나는 몽상이 피어나기 좋은 순간 평화로운 농촌 풍경에서, 음악과 시가 울려 퍼지는 무한한 세계에서, 그리고 다른 시대의 일과 이야기로부터 감미롭게 솟아나는 정감 속에서 아무런 의심 없이 그 기쁨을 찾으려고 했다. 마마 블랑카는 이야기를 하면서 무언가를 자아내는 데 뛰어난 재주가 있었고, 아무 직업도 없는 예술가들처럼 혼돈스럽고 범신론적인 영혼을 가지고 있었기 때문에 나는 언제든 그녀를 따라 흥미로운 감상적 순례를 떠날 수 있었다. 한마디로 마마 블랑카는 언제나 나를 즐겁게 해주었다. 바로 그게 내가 이기적인 애정을 가지고 계속 그녀의 집을 방문한 이유였다.

고등교육을 받지도 못하고 손가락도 심하게 떨었지만, 그녀는 놀라운 직관으로 피아노를 연주했다. 우리가 친구가 된 지 며칠 지나지 않아 나에게 매일 피아노 레슨을 해주기 시작했다. 나는 오랫동안 계속되는 선물을 받은 셈이었다. 매일 오후, 우리 둘은 그녀의 오래된 피아노 앞에 나란히 앉았다. 레슨이 끝나면 언제나 함께 간식을 먹었는데, 그때마다 그녀는 항상 나를 또 다른 멋진 선물이라고 부르곤 했다.

"나는 하느님께 자식 중에 딸 하나만 얻게 해달라고 늘 기도했단다. 하느님께서는 완고하신 데다 아무도 성가시게 하지 않을 때 기적을 행하기를 좋아하셔서 내 나이 일흔이 되어서야 딸을 하나 보내주셨구나."

마마 블랑카의 모성애는 집과 가족이라는 경계를 넘어 선하고 사랑스러운 것이라면 사람이든 동물이든 사물이든 가리지 않고 어디든 두루 퍼져나갔다는 것을 말해야 할 것 같다. 그녀는 속세를 떠난 사람처럼 혼자 살았고, 시인이나 생쥐처럼 가난했다. 남편이 세상을 떠난 뒤, 그녀는 증권투자에 뛰어들었지만 안타깝게도 가산을 모두 탕진하고 말았다. 살구나무와 라일락이 우거진 약속의 땅에서 아무 어려움 없이 거두어들인 열매 같은 선물을 두 손 가득 들고 나누어주는 영화롭고 화려한 미래를 꿈꾸던 그녀였기에 그렇게 할 수밖에 없었다. 투자에 실패하면서 돈맛을 보기는커녕 오히려 허탈과 실의에 빠져 지냈지만, 그 대신 그녀는 축복받은 상상력 덕분에 정말 눈부시게 빛나는 몫, 늘 꿈꾸던 이상, 그러니까 복음서에서 마리아가 서둘러 받았던 것과 똑같은 축복을 듬뿍 얻게 되었다. 그녀는 이제 가난해졌지만 여전히 이교도적인 악습에 물들어 있던 터라 복권을 사기 시작했다.

자식들은 혼자 외롭게 궁핍한 생활을 이어가는 어머니를 보고 안타까웠던 나머지 아늑하게 잘 꾸며놓은 집에서 자기들과 같이 살자고 했지만, 그녀는 완강하게 거절했다.

"늙은이들은 짐이 될 뿐이야! 정 보고 싶으면 언제든지 찾아오려무나. 저기 대문이 있잖니. 저 대문은 가난한 자들이 들어올 수 있도록 늘 열려 있단다."

"늙은이들은 짐이 될 뿐이야"라는 말은 핑계에 불과했다. 그녀는 자식들이 슬픈 일이나 좌절을 겪을 때, 이를 조금이라도 덜어주기 위해 언제든 달려갈 만큼 헌신적인 어머니였지만, 그들에게 저속한 모습을 보여줄지도 모른다는 극도의 공포를 이겨내지는 못했다. 여기서 내가 말하고자 하는 것은 특히 저속한 영혼이다. 마마 블랑카의 며느리들은 경쟁하면서 살아야 하는 절대적 필요성으로 인해 서로 가까이 지냈고, 대부분 유럽에서 공부했기 때문에 여러 나라 말을 할 줄 알았다. 그들은 여행도 많이 다녔고 스포츠도 잘했으며 옷도 대충 입지 않을 뿐만 아니라 화려하게 빛나는 인맥을 자신의 명예로 삼았다. 늙은 하녀와 함께 허름한 벽돌집에서 사는 데다 똑똑하지도 않고 교육도 제대로 받지 않은 시어머니를 내심 수치스럽게 여겼다. 그녀는 물질적인 성공을 의미하는 모든 지점에서 커다란 실패를 겪은 탓에 지능이 떨어지고 어리석다는 확고한 명성을 얻었지만, 올덴도르프에서 배운 형편없는 프랑스어를 방패 삼아 뛰어난 예술가적 기질과 자연에서, 그리고 일상생활을 음미하면서 기른 고상하면서도 예리한 지성을 공고히 지키려고 했다. 그녀가 며느리들의 보이지 않는 위협을 느낄 때마다 이를 상냥하게 비꼬면서 벽돌집, 즉 자신만의 상아탑에 틀어박혀 사는 방법을 배우게 된 것도 바로 이런 이유들 때문이었다. "늙은이들은 짐이 될 뿐이야."

곱게 늙어가는 얼굴에서도 젊음의 불길을 결코 잃지 않은 그녀의 검은 눈동자는 종종 장난기 어린 불꽃으로 빛났고, 음악적인 음색뿐 아니라 한없이 우아한 생각으로 절묘한 조화를 이루는 그녀의 말은 정감과 아이러니를 노련하게 하나로 만들었다.

그녀는 자신의 영혼을 통해 선량한 마음씨와 즐거움이 삶에서 없어서는 안 되는 설탕과 소금이라는 것을 알았기 때문에 다정스레 모든 것을 조롱했다. 그래서 그녀는 매사에 선량함과 즐거움이라는 두 알갱이를 넣었다.

가난을 짊어지고 살았던 마마 블랑카처럼 기품 있고 홀가분하게 비단과 담비 가죽 망토를 두르고 다닌 여왕은 결코 없었을 것이다. 그녀는 아주 어린 시절 사촌 후안초라고 부르던 친척을 본보기로 삼아 그러한 요령을 배웠다고 했다. 항상 깔끔한 데다 눈을 즐겁게 하는 것을 좋아하던 그녀는 가구나 물건을 사용하다가 또는 우연하게 흠집이 생기면 잔꾀를 부려 모른 척했지만, 결국에는 교묘한 말로 속였다는 사실이 들통나곤 했다.

그러던 어느 날, 그녀가 가장 좋아하는 화초를 꽂아두던 오래된 도자기 꽃병이 돌이킬 수 없을 정도로 심하게 깨지자 그녀는 깨진 윗부분을 적당히 가린 다음, 스코틀랜드산 실크 스카프로 둘러 단단히 묶었다. 그러고는 몇 걸음 뒤로 물러나 유심히 살펴보더니 잘못한 부분에 대해 언급하면서 꽃병에게 상냥하게 물었다.

"아이, 가엾어라. 머리가 아프니?"

실제로 그 순간 그 꽃병은 체념한 듯 우스꽝스러운 표정을 지으며 머리를 조아리고 있어서 앞으로도 영원히 인간의 모습을 띨 것만 같았다.

신앙심이 깊은 그녀는 열의가 넘친 나머지 신자들에게 주님의 거룩한 분노와 심판을 분명히 보여주기 위해 주저하지 않고 자기 수염을 뽑았을 뿐만 아니라 발길질로 아담을 낙원에서 내쫓아버리면서 돌에 그 장면들을 새긴 초기 기독교 교회의 장인들처럼 꾸밈없는 솔직한 태도로 하느님을 대했다. 하지만 마마 블랑카의 하느님은 결코 분노하지도 않았고, 그 어떤 폭력도 행사하지 못했다. 종종 아무것도 듣지 못하고 마냥 들뜬 기분으로 살아가는 그녀의 하느님은 어떤 위엄도 부리지 않고 사방이 꽃으로 둘러싸인 행복한 하늘나라를 다스렸다. 그래서인지 거기에서는 하느님과 언쟁을 벌이거나 입구에서 다정하게 손짓하면서 하느님의 눈길을 끌지 않아도 누구나 쉽게 안으로 들어갈 수 있었다.

그녀는 언제나 음악에 대한 엄청난 열정을 품고 살았다. 피아노 앞에 앉으면, 그녀는 손가락 사이에서 작곡가와 연주자를 하나로 이어주는 신성한 합일의 흐름을 포착할 수 있었다. 그럴 때면 마치 황홀경에 빠진 성인들처럼 지상의 세계에서 벗어나 다른 존재로 탈바꿈하는 느낌에 휩싸이곤 했다. 그런 순간이 오면, 아무리 다급한 경우라도 현실은 존재하지 않았다.

언젠가 한번은 베토벤의 〈월광〉이 자아낸 섬세한 미로 속에서 길을 잃은 채 행복감에 취해 있는데, 그녀의 돈을 빌려

간 채무자가(그녀의 자식들이 계속 빚 독촉을 한 데다 본인도 부지런히 노력한 끝에) 마침내 빚을 갚으러 왔다고 알렸다. 나이 든 하녀가 문턱에 서서 그 소식을 전하자 마마 블랑카는 고개를 살짝 돌리며 (그런 경우에만 짓는) 엄한 표정으로 대답했다.

"내가 피아노를 연주할 때는 어떤 일이 있어도 방해하지 말라고 수천 번이나 말했을 텐데."

"그런데 그 사람 말이……." 하녀는 어떻게든 끝까지 이야기하려고 했다.

"말은 무슨 말!" 마마 블랑카가 그녀의 말을 가로막고 나섰다. "다른 날에 다시 오시라고 해!"

그녀는 여전히 행복에 젖은 채 달빛 아래 복잡하게 이어진 천상의 미로를 계속 헤매고 있었다. 성가신 채무자가 끝내 돌아오지 않자 다시 지상의 세계로 내려온 마마 블랑카는 오랫동안 눈물을 흘리며 불행한 우연의 일치를 한탄했지만, 아무 소용이 없었다.

그런데 줄이 너무 닳아 가끔 피아노에서 소리가 나지 않았다. 오랜 세월 자신에게 충성을 다해왔지만, 이제 노쇠하고 병든 피아노를 보면서 그녀는 살며시 미소 지었다. 피아노 연주가 기대에 미치지 못할 때면 가벼운 실망의 빛이 그녀의 얼굴에 가득했다. 그런데 우연히 내가 그녀의 옆자리에 앉으면 그 실망감은 곧장 조언으로 피어나곤 했다. 그럴 때면 연주를 멈추고 안경을 벗은 다음, 건반에 팔꿈치를 얹고 군데군데 시간의 얼룩이 튀어 있는 두 손을 맞잡았다. 그러고는 피아노 위에 펼쳐진 책의 작곡가 이름을 눈으로 가리키며 은밀한 목소리로 내게 말했다.

"알겠니? 내가 이 작곡가를 이해하고 있다면, 이미 그의 세계에 도달했을 거야. 하지만 나는 아직도 그를 이해하지 못하고 있어. 늙어빠진 이 손가락은 내게 도움이 되지도, 도움이 된 적도 없었지. 왜냐하면 내가 어릴 때만 해도 손가락을 사용해서 기초를 배우지 않았거든. 그러니까 네가 악보를 이끌고 나아가도록 배워야지 악보가 너를 끌고 가도록 내버려둬서는 안 돼. 내 말 잘 듣고, 마음에 새겨두기 바란다. 이건 네게 이로운 유일한 조언이니까. 내 말대로 하면 후회할 일도, 남 탓을 할 일도 없을 거야."

그렇다! 마마 블랑카, 당신은 악보는 물론 이 세상에 존재하지 않는 수많은 왕국을 다스리고도 남았을 분이다. 당신에게는 아무도 의심하지 못할 재능이 있었으니까. 게다가 다른 이들의 의견을 무시하고 살았기 때문에 마치 아름다움과 우아함으로 새로이 세례받는 것처럼 당신의 영혼에서 약간의 저속한 면을 깨끗이 씻어낼 수 있었다.

4월 어느 날 아침 일찍, 분수대에 모여 있고 처마 위를 깡충깡충 뛰어다니며 지저귀는 작은 새들이 다정한 음악회를 열기도 전에 마마 블랑카는 마치 시골로 여행을 떠나는 사람처럼 아무 고통 없이 조용히 하늘나라로 길을 떠났다. 그녀가 일생 동안 자신이 원했던 대로 잘 닦아놓은 그 길은 마음에 가득한 기쁨과 너무나 잘 어울렸다! 고이 잠든 그녀는 움직이지 않는 미소를 지으며 입술을 반쯤 벌린 채 저 멀리서 복자들과 함께 합창하고 있었다. 그녀의 영혼처럼 가볍고 화사한 관이 무난하게 대문을 지나갈 때, 시야에 들어온 마지막 각도로 보면 그녀가 이 세상에 남아 있는 모든 이를 향해 저 높은 곳에서 외치는 것 같았다.

"모두 안녕히 계세요. 그동안 여러모로 신세 많았습니다!"

그녀가 세상을 떠난 뒤, 나는 당부받은 대로 서둘러 달려가 옷장 안에 숨겨둔 원고를 달라고 했다. 그녀는 아주 중요한 물건을 가지고 노는 아이처럼 평생 틈틈이 몰래 글을 쓰곤 했다. 그녀는 내가 언제나 자기 영혼의 그림자 아래에 있으리라는 것을 미리 알았기 때문에 내게 거듭해서 말했다.

"알다시피 그건 네게 주는 거야. 내 자식들과 손자들에게 바치는 글이니까 당연히 그 아이들에게 물려주려고 했지. 그런데 그 아이들은 '와, 할머니 물건이다!'라고 말하면서 슬며시 웃고 나면, 한 번도 들춰 보지 않고 구석에 처박아둘 것 같은 예감이 들더구나. 그 아이들을 위해서 쓴 글을 네게 물려주려는 것도 바로 그런 이유야. 원하면 읽어봐. 하지만 아무에게도 보여주면 안 돼. 이미 돌아가신 분들이 나와 함께 다시 죽는다고 생각하니 마음이 아파 견딜 수 없었어. 그래서 그분들을 글 속에 잘 모셔놓아야겠다는 생각이 들었단다. 결국 그 원고는 내 기억의 초상화인 셈이지. 네게 맡길 테니까 내 기억과 함께 오랫동안 간직해다오. 그 원고를 보관해둔 지도 벌써 여러 해가 흘렀구나."

그런데 전기 작가와 편집자의 변덕에 따라 여기 자르고 저기 덧붙여 회고록과 전기를 출간하는 경망스러운 풍조가 유행처럼 번지고 있었다. 하지만 더 이상 시대의 흐름을 거스를 수가 없어서 나는 마마 블랑카가 '내 기억의 초상화'라고 불렀던 회고록을 널리 알릴 목적으로 원고의 처음 백 페이지를 정리하는 손쉬우면서도 파괴적인 작업에 매달리기 시작했다. 알다시피 그 글을 쓴 사람은 내 영혼의 가슴 찡한 애정 앞에서만 유명한 분이었다. 이는 분명 그녀의 글이 다른 이들의 영혼에 안겨주는 유일하게 신선한 감동이다. 나는 원고를 정리하면서 카인을 바라보는 하느님의 눈처럼 내게 계속 고정되어 있는 독자 대중의 시선을 느꼈다. 인쇄될 거의 모든 글이 처음의 참신한 맛을 잃어버리고 얼음처럼 차갑고 대칭적인 허세를 부리게 되는 것처럼 그녀의 글 또한 그런 치명적인 운명을 끝내 벗어나지 못했다는 점은 결코 놀랄 일이 아니다. 나는 글을 보다 간결하게 표현하고 수정하려다 결국 불행한 결과를 초래하고 말았다. 쫓기는 나비 떼처럼 원래의 문장은 지면 위에 자신의 알록달록한 날개, 즉 생명의 날개를 남겨두고 떠났다. 새로운 원고에서 여전히 날갯짓하는 글은 거의 없다시피 하다. 나처럼 글 쓰는 것을 업으로 삼지 않았던 마마 블랑카는 세월 위로 졸졸 흘러가면서 결코 시들지 않는 글을 쓰는 작가들을 따라갈 생각은 아예 단념한 채 글을 썼다. 나는 문학의 엄숙한 신전에 들어가기를 결코 원하지 않았던 사람들의 소박한 편지를 읽으면서 이미 여러 번 그런 사실을 목격했다. 그래서 나는 이처럼 책에 서명하고 싶은 강렬한 욕구가 재능의 힘에 의해서라기보다 어쩌면 비판적 정신이 약하기 때문에 우리의 마음속에서 싹트는 잡초라는 점을 우울하게 깨달았다. 나는 대부분의 동료와 우리 시대의 독자들이 자연스럽고 명확하게 글을 다듬은 점에 대해서가 아니라 불완전한 면에 대해서 나를 비난하리라는 것쯤은 이미 알고 있다. 나는 인정받는 것에 대해 워낙 민감한 편이라 그러한 확신이 들 때면 기쁘다. 우리 시대에 기민한 독창성은 언제나 그림자 속에서, 고르지 않은 형태들 사이에서, 그리고 자연의 이면에서 신비한 광채가 어린 작품을 만들어낸다. 그런 경지에 이르려면, 일곱 개의 황금 열쇠로 일곱 개의 문을 열 때까지 오랜 시간 안간힘을 쏟아야 한다. 마지막 문을 통과할 때쯤이면 너무 지친 나머지 허공에 매달린 의문부호가 희미하게 어른거린다. 나는 내 할 일을 다 했다는 달콤한 만족감에 젖어 큐비스트 전시회와 다다이스트 선집에 언제나 겸손함이라는 옷을 입고 믿음에 목마른 영혼을 데려갔다고 장담할 수 있다. 교령회• 때와 마찬가지로, 그럴 때면 나는 주변에 어둠과 적막 외에는 보지도 듣지도 못했다.

신비스러운 경험이 주는 교훈은 시간의 부족(우리 시대의 모든 시간을 지배하는 조건)이 더해지면서 정신의 즐거움과 관념의 미소를 아무도 도달할 수 없는 곳에 두었다. 나는 기계의 증가와 결합된 이러한 동맹을 통해 우리 구원의 마지막 단계가 시작된다고 믿는다. 그 단계는 엄청나게 강한 생각의 힘으로 생각을 없애는 것이다. 아담과 하와는 지능을 지녔다고 교만을 부리다가 결국 죄를 지었다. 그 보복으로 하느님께서는 우리의 고통과 불행을 지능 안에 가두어버리셨다. 지능과 그것의 해로운 기쁨에서 벗어나기만 하면, 인간은 뱀들이 우글거리는 일종의 궤짝에서 해방될 것이다. 모든 불안감과 우리의 가장 큰 형벌을 부정하는 죽음은 뱀들 사이에서 저주받은 관념이 깨어진 거울에 집요하게 우리를 비춰 보여주는 끔찍하고 이지러진 모습으로 인해 불길할 뿐이다. 따라서 죽음은 결국 소멸할 것이고, 우리는 식물과 신들의 고요한 믿음과 더불어 살아가게 될 것이다. 마마 블랑카는 건강한 즐거움을 누구보다 사랑했고, 다른 사람의 행복을 열정적으로 추구했다. 엉망이 되어버린 그녀의 회고록을 출간하려는 계획에 앞서 그녀는 우리 구원의 대미를 장식하기 위해 내가 미력이나마 보태려고 한다는 점을 이해할 것이고, 감동한 표정으로 나의

● 영매자의 주도 아래 하나의 테이블을 둘러싸고 죽은 이의 영혼과 소통을 도모하는 모임으로, 1850년대 유럽의 부르주아들이 열광했다. 강령회라고도 한다.

생각에 찬성할 것이다…….

하지만 그게 아니었던 모양이다. 마지막 문장을 쓰고 있던 중에 나는 영원한 나그네의 그림자가 내 책상으로 다가오는 것을 보았다. 고요한 얼굴에 슬픈 미소가 감돌던 그 그림자는 내 귀에 대고 가볍게 타이르는 투로 속삭였다.

"쉿! 이제 쓸데없는 이야기는 그만하렴. 넌 말을 너무 많이 하는구나. 왜 내 낡은 피아노로 변명하지 않고 딴청 피우는 법을 배우지 않은 거지? 내 기억은 늘 초라하고 재미있고 비뚤어진 삶을 그렸지. 그런데 너는 수긍하기 어려운 방법으로 그 삶을 고쳐서 보여주고 있단다. 네가 보여준 것은 그 삶과 어울리지 않아. 너는 마치 롯의 아내•처럼 순종하지 않고 무모한 행동을 하다가 죄를 저지르더니 베드로 성인이 그랬듯이 관습에 얽매여 나를 여러 번 부정했어. 사실 나는 네 죄를 지나치게 비난하는 것이 경솔하다고 판단하지 않았다면, 네게 '돌아가라. 그리고 이제부터 다시는 죄짓지 마라'••라고 호되게 꾸짖을 수도 있었어. 누군가가 세상에서 추방되고 나면, 그의 절대적인 부재는 메마른 사막밖에 남겨놓지 않을 거야. 용서와 관용이 없다면 우리 삶에 무슨 가치가 있겠니?"

• 신약성경에서 롯은 아브라함의 조카로, 그의 아내는 소돔이 멸망하던 날 뒤를 돌아보지 말고 산으로 도망가라는 천사의 말을 듣지 않아 소금 기둥이 되었다.

•• 〈요한복음〉 8장 11절에 나오는 구절이다.

블랑카 니에베스와 주변 사람들

나이와 키순으로 셋째 딸인 블랑카 니에베스•는 당시 다섯 살이었다. 까무잡잡한 살갗에 검은 눈동자, 아주 까만 머리카락, 햇볕에 검게 그은 다리와 더 검게 그은 팔. 아무튼 이 자리를 빌려 겸손하게 고백해야 할 것 같다. 그런 이름과 전혀 어울리지 않게 블랑카 니에베스는 바로 나였다.

내 이름과 나는 떼려야 뗄 수 없는 사이가 되었다. 결국 우리는 내내 붙어 다니면서 오로지 습관만이 비꼬거나 어떤 해명도 요구하지 않은 채 아량을 베풀어 너그럽게 받아들여주는 움직이는 헛소리가 되었다. 앞으로 보겠지만, 그런 노골적인 헛소리에 대한 책임은 엄마에게 있었다. 천성적으로 시

• '블랑카 니에베스'는 '백설 공주'라는 뜻이지만, 여기서는 마마 블랑카의 어린 시절 이름이기 때문에 원어로 표기한다.

인의 기질을 타고난 엄마는 현실을 무시했고, 자신의 환상과 망상이 계속 지시하는 변덕스러우면서도 다정스러운 법칙에 늘 현실을 굴복시키려고 했다. 하지만 현실은 절대 굴복하지 않았다. 바로 그 때문에 엄마는 이중적인 속성을 지닌, 다시 말해 돌이킬 수 없는 동시에 우아하고 자비로운 허물의 씨앗을 자신이 가는 길에 듬뿍 뿌리고 말았다. 사실 '블랑카 니에베스'라는 이름은 나를 희생시킴으로써 모두를 악의 없이 웃게 만든 과오였다. 나보다 열세 달 먼저 태어난 비올레타 언니는 도덕적인 측면에서 또 다른(아직까지 훨씬 더 큰) 과오였다. 하지만 그 점에 대해서는 나중에 이야기하려고 한다. 지금은 그 먼 옛날 다섯 자매와 내가 일곱 달에서 일곱 살에 이르는 부드러운 계단에 가지런히 놓여 있었고, 우리는 각자의 층계에 버티고 서서 자만하지 않고 세상 만물 위에 군림했다는 점만 말해두자. 내가 말하는 세상은 우리의 피에드라 아술 농장의 울타리 안에 있었고, 우리를 가슴에 품어주면서 우리의 눈에 새롭고 놀라운 일을 매일 보여주는 것 말고는 다른 목적을 가지고 있지 않았다.

태초부터 우리는 각반과 박차가 달린 장화를 착용하고 챙이 넓은 파나마모자에 밤색 턱수염을 멋지게 기른 승마의 신, 아빠의 보호를 받으며 엄마와 함께 피에드라 아술 농장에서 살았다. 우리 여섯 자매 중 누구도 그 농장의 울타리를 넘어본 적이 없었다.

농장에는 아빠와 엄마 외에도 트리니다드•에서 온 잉글랜드계 물라토•• 여자인 에벌린도 있었다. 그녀는 우리를 목욕시키고 옷을 꿰매주는가 하면, 화가 나면 관사 없는 에스파냐어로 우리를 꾸짖기도 했다. 그리고 매일 아침 코르셋과 다림질한 블라우스, 앞치마, 가죽 벨트 차림으로 우리 앞에 나타났다. 코르셋으로 조인 몸속에, 그리고 양털처럼 심하게 곱슬거리는 머리카락과 반짝반짝 빛나고 매끄러운 그 무언가 아래에 무슨 생각이 들었는지 에벌린의 입에서는 하루 종일 질서, 조화, 리더십이라는 말과 희미한 야자유 냄새가 흘러나왔다. 그녀가 걸음을 옮길 때마다 부드럽게 사각거리는 소리가 났다. 그 소리는 어디를 가든 녹말풀에 대한 자신의 사랑, 껍질에 달라붙어 있는 굴처럼 현실에 지속적으로 집착하는 자신의 실증주의 정신을 공공연하게 알리는 표시였다. 엄마는 자기와 성격이 정반대인 에벌린을 보면서 감탄을 금치 못했다. 에벌린이 우리 자매 중 하나나 두 명의 손을 잡고 자신의 낭랑한 오라 속으로 사라지면, 엄마가 눈을 들어 하늘을 쳐다보면서 애처로운 감사의 말투로 노래하듯이 부드러우면서도 강렬하게 외치는 일은 결코 드물지 않았다. 사실 그것은 엄마가 언제나 변함없이 자신의 생각을 표현하는 방법이었다.

• 서인도제도 동남쪽 끝의 트리니다드 토바고에 속한 섬.

•• 백인과 흑인의 혼혈.

"에벌린은 내 마음을 평온하게 해준다니까! 그녀가 없으면 나는 어떻게 될까!"

나중에 알게 된 바에 따르면, "내 마음을 평온하게 해"주는 에벌린은 오로지 우리 자매에게 영어를 가르칠 목적으로 트리니다드를 떠나 피에드라 아술 농장으로 왔다고 했다. 하지만 당시 우리는 영어가 존재한다는 사실을 조금도 짐작하지 못했기 때문에 에벌린이 무슨 일로 왔는지 자세히 알지 못했다. 사실 우리가 구태여 그런 골치 아픈 일까지 알 필요는 없었다. 반면 에벌린이 심하게 화를 내면서 말한 것은 정의와 보상 심리 때문이었다.

"바닥에 앉아서 노니까 깨끗한 옷이 더러워졌잖아, 이 심술보야."

그래서 우리는 그녀에게 아무것도 달라고 조르지 않았다. 따지고 보면 그때만 해도 우리한테 꼭 필요한 물건은 전혀 없었으니까. 에벌린 곁에는 그녀의 지시에 따라 움직이던 세 명의 여자 보모가 있었는데, 우리를 목욕시키거나 재우고, 우리에게 옷을 입혀주는 일을 도와주었다. 그런데 그들은 교대로 띄엄띄엄 집에 왔기 때문에 이제는 그들의 검은 얼굴과 흔하지 않은데도 이상할 정도로 친근하게 느껴지는 이름이 뒤엉킨 채 어렴풋이 기억날 뿐이다. 에르메네힐다…… 에우페미아…… 파스토라…… 아르만다……. 지금 들어도 하나같이 생소한 이름들이다. 보모들과 별도로, 집 안에 상주하는 하녀들도 둘이나 있었다. 식구들의 식사 시중을 들던 알타그라시아, 그리고 잠자리를 정리하던 헤수시타, 이 두 명이었다. 특히 헤수시타는 엄마가 예쁘게 웨이브 진 머리를 풀어 헤치고 해먹에 누워 살살 흔들거리는 사이, 몇 시간이고 계속해서 '엄마의 의중을 알아낸다'고 분주했다. 주방에는 항상 뾰로통한 얼굴로 앞치마 대신 자루를 반으로 찢어 허리에 두르고 부채 대신 녹슨 놋쇠 접시를 손에 들고 있는 칸델라리아가 있었다. 아빠는 종종 아야카•나 블랙커피를 맛보면서 그녀에 관해 말하곤 했다. "다른 사람은 몰라도 칸델라리아는 절대로 여기를 못 떠날 거야." 바로 그 때문에 세월이 흐르고 여러 사건이 잇달아 일어났지만 칸델라리아는 꿈쩍도 하지 않고 여전히 허리에 자루를 두르고 녹슨 놋쇠 접시를 든 채 맷돌에서 커피 여과기로(그리고 냄비 사이를 쿵쾅거리며 돌아다니면서) 언제나 화가 나 있는 자신의 영혼을 계속 옮겼다.

마지막으로 집과 주방 너머에는 집사, 거간꾼들, 일꾼들, 사탕수수 제분소, 소와 송아지들, 망고나무들, 강, 나비 떼, 끔찍하게 생긴 두꺼비들, 무시무시한 전설에나 나올 법한 뱀들, 그리고 여기서 일일이 열거하기에는 너무 많은 것이 있었다. 이미 말한 바와 같이 우리 여섯 자매는 각자의 층계에 꿋

• 생선이나 고기를 양념에 버무려 만든 소를 바나나 잎에 싸서 만드는 케이크로, 크리스마스에 주로 먹는다.

꿋이 선 채 엄연히 피에드라 아술이라는 우주의 중심을 차지하고 있었다. 우리는 엄마와 아빠부터 시작해서 에벌린과 칸델라리아를 거쳐 뱀에 이르기까지 모든 사람, 당연히 모든 사람이 우리 곁을 지키는 존재들, 오로지 우리를 섬기기 위해서 이 세상에 태어난 부차적 존재라는 것을 매우 잘 알고 있었다. 우리 여섯 명은 그 사실을 확실하게 알았고, 어떤 오만함도 없이 너그러운 마음으로 그것을 받아들였다. 이는 아주 명석하고 확고부동한 우리의 인식이 자만심이나 야심을 통해 삶에 꼭 필요한 것의 경계를 넘어서지 못한 채 우리 자신의 감각 차원에만 한정되어 있었기 때문인지도 모른다. 헛된 인식이 헛된 욕망을 낳고, 헛된 영혼을 만들어낸다는 것은 엄연한 사실이다! 안타깝게도 우리 자매는 동물처럼 무언가가 부족했다.

그래서 아주 먼 옛날 우리의 사회적 상황은 하느님의 손에서 벌거벗은 채 때 묻지 않은 모습으로 이 세상에 나온 아담과 하와와 매우 흡사했다. 다른 점이 있다면, 우리 여섯 명이 그 두 인간보다 몇 가지 장점을 더 가지고 있었다는 것뿐이다. 솔직히 말해 첫 번째 장점은 당시 스물네 살의 나이에 딸 여섯이 있고 주름 장식으로 가득한 가운을 걸친 매력적인 엄마가 있었다는 것이다. 또 다른 즐거운 장점은 에벌린이 점심을 먹는 사이 가능한 한 많은 구아버를 몰래 먹음으로써 벌을 받지 않고 그녀의 지시를 거역하는 것이었다. 그래도 하느님께서는 우리를 천국에서 내쫓지도, 우리에게 형벌과 저주를 내리지도 않으셨다. 가엾은 아빠는(어울리지도 않을뿐더러 애당초 그럴 생각도 없이) 우리의 눈에 가혹하기 짝이 없는 하느님의 역할을 맡은 것으로 보였다. 아버지는 한 번도 우리를 혼내지 않았다. 그렇지만 우리는 종교 본능에 이끌려 신비주의로 가득 찬 불가사의한 공포라는 공물을 아빠의 지고한 권위 앞에 바쳤다.

예들 들면 이런 식이었다. 아빠가 서재에 틀어박혀 있으면, 우리 여섯은 아무것도 모르는 척 시치미를 뚝 떼고 지성소• 옆의 난간에 나란히 걸터앉아 합창하듯 외쳤다. "리케-리케-리케-란, 산 후안의 나무꾼들……."•• 신비한 것들로 둘러싸인 책상에서 갑자기 아빠의 우렁찬 목소리가 울려 퍼졌다.

"저 아이들 좀 조용히 시켜! 다른 데 가서 놀라고 해!"

우리는 마치 마법에 걸린 듯 아무 말도 못 하고 놀라 눈이

• 구약시대에 성전 또는 막 안의, 하느님이 계시는 가장 거룩한 곳이다. 여기서는 아빠의 서재를 가리킨다.

•• 원래 이 노래는 산 후안 축제(6월 23일) 때 어린아이들이 놀이를 하면서 부르는 에스파냐의 전래 동요 〈아세린, 아세란(톱밥, 톱질할 거야)〉이지만, 콜롬비아의 시인 호세 아순시온 실바(1865~1896)가 이를 시 〈산 후안의 나무꾼들〉로 개작하면서 남아메리카에 널리 퍼졌다. 베네수엘라에서는 "아세린, 아세란/산 후안의 모닥불" 대신 "리케, 리케, 리케-란/산 후안의 나무꾼들(또는 "리키, 리케, 리키-란/산 후안의 나무꾼들")"로 시작되는데, 그 유래는 불분명하다. 다만 실바의 시에 등장하는 인물, 즉 부와 성공을 상징하는 전사 리케와 로케에서 유래한 것으로 추정된다.

휘둥그레진 채 손으로 입을 막으면서 몇 초 동안 꼼짝도 하지 않았다. 그러고는 고양이의 울음소리를 들은 쥐들처럼 복도 반대쪽으로 미친 듯이 도망치기 시작했다.

우리는 가끔 그네를 탔다. 포마로사• 나뭇가지에 네 개의 밧줄로 묶어놓은 그네는 야자나무와 집 기둥 사이에 해먹, 흔들의자, 그리고 엄마의 반짇고리가 옹기종기 모여 있는 쾌적한 한쪽 구석 바로 앞에 있었다. 우리는 모두 그네 위에 서서 서로를 끌어안은 채 힘차게 날아올랐고, 이와 동시에 겁에 질린 목소리로 비명을 지르며 우리가 이룬 쾌거를 축하했다. 그러자 주름 장식과 레이스가 주렁주렁 달린 흰 가운을 화려하게 차려입은 엄마는 머리가 폭포수처럼 흘러내리는 가운데, 헤수시타의 부축을 받으며 아버지 뒤마••의 최근 소설을 손에 든 채 해먹의 품에서 일어났다.

"얘들아, 제발 말 좀 들어! 정 싫으면 두세 명만이라도 그네에서 내려와! 그렇게 한꺼번에 다 타면 그네가 버티지 못한다니까. 잘못하다가는 어린 동생들이 떨어질지도 몰라. 제발 부탁이야. 이제 그만하고 내려와! 내 속 좀 그만 썩여! 누구

• 도금양과의 일종인 얌보의 열매로, 사과와 비슷하게 생겼다.

•• 알렉상드르 뒤마(1802~1870)는 프랑스의 소설가로, 아들 알렉상드르 뒤마 피스와 구분하기 위해 '아버지'라는 뜻을 붙여 알렉상드르 뒤마 페르라 부르기도 한다. 대표작으로는 《삼총사》와 《몬테크리스토 백작》 등이 있다.

죽는 꼴 보고 싶어서 이 야단이니!"

우리는 마치 자장가를 연주하듯 부드러운 리듬과 길게 늘인 음•에 몸을 맡긴 채 그 박자에 맞춰 계속 그네를 뛰었다. 위로…… 아래로…… 위로…… 아래로……. 우리는 꼭대기까지 올라간 그네와 반항심을 만끽하면서 한동안 엄마에게 사랑의 키스와 미소를 보냈다. 마침내 엄마의 비명을 듣고 에벌린이 그네로 달려왔다. 쉿! 쉿! 쉿! 그녀는 그네를 붙잡아 세웠다. 그러고는 잘 익은 포도송이에서 포도를 한 알씩 떼어내듯이 그네에서 우리를 한 명씩 들어 바닥에 내려놓았다.

엄마는 15개월이나 16개월에 한 번씩 두 필의 말이 끄는 마차를 타고 카라카스로 떠났다. 그럴 때마다 나는 엄마가 보고 싶어 견딜 수 없었다. 그러다 삼 주가 지난 후에는 떠날 때만큼이나 야윈 모습으로, 마치 가게에 들러 사 오기라도 한 것처럼 매번 새로운 여자아이를 이륜마차에 태우고 집에 돌아왔다. 엄마가 떠나고 나면, 그러니까 삼 주 이상의 서글픈 공백 기간 동안, 에벌린 군사독재 정권하에서의 삶은 재미있고 신나는 일이라고는 하나도 없이 단조롭고 무미건조했을 뿐 아니라 무덤처럼 어둡고 음산하기 짝이 없었다.

하지만 아침 9시경, 마구간 소년이 아빠의 말인 카라멜로

• 악보에서 음표나 쉼표의 위나 아래에 붙어서 본래 박자보다 두세 배 길게 늘여 연주하라는 기호인 페르마타를 가리킨다.

를 끌고 오고, 아빠는 저 멀리서 의자에 앉아 한쪽 다리를 다른 쪽 다리 위에 올려놓은 채 장화에 박차를 달고 있으면, 우리는 모처럼 활기를 띠고 그 소식을 서로 나누었다.

"아빠 나가! 아빠가 나간다고! 이제 난간에서 〈리키-리키〉 노래를 부를 수 있겠어."

분명히 아빠와 우리 사이에는 보이지 않는 오해가 오랫동안 이어지고 있었다. 사실 우리가 아빠의 말을 거역한 것은 단 한 번뿐이었다. 그런데 그 한 번의 사건은 오랜 세월 큰 소란이나 충돌 없이 우리 사이를 갈라놓기에 충분했다. 아빠의 뜻을 거역한 대사건은 우리가 태어나던 날에 벌어졌다. 결혼하기 전부터 아빠는 틈이 날 때마다 엄숙하게 선언했다.

"나는 사내아이를 갖고 싶어. 그리고 나와 똑같이 후안 마누엘이라는 이름을 붙여줄 거야."

하지만 후안 마누엘 대신 한 편의 시를 빚어낸 듯 가장 정겨운 자연의 표현이 줄지어 도착했다. '아우로라', '비올레타', '블랑카 니에베스', '에스트레야', '로살린다', '아우라 플로르'. 아빠는 시인이 아니었지만, 그렇다고 성미가 고약하지도 않았기 때문에 너그러운 인내심과 겸연쩍은 아량으로 이처럼 화려하고 현란한 이름의 향연을 잘 견뎌냈다. 그래서 아빠는 첫 순간부터 그 이름으로 우리의 자존심에 너무도 선명한 상처를 남겼고, 이는 도저히 용납할 수 없는 일이었다. 그로 인해 아빠와 우리 사이의 갈등과 불화는 영영 사라지지 않았다.

맞아. 돈 후안 마누엘 나리. 아빠가 베풀어준 무언의 용서는 우리 마음에서 영원히 지워지지 않을 치욕이었어. 정말로 여섯 명의 딸과 아빠가 서로를 잘 이해하고 공감할 생각이었다면, 때때로 폭력적인 행동과 말로 우리에게 불만을 표하는 것이 천 배는 더 나았을 거라고. 아빠의 체념한 듯한 모습은 우리 가슴속의 오솔길에 쓰러진 거목이나 다름없었어. 그러니까 아빠가 따가운 햇빛을 받으며 가다가 저 멀리 다 베어 내 풀이 우거진 사탕수수 밭 사이로 사라지는 동안, 챙이 넓은 파나마모자를 왕관처럼 쓴 채 의기양양하게 카라멜로를 타고 가는 아빠의 실루엣이, 난간에서 보이는 아빠의 희미한 모습이 볼리바르 장군에 비해 우리의 영혼에 큰 울림을 주지 못했다고 해서 불평하지는 마. 굳게 닫힌 아빠 서재의 문 위, 마호가니 액자 가운데에서 아빠처럼 말을 타고 벌거벗은 칼을 들어 올리며 하루 종일 영광스러운 카라보보 전투•를 용감하게 지휘하는 볼리바르 장군의 모습은 보면 볼수록 깊은 감명을 주거든.

● 1821년 6월 24일, 베네수엘라의 독립 영웅 시몬 볼리바르(1783~1830)가 이끄는 그란 콜롬비아군이 에스파냐 제국의 미겔 데 라 토레(1786~1843) 장군이 이끄는 반혁명군에 맞서 크게 이긴 전투다.

손님들이 온다

여러분 중 누구도 우리 자매의 이름을 듣고 웃지 않았기를 바란다. 왜냐하면 내가 언급하는 역사적인 순산에도 그것은 아직 마무리되지 않은 미완성의 명단에 지나지 않았기 때문이다. 우리의 이름이 아무리 우스꽝스럽더라도 이를 비웃는다면, 그것은 적응 정신이 부족하다는 뜻이다. 우리에게 그 이름이 딱히 어울리지 않았던 것은 사실이다. 하지만 1831년에 태어난 엄마는 그 이름이 레이스나 리본 매듭처럼 우리와 잘 어울린다고 생각했는지 이따금 흡족한 표정을 짓곤 했다. 엄마는 예뻐서 그런지 콧대가 무척 높았다. 독자 여러분, 그리고 고전적 상징주의자들과 미래주의자들에게 미안한 소리지만, 엄마는 가장 순수한 혈통의 선구적인 낭만주의자였다. 엄마는 조화(造花)와 실크 특유의 바삭거리는 소리를 좋아했고, 푹푹 찌는 날씨에도 벨벳 드레스를 즐겨 입었다. 그리고 새파란 여름 하늘에 구름이 뭉게뭉게 피어오르듯 메타포가 차례차례 피어나는 책이라면, 산문이든 운문이든 가리지 않고 좋아했다. 엄마는 이런 시구를 읊을 때면 그리움과 슬픔에 젖어 울먹거리곤 했다.

> 내 사랑 아델라여, 언젠가 이 자리에서
> 그대는 내게, 그리고 나는 그대에게
> 얼마나 깊은 사랑을 맹세했던가……●

엄마의 영혼은 즐거운 과시욕으로 가득 차 있었고, 그것이 엄마의 주된 매력이기도 했다. 엄마의 과시욕은 물처럼, 농익은 과일처럼 투명해서 모든 이에게 훤히 들여다보였다. 그런 점에서 그것은 (예를 들어) 철옹성같이 견고한 밀교 집단의 요새 안에 거만하면서도 비겁하게 몸을 숨긴 채 서로 아침 인사조차 나누지 않으며 자존심과 영양실조로 혼자 외로이 죽어가는 미래주의자들이 부리는 과시욕과 전혀 다르지 않았다.

엄마는 자기도 모르게 비겁하지 않은 낭만주의주가 된 셈이다. 만약 내가 타고난 충동에 이끌려 하얀 가운 차림에 파

● 에스파냐의 시인이자 철학자인 라몬 데 캄포아모르(1817~1901)의《돌로라스》에 수록된〈살다보면 잊는다〉의 일부다.《돌로라스》는 아이러니와 파토스로 가득 찬 유머러스하고 철학적인 경구 형식의 시 모음집이다.

란색이나 분홍색 리본을 달고 고리버들 부채를 든 채 내 기억 속의 먼 나라를 지나가는 엄마의 모습을 지켜본다면, 나는 엄마가 낭만주의자들을 따라 하려고 노력한 것이 아니라 오히려 낭만주의자들이 엄마를 모방한 것이라고 분명하게 말할 것이다. 나는 담배, 파인애플, 사탕수수와 마찬가지로 낭만주의 또한 18세기 말까지 식민지의 무기력한 분위기와 열대지방의 나른한 환경 속에 숨어 조용히, 그리고 자연스럽게 자라난 우리 고유의 결실이라고 생각한다. 그 무렵, 조제핀 타셰•는 아무런 의심도 없이 낭만주의를(마치 그것이 이로운 세균이라도 되는 것처럼) 보닛의 레이스에 주렁주렁 매달고 다니면서 오늘날 우리 모두가 알고 있는 바와 같이 급성으로 나폴레옹에게 전염시켰다. 그 후, 프랑스 제1제국의 군대는 샤토브리앙••의 지원을 받아 서서히 전역에 전염병을 퍼뜨

• 나폴레옹의 첫 번째 아내인 조제핀 드 보아르네(1763~1814)를 가리킨다. 결혼 전 이름이 마리 조제프 로즈 타셰 드 라 파제리인 그녀는 당시 프랑스의 식민지이던 마르티니크에서 태어난 크레올로, 친가인 파제리 가문은 사탕수수 농장을 경영하는 부유한 집안이었지만 허리케인으로 인해 사업이 망해 빈궁한 처지로 전락하고 만다. 이후 그녀는 귀족인 알렉상드르 드 보아르네와 결혼하지만, 그는 프랑스 대혁명 발발 후 처형당한다. 그 후 파리의 사교계를 전전하던 그녀는 나폴레옹을 만나 결혼한다.

•• 프랑수아 르네드 샤토브리앙(1768~1848)은 프랑스 낭만주의 문학의 선구자로, 프랑스 대혁명 당시 반혁명군 편에 서서 싸웠으나 이후 나폴레옹과 협력 관계로 돌아선다. 이후 불화로 다시 적대적인 사이가 되기 전까지 나폴레옹의 후원 아래 많은 작품을 써냈다.

리기 시작했다. 내 말을 듣고 여러분이 무슨 말을 하든지 간에, 나를 비웃든지 말든지 간에, 장담하건대 엄마와 나폴레옹은 닮은 점이 무척 많았다. 자기 어린 딸들을 가장 유명한 창조의 작품 속에 하나씩 앉히던 엄마의 지나친 욕심보다 자기 형제들을 유럽의 가장 높은 왕위에 하나씩 앉히던 나폴레옹의 지나친 욕심과 더 비슷한 것이 어디 있을까? 어떤 관점에서 보면 에스트레야, 아우로라, 또는 블랑카 니에베스가 된다는 것이 에스파냐 국왕, 나폴리 국왕, 또는 네덜란드 국왕이 되는 것과 뭐가 다를까? 다만 가엾은 엄마는 그 어떤 군사 장비도 없이, 그 누구의 목숨을 바치지도 않고 왕위를 쟁취하기 시작했다는 점이 다를 뿐이다. 이미 말했던 것처럼 엄마는 호박단 후프 스커트에 모슬린 망토를 두르고, 그 안에 체리를 가득 채우고 커다란 리본을 턱 아래에서 커다란 나비매듭으로 묶은 보닛을 쓴 채 두 필의 말이 끄는 마차를 향해 천천히 걸어갔다. 마차를 출발시킬 때, 엄마는 실크 장갑 낀 손을 밖으로 내밀며 모두에게 자신의 유일한 격려사를 전했다.

"안녕, 내 사랑들! 잘 있어, 예쁜이들! 말썽 피우지 말고 말 잘 들어! 나중에 올 때 사탕을 사가지고 올 테니까 얌전하게 굴어야 해!"

아, 집안의 평화를 위한 엄마의 노력은 훨씬 더 오래 계속될 것이리라! 그리고 누군가에게서 강제로 빼앗은 것이 아닌 우리의 왕국들 또한 남의 눈에 띄지 않고 행복하게, 우리의 다양한 삶 속에서 천천히 넓어지리라!

피에드라 아술 농장으로 손님들이 종종 찾아왔다. 점심 식사를 하러 온 손님들도 있었고, 며칠 우리 집에서 묵으러 온 손님들도 있었다. 후자의 경우는 대부분 삼촌, 사촌, 또는 엄마 아빠의 친한 친구들, 간단히 말해 오랫동안 알고 지내던 사람들이었기 때문에 낯설지도 무섭지도 않았다. 하지만, 아! 손님들이 점심을 먹으러 오는 날은 정말 지긋지긋했다. 그런 날이면 에벌린은 아침 일찍 우리를 씻기고 새 옷으로 갈아입힌 다음, 흙을 가지고 놀지도 말고 닭 물통에 발을 담가 장난치지도 말라고 몇 번이나 단단히 일러두었다. 그러고도 마음이 놓이지 않았는지 옷이나 몸이 더러워지지 않도록 커다란 카펫이 깔린 방 안에 우리를 모두 가두어놓았다. 거기서 우리는 다행히도 우리를 기다리고 있는 것이 무엇인지 까맣게 모른 채 대담하고 꾸밈없이 장화 가장자리까지 내려오는 바지를 입고, 설탕 통을 여러 개 모아놓거나 콤포타• 사발을 뒤집어놓은 듯한 모양에 길이는 바지보다 훨씬 짧지만 폭이 엄청나게 넓은 빳빳한 치마를 두르고 자랑스럽게 방 안을 왔다갔다 하곤 했다. 그러다보면 언젠가 손님들이 도착했다. 손님들의 모습이 보이면, 우리는 방 한구석으로 조르르 달려가 등

• 물과 설탕을 끓여서 만든 과일 과자.

을 돌린 채 이마를 벽에 붙이고 서 있거나 부끄러워 견딜 수 없다는 듯이 팔을 엇갈리게 들어 얼굴을 가리고(아무도 이런 행동을 칭찬하지 않겠지만) 있었다. 그럴 때면 엄마는 노래 부르듯이 길게 늘여서 말하곤 했다.

"저 손님들이 소몰이꾼들이라면! 미개인들 그 자체일 거야! 저런 사람들은 자기 그림자도 창피스럽게 여기지! 태어나서 한 번도 농장을 떠난 적이 없다고 생각해봐!"

나는 모르는 얼굴들이 우리에게 미소 지으며 이야기하고, 또 어떤 수를 써서라도 우리에게 입맞춤하고, 또 얼굴을 보려고 하는 무서운 장면과 손님들이 찾아왔을 때 엄마가 처음 보여준 특이한 태도 중에서 어떤 것이 더 놀라웠는지 잘 모르겠다. 아, 엄마의 호의와 친절이 절정에 다다랐다! 피에드라 아술 농장 집의 네 기둥 안에서는 흔하게 볼 수 없던 엄마의 붙임성이 처음부터 과도하게 분출되면서 고상한 태도와 미소, 그리고 환대와 찬사가 홍수처럼 쏟아져 나왔다. 우리처럼 엄마도 아침 일찍 옷치레를 한 다음 집 안을 분주하게 돌아다니면서 여기저기 묻은 얼룩을 찾아내는가 하면, 식탁보를 새것으로 바꾸고 사방에 꽃다발을 놓아두었다.

그런데 유독 아빠만 평소와 똑같은 옷을 입고 똑같은 모습으로 무덤덤한 표정으로 앉아 있었다. 아빠는 흔들의자에 앉은 채 부산스럽게 돌아다니고 계속 몸단장을 하는 엄마를 바라보면서 진지한 표정을 짓다가도 웃었고, 불안해하다가도

간간이 비웃음을 흘리며 연극 공연 같은 장면에 관해 한마디 했다.

"이제 시작되는군! 이제야 멋진 장면이 펼쳐지기 시작했어! 카르멘 마리아, 당신 덕분에 손님들은 난데없이 꽃다발과 아름다운 수가 놓인 식탁보, 그리고 예쁜 사탕 접시를 구경할 거라고! 하기는 당신의 손길이 닿으면 이 정도야 놀랄 일도 아니지만……."

그리고 아빠는 지금 우리처럼 사회에서 흔히 언급되지 않는 집 안의 한 장소를 구체적으로 말했다.

하지만 엄마는 아빠의 빈정거리는 말투를 마음에 담아두지 않았다. 엄마의 친절함은 어떤 경우에도 흔들리지 않을 만큼 뿌리가 깊어서 조롱이나 빈정거림은 그 상대가 되지 못했다. 엄마는 너그러운 마음 때문에 친절했다. 엄마는 몸치장을 잘했기 때문에 친절했다. 또한 엄마는 아빠보다 열여섯 살이나 어려서 모든 전투와 마찬가지로 친절함의 전투에서도 받는 것보다 주는 것이 훨씬 더 멋지고 행복하다는 것을, 그리고 가장 다정한 사람이 가장 좋은 몫을 차지함으로써 상대방을 처참하게 능욕한다는 것을 아직 깨닫지 못했기 때문에 친절했다.

손님들이 우리를 보지 못하도록 한참 동안 수줍게 얼굴을 가리고 있었던 터라 조심스럽게 손을 떼고 주변의 눈치를 살폈다. 이제 더는 우리에게 신경을 쓰지 않는 것 같았다. 그러자 우리는 문 쪽으로 조르르 달려가 그 뒤에 숨은 다음, 모두의 무관심 속에서 미소를 짓고 나직이 한숨을 내쉬며 눈앞에 펼쳐지고 있는 장면을 우리의 취향대로 지켜보았다.

장담하건대 리본 장식이 주렁주렁 달린 드레스를 입고, 입에서는 찬사의 꽃이 피어나고 시선은 아득히 하늘을 향한 채 파인애플 껍질이 둥둥 떠 있는 크리스털 물병에서 과라포 푸에르테•를 조금씩 따라 잔을 금빛으로 물들이고, 엷은 미소를 지으며 나른한 자태로 손님들에게 잔을 나누어주는 엄마의 모습을 보는 것은 결코 시시한 구경거리가 아니었다.

손님들은 잔을 받아 들고 입술 끝으로 살짝 맛을 본 다음, 거만하게 으스대면서 '이 샴페인 칵테일은 맛이 좋군요'라고 말하는 대신 고상하면서도 꾸밈없는 태도로 단언했다.

"이 과라포 푸에르테는 맛이 아주 근사하군요."

그 말을 듣고 엄마는 크게 기뻐하면서 그들에게 더 많이 마시라고 권했다. 이제 와서 하는 고백이지만, 손님들의 환심을 사려는 듯한 엄마의 말투와 미소를 보면서 나는 목 놓아 울고 싶은 심정이었다. 손님들에게 과도한 사랑을 품은 엄마의 모습을 문틈으로 보고 있자니 내 가슴이 찢어질 것만 같았다. 그래서 신음과 눈물을 흘리는 가운데, 질투심을 분출하고 싶은 욕구를 강하게 느꼈다. 그때 우리 자매들은 모두 거의 같

• 사탕수수를 발효시킨 뒤 파인애플 향을 첨가한 대중 음료.

은 경험을 했다. 거실에서 아무 죄도 없는 과라포 푸에르테 때문에 들뜨고 즐거워진 분위기와 더불어 반쯤 열려 있는 문 뒤에서는 아무도 모르게 한 편의 드라마가 고동치고 있었다. 한데 모인 콤포타 사발들•은 실망과 놀라움에 사로잡힌 채 가슴 깊은 곳에서 회오리치는 커다란 고통으로 소리 없이 몸부림쳤다.

• 콤포타 사발 모양의 치마를 입은 여섯 자매를 가리킨다.

마리아 나비매듭

1

엄마의 자부심은 자기 자신보다 우리 여섯 명의 머리에 더 확고하게 자리 잡고 있었다. 여기서 '머리'라는 말에는 정면이나 얼굴이 절대 포함되지 않는다. 그 대신 머리카락으로 늘 덮여 있는 윗부분과 뒷부분만을 가리킨다. 우리의 얼굴은 이목구비가 모두 뚜렷하고 반듯하지는 않았다. 작고 오뚝한 코와 조금 더 크면 좋을 것 같은 눈이 있는가 하면, 그리 길지 않은 속눈썹과 이따금씩 그다지 매력 없는 입도 있었으니까. 하지만 이마를 넘어서면, 그다음에는 언제나 여러 가지 아름다운 모습들로 사람들의 눈길을 끌었다. 엄마의 자부심이 자리 잡고 있는 곳도 바로 거기였다. 구릿빛 실크처럼 반짝이면서 엉켜 있는 머리카락을 가진 아이도 있었고, 문자 그대로 흑옥(黑玉)처럼 검게 빛나는 곱슬머리가 풍성하게 자란 아이도 있는가 하면, 황금 양모• 같은 머리카락을 가진 아이, 그리고 똘똘 말린 밤색 머리카락이 목덜미, 귀, 이마 위로 폭우처럼 쏟아져 내리는 아이도 있었다.

손님들이 찾아왔을 때, 우리는 이미 말했던 것처럼 손으로 얼굴을 가리느라 머리카락을 훤히 드러내 보이고 말았다. 어쩌면 우리는 예의에 어긋나는 행동을 했던 것인지도 모른다. 하지만 내가 보기에 그때 우리는 본능적으로 엄마와 비밀리에 신기한 합의를 이루었던 것이 틀림없다. 그건 슬기로운 자만심에서 비롯된 행동이었다.

손님들은 우리를 보고 너무나 감격한 나머지 온몸을 떨며 말했다.

"저렇게 아름다운 머리가 있다니요! 게다가 모두 다 다르게 생겼네요! 마치 천사들의 합창대처럼 보이는군요!"

손님들이 열띤 반응을 보이자 우리는 점점 더 얼굴을 가렸다. 그러기도 전에 우리의 곱슬머리와 엉킨 머리카락, 그리고 똘똘 말린 머리카락은 얼굴을 대신해서 현실에 존재하지 않는 수많은 아름다움을 널리 알리며, 무지갯빛으로 떨렸다. 이처럼 사람들의 호기심과 쉽사리 믿는 경향을 능숙하게 이용

• 그리스 신화에 나오는 날개 달린 황금빛 양털 가죽을 말한다.

함으로써 우리는 현대 예술가와 산업가들처럼 우리의 외모에 비해 훨씬 더 높은 명성을 단번에 얻게 되었다. 실제로 손님들은 마침내 이렇게 말했다.

“아이들이 어떻게 저리도 귀여울까!”

그들은 자신들의 말을 끝내 확인하지 않고 그렇게 믿어버렸다. 득의만만해진 엄마는 마음에도 없는 겸손을 떨며 대답하더니 마침내 대수롭지 않다는 듯이 이렇게 말했다.

“네, 맞아요. 저 아이들은 모두 윤기 나는 곱슬머리를 가지고 있죠. 그리고 태어날 때 머리 그대로라는 것을 알아주셨으면 해요. 다만 약간 반곱슬머리를 가진 아이는 블랑카 니에베스밖에 없어요. 저기, 피부가 조금 까무잡잡한 아이요……. 하지만 저 아이도…… 자연 곱슬머리랍니다.”

첫 번째 말은 분명한 사실이었다. 하지만 사랑하는 엄마가 마지막으로 한 말은 대담하면서도 눈물이 날 정도로 애처로운 거짓말이었다. 가엾은 엄마는 완곡한 표현 속에 조심스레 거짓말을 숨겼다. 물론 말을 시작하면서 진실에 경의를 표하려고 했던 것은 사실이다. 게다가 “여성의 첫 번째 의무는 아름답게 보이는 것”이라는 누군가의 말 또한 사실이다. 엄마는 내가 첫 번째 의무를 다하도록 전력을 다하고 있던 터라 비난받을 만한 행동을 할 리 없었다. 나는 엄마의 행동을 변명하기 위해 이런 말을 하는 것은 아니다. 실제로 엄마의 행동은 칭찬받아 마땅했을뿐더러 엄마의 거짓말에 감추어져 있던 매일매일의 놀라운 노력(내가 너무나도 잘 알고 있던)을 고려한다면 더더욱 그랬다.

머리카락 이야기가 나왔으니 하는 말인데, 다른 자매들에게 그토록 후하게 베풀어준 자연이 나한테만, 유독 나한테만 모질고 불공평할 뿐 아니라 변덕스러운 계모처럼 굴었다. 하지만 엄마는 엄마대로 아침마다 새롭게 벌어지는 가차 없는 싸움에 용감하게 임했다. 그러다 매일 오후 2~3시만 되면, 싸움에서 진 계모•는 조롱당하곤 했다. 손님들이 찾아오면, 계모는 오전 11시부터 싸움에 져 조롱당했고, 엄마가 행한 기적 덕분에 분명하게 웨이브 진 내 검은 머리는 낯선 이들의 시선을 받으며 다른 자매들만큼이나 곱슬곱슬하게 변한 채 위선을 부리며 우아하게 떨었다. 그 비밀을 모르는 이가 과연 어떤 것이 가짜 머리고, 어떤 것이 진짜 머리인지 구분할 수 있을지 어디 보자!

엄마는 아무도 모르게 나를 피해자로 만든 부당한 운명 때문에 괴로워했다. 엄마는 또한 악의적으로나 습관적으로 거짓말하기를 좋아하지 않는 사람이었기 때문에 그러한 운명이 자기에게 강요한 빈틈없는 기만 때문에 괴로워했다. 엄마는 이번처럼 어쩔 수 없는 경우에 한해서만 아주 간단하고

• 블랑카 니에베스의 머리카락을 가리킨다.

자연스럽게 거짓말을 했을 뿐이다.

곱슬기가 없는 내 머리카락에 맞서 싸우기 위해 엄마는 놀랄 만한 열정과 인내심을 보였다. 그러나 모든 투사와 마찬가지로 엄마 역시 갑작스레 실의에 잠기고 말았다. 이따금씩 엄마는 내가 앞으로 열거할(그리고 두 번째 열정과 인내심으로 인해 숨죽이고 있는) 일련의 기술과 솜씨로 내 머리를 다듬기 전에 나와 함께 거울 앞에 나란히 자리 잡곤 했다. 그러고는 우울하고 의기소침한 낯빛이 역력한 가운데 빗과 손을 치마 위에 털썩 내려놓으며 애처로운 목소리로 내 머리를 갖고 트집을 잡았다.

"사랑하는 내 딸, 블랑카 니에베스, 그렇게 곧은 그 머리카락은 도대체 어디서 나온 거니?"

나 자신도 그런 머리카락이 어디서 나온 건지 전혀 몰랐기 때문에 죄책감을 떨칠 수 없어 우물쭈물하면서 나긋나긋한 목소리로 똑같은 질문으로 대답했다.

"엄마, 내 머리카락은 도대체 어디서 나온 걸까?"

엄마가 내 생머리 때문에 괴로워했다면, 나는 물불을 가리지 않고 내 머리를 곱슬곱슬하게 만들려는 엄마 때문에 천 배는 더 괴로웠다. 내 머리카락에 대한 과도한 관심은 내 시간의 대부분을 손아귀에 움켜쥐고 있었을 뿐 아니라 하루의 특정 시간에 순수하고 곱슬기 없는 내 머리 위를 무시무시하게 맴돌면서 내 자유를 억압하고 나의 놀이도 망쳐버렸다. 그래서 난 아침에 엄마가 종종 이런 말을 할 때마다 마치 판사의 엄숙하고 준엄한 판결문을 듣는 것만 같았다.

"블랑카 니에베스, 머리 좀 말아줄 테니까 이리 오려무나."

아니면 한낮에 엄마가 이런 말을 할 때도 마치 판사의 엄숙하고 준엄한 판결문을 듣는 것만 같았다.

"블랑카 니에베스, 머리 좀 말아줄 테니까 이리 오려무나."

이 두 말은 태양이 뜨고 지듯이 매일 규칙적으로 엄마의 입에서 흘러나왔다.

엄마는 자신의 아름다움에 대한 자만심, 자부심, 혹은 사랑, 즉 이미 언급한 바와 같이 상당히 큰 힘 외에도 그보다 훨씬 더 가공할 힘인 믿음에 의해 기운을 차렸다. 그렇다. 독자 여러분, 바로 믿음이었다. 엄마는 '난초나무'•의 힘을 믿었다. 다시 말해 아무런 증거도 없었지만 엄마는 사슬처럼 얽힌 덩굴나무의 잘 알려진 효능 덕분에 내가 가까운 미래에 영구적이고 자연스러운 곱슬머리로 변하게 될 거라고 굳게 믿었다. 하지만 그건 나를 고통스럽게 만들 뿐이었다. 사람들은 엄마가 그토록 원하는 덩굴나무를 갖다주기 위해 일부러 매주 저기, 높은 산으로 올라가곤 했다. 풍부한 산 내음과 축축한 흙

• 콩과의 한 속으로, 덩굴성의 상록교목 또는 관목이다. 덩굴이 마치 사슬처럼 얽혀 있어서 원숭이 사다리 덩굴이라고도 불린다. 줄기를 달인 물에 머리를 곱슬거리게 만드는 성분이 있다고 한다.

냄새를 풍기며 덩굴이 도착하면, 반가우면서도 왠지 섬뜩한 느낌이 들었다. 엄마는 화가 나서 펄펄 뛰는 칸델라리아를 용감하게 물리치고, 곧장 주방으로 들어가 덩굴을 냄비에 담은 다음 물을 붓고 끓였다. 그렇게 달여서 나오는 맑은 액은 여드레 동안 계속 내 머리를 감기기 위해(새로운 덩굴을 가져와 다시 달여낼 때까지) 그릇에 담아두었다.

엄마는 대개 지긋지긋한 아침 판결문을 낭독하면서 대야와 빗, 그리고 헤아릴 수도 없을 정도로 많은 종이 나비•를 가지고 내게 왔다. 물론 난초나무 덩굴을 달인 물로 머리를 감아도 전혀 효과가 없었다. 하지만 이러한 참혹한 결과를 엄마에게 아무리 분명하게 보여주어도 아무 소용이 없었다. 엄마는 눈 한번 깜박하지 않고 있지도 않은 웨이브가 어느 정도 진행되었는지 계속 확인하느라 바빴다. 곱슬기를 물려받지 못한 내 머리카락을 그렇게 눈물겹도록 사랑할 정도로 다정하고 신비스러운 영혼을 가진 우리 엄마가 난초나무 덩굴에게 자비를 구하면서 고지식하게 기다렸던 것도 어떤 면에서는 당연한 일이었다. 간단히 말하면 그것은 일종의 종교였고, 나는 엄마가 아브라함••처럼 나의 아름다움을 위해 용감하게

• 머리카락을 곱슬곱슬하게 만들어주는 파마용 기름종이로, 나비 모양으로 묶기 때문에 그런 이름을 붙인 것으로 보인다.

•• 구약성경 〈창세기〉에 나오는 이스라엘 민족의 시조로, 하느님의 부름으로 자기 아들 이삭을 제물로 바칠 만큼 신앙이 두터웠다.

제물로 바친 희생양이었다.

내가 다섯 살 때 가짜 곱슬머리로 인해 당해야 했던 잔인한 희생에 대해, 같은 이야기지만 여자는 아름답게 보여야 한다는 고된 의무에 대해 조금 과장해서 말한 것 같다. 지금은 꺼림칙한 기분이 든다. 아무래도 나는 모든 사람이 다 가지고 있는 열망, 즉 빛나고 싶은 욕망에 사로잡혔던 것 같다. 그간의 마음고생 때문에 빛나고 싶었고, 독자 여러분의 동정을 받으면서 잠시라도 우쭐해지고 싶었으니까. 하지만 자세히 들여다보면 나는 그럴 만한 자격이 없다. 곱슬기 없는 나의 생머리가 내게 희생을 강요했던 것은 분명하다. 하지만 생머리가 내게 희생을 강요했다면, 그건 나중에 아름다운 외모와 도덕적인 매력으로 가득 찬 흥미로운 인물과 세련된 대화를 나눌 순간을 내게 선사하기 위함이었다. 나의 생머리가 만들어낸 거친 오솔길을 따라 걸으면서 나는 동틀 녘 성모님, 다정한 시(詩)를 만나게 되었다. 그때도, 그 이후에도 그녀의 망토로 친근하게 나를 가리지 말았어야 했지만, 그녀는 저 멀리서 나에게 인자한 미소를 지어 보였고, 나 또한 그 화답으로 멀리서 미소를 보냈다. 서로 간에 조심스럽게 주고받던 미소는 아직도 계속되고 있다.

이제부터는 그런 일들이 어떻게 일어났고, 상실과 궁핍함으로 인한 쓰라린 경험이 어떻게 숨겨진 풍요의 달콤함으로 바뀌었는지에 관해서 이야기하고자 한다.

오후 1시경, 에벌린이 점심을 먹는 동안 우리는 한가한 틈을 이용해 최대한 재미있게 놀았다. 그럴 때면 우리는 엄마의 감시가 소홀한 틈을 타 집 앞에 있는 나무 아래에 모여 몰래 구아버와 포마로사를 먹으며 '칸델리타 놀이'•를 하곤 했다. 엄마는 집 회랑에 있는 흔들의자에 앉아 고리버들 부채를 흔들며 독서 삼매경에 빠져 있다가도 이따금씩 고개를 들어 우리를 힐끗 쳐다보았다. 사실 불안한 눈빛으로, 그리고 들키지 않게 조심해서 엄마를 지켜보던 것은 바로 나였다. 그러다보면 어느 순간, 엄마는 갑자기 책을 덮고 소리를 질렀다.

"블랑카 니에베스, 머리 좀 말아줄 테니까 이리 오려무나!"

하지만 블랑카 니에베스는 엄마의 말을 듣지 못했다. 아침부터 투명 기름종이로 말아놓아 머리카락이 온통 고슴도치 가시처럼 곤두선 탓에 하얀 소스를 뿌린 엉겅퀴 꽃봉오리를 얹어놓은 듯 보이는 머리가 여기저기에 '작은 양초'를 달라고 하면서 나무 사이를 뛰어다니고 있었다. 엄마는 엉겅퀴 꽃머리가 조금 더 가까이 다가오면 큰 소리로 부르려고 참을성 있게 기다렸다.

"블랑카 니에베스, 너 귀먹었니? 머리 좀 말게 이리 오라니까!"

귀먹은 사람들은 누가 불러도 대답하지도, 돌아보지도 않는

• 한가운데 술래를 두고 둘러선 다음, 다른 아이에게 촛불을 청하는 척하면서 그 아이의 자리를 차지하는 놀이.

것처럼 머리털이 곤두선 엉겅퀴도 등을 돌린 채 이리저리 뛰어다니며 구아버를 먹거나 작은 양초를 달라고 애원하고 있었다. 엄마는 몇 초 더 기다리다 결국 볼멘소리로 투덜거렸다.

"블랑카 니에베스, 넌 언제까지 내 속을 태울 생각이니? 언제까지 나를 애먹일 거냐고?"

엄마는 애타는 심정을 노래하듯이 하소연하면서 등받이에 머리를 기댄 채 의자를 흔들며 부채질했다. 그 광경은 마치 옛날 이탈리아 오페라의 한 장면 같았다. 하지만 나로서는 안타깝지만 짜증 나는 복종의 길로 접어들기 위해 오페라는 오분 이상 계속되지 않았다. 어느 순간, 쿵쾅거리는 발소리와 함께 에벌린이 나타나 풀 먹인 치마를 휘날리며 촛불을 죄다 꺼버린 다음 내 팔을 잡아끌고 엄마 앞으로 데려갔다. 내가 반항심을 과도하게 표현하면서 우쭐해하는 것을 천성적으로 싫어해서 그랬는지, 그렇게 하는 것이 나의 위신에 어긋난다고 여겨서 그랬는지, 아니면 에벌린이 손으로 내 팔을 꽉 쥐고 있는 상황에서 그래봐야 아무 소용 없다고 판단해서 그랬는지 모르겠지만, 내 몸은 아무런 저항도 하지 않고 그냥 천천히 걸어갔다. 그렇지만 어디에도 구속받기를 싫어하는 나의 영혼, 에벌린이 아무리 힘을 줘도 붙잡을 수 없는 나의 영혼은 저항하고 있었다! 블랑카 니에베스가 구아버를 먹고 작은 양초를 달라고 하면서 한참을 나무 옆에 머무는 동안, 엄마의 방에서 천 개의 기름종이에 말린 채 뽀로통하게 입을 앙다물고 있는 나의 머리는 의연한 태도로 자신의 운명을 엄마의 손에 맡기고 있었다.

2

"가시 없는 장미는 없다"라고 한다. 그건 엄연한 사실이다. 널리 알려진 이 잠언을 맹신한 나머지 정작 장미는 까맣게 잊은 채 나는 가시에 찔려 상처가 나는 것으로 하루를 시작했다. 그러고는 놀라면서도 행복에 겨워 한숨을 내쉬며 몸을 숙이고, 양손 가득 장미꽃을 따서 황홀한 기분에 젖어 그 향기를 들이마시곤 했다. 이러한 시적인 이미지는 경험이 끼어들 여지도 없이 나날이 반복되었다.

내 머리를 빗어주기 위해 높은 의자에 앉은 엄마는 자기 앞에 등받이가 없는 의자를 놓고 나를 앉힌 다음, 무릎으로 내 등을 받쳐주었다. 우리는 바로 앞에서 우리를 비추는 커다란 거울을 보면서 이야기를 나누었다. 엄마의 부드러운 손이 바쁘게 내 머리를 헤집으면서 나비매듭•을 풀기 시작했다. 그러면 내 머리 약간 위에 있는 엄마의 입술이 움직이며 이야기보따리를 풀기 시작했다. 그것은 오랫동안 이어져온 소중

• 곱슬머리로 만들기 위해 기름종이를 나비 모양으로 묶은 것을 가리킨다.

한 관습이었다. 빗은 아침에 이미 곱게 빗질한 머리카락 속을 돌아다니며 노래를 불렀고, 이미지로 가득한 목소리는 입술 사이에서 노래를 불렀다. 여태 버티고 서서 꼼짝도 안 하던 영혼은 두 노랫소리에 이끌려 조용히 돌아왔고, 이내 거울 속에도 내려앉았다. 그러고는 마치 강 위에 떠 있는 배처럼 이야기의 잔잔한 물결을 타고 아름다운 풍경이 펼쳐진 두 강둑 사이로 미끄러져 내려갔다. 이제 하찮은 양초와 하찮은 구아버는 분명히 저 뒤에 남아 있었다.

엄마의 무릎 위로 구겨진 기름종이가 수북이 쌓여가는 동안, 내 머리는 곱슬곱슬하게 피어났고 너그러운 내 마음은 하나의 영혼이 아니라 열 명, 아니 열두 명의 영혼을 내 안에 품고 그토록 아름다운 곳으로 데려가고 싶었다.

나는 엄마가 훌륭한 시인이었다고 믿는다. 물론 이런 믿음에는 그 어떤 가식도, 확신도 없다. 거의 모든 시인처럼 문외한의 손에 들어가도록 인쇄된 지면에 시구를 정렬하는 대신 엄마는 자신의 시를 곱슬곱슬한 연(聯)에 우아하고 독창적으로 감추어놓았다. 엄마의 시는 나와 거울에 비친 내 모습으로 이루어져 있었기 때문에 이를 즐기는 독자가 많지는 않았지만, 민감하고 진지해서 시구의 영혼과 교감하여 함께 전율할 줄 알았다. 그래서 엄마의 시적이고 서사적인 기교는 스스로에 대해 매우 만족할 수 있었다. 결국 엄마는 그 목적을 완전하고 의기양양하게 이룬 셈이다. 실제로 어떤 감정을 함께 나누기 위해 몇 명이 찾아오는지가 뭐 그리 중요하단 말인가? 백만 명이 오든 단 한 명이 오든 매한가지다. 중요한 점은 시에 의해 창조된 감정을 타인과 함께 나누었다는 사실을, 그리고 이 세상에서 가장 아름다운 시는 단 한 명의 훌륭한 독자를 위해 쓰였다는 사실을 깨닫는 것이리라. 나는 엄마의 이야기를 들을 줄 아는 단 한 명의 훌륭한 독자인 동시에 상대였다.

고백하자면 엄마의 이야기에 등장하는 인물들과 사건들은 결코 독창적이지 않았다. 엄마의 입에서는 다양한 이야기가 연이어 흘러나왔다. 동화, 신화, 사마니에고•와 라퐁텐의 우화, 소리야••의 로맨스 서사시, 신성한 이야기의 단편, 아버지 뒤마의 소설, 한 편의 아름다운 시와도 같은 베르나르댕 드 생피에르의 《폴과 비르지니》••• 등. 시골에서 고립된 삶을 살았던 탓에 '책 속에 파묻혀' 산 가엾은 엄마. 그래서 엄마는 모든 것을 기억에 의존하는 수밖에 없었다. 나중에 모든

● 펠릭스 마리아 데 사마니에고(1745~1801)는 에스파냐의 신고전주의 우화 작가로, 《우화집》이 대표작이다.

●● 호세 소리야 이 모랄(1817~1893)은 에스파냐의 낭만주의 시인이자 극작가로, 음악적 운율을 중시했다.

●●● 프랑스의 소설가 베르나르댕 드 생피에르(1737~1814)의 《폴과 비르지니》는 한 편의 전원시와도 같은 소설로, 아름다운 자연의 품속에서 자란 순정의 소년 폴과 소녀 비르지니의 가련한 사랑 이야기다. 아름다운 자연묘사와 신선한 이국정취는 샤토브리앙을 위시한 낭만주의 문학에도 영향을 끼쳤다.

이야기를 하나로 묶는 것은 내 몫이었다. 몽상에 빠져 가장 주목할 만한 사건을 열심히 되살릴 때마다 나는 가장 고상하고 흥미롭다고 판단한 인물들을 나의 영적 게임에 초대하곤 했다. 다행히 내 초대를 거절한 이는 아무도 없었다. 내가 마음대로 각색한 이야기에서는, 가령 다르타냥에게 패배한 모세, 노아의 방주를 타고 쓸쓸하게 표류하던 중 전혀 예상하지 못한 미녀와 야수의 영웅적인 노력 덕분에 돌연 구조된 사랑스러운 비르지니를 만나볼 수 있다.

내 게임이 갑작스레 중단되면서, 다시 말해 스포츠에서 경험할 수 있는 즐거움이 서정적인 즐거움으로 바뀌면서 내 감정이 상했고, 이미 보았던 것처럼 나의 영혼에 격렬하면서도 덧없는 분노의 불꽃을 일으켰다. 그것은 권위 의식으로 가득 찬 오만한 분노였다. 내가 등받이 없는 의자에 앉아 있는 동안 분노는 자신의 법칙을 내게 지시했다. 그 분노가 엄마에게 내 머리에 대한 물질적 소유권을 넘겨주는 데 순순히 동의했다면, 그건 엄마 머리에 대한 도덕적이고 절대적인 소유권을 보장받는 대가였다. 분노가 지시한 법칙은 예측하기도 어려웠지만, 또 그만큼 단호했다.

"엄마, 오늘은 하얀 말이 나오는 새로운 이야기 하나 해줘. 여태까지 그 이야기는 한 번도 안 했잖아."

엄마는 하얀 말이 등장하는 완전히 새로운 이야기를 찾기 위해 기억 속으로 급하게 뛰어들어야 했다.

또한 우울한 추억 속에 잠긴 낯익은 산책로를, 그리고 만나면 미소 지으며 인사를 건넬 수 있는 친근한 얼굴들이 자주 다니는 그 길을 따라 느릿느릿하게 걷고 싶은 마음이 들 때도 종종 있었다. 그럴 때면 나는 '옛날이야기'를 해달라고 조르면서 내 정신의 다양한 상태와 욕망에 부합할 만큼 과격하게 개작해달라고 미리 엄포를 놓곤 했다. 나는 특정한 날에 들으려고 내가 가장 좋아하는 두 가지 이야기를 아껴두었는데, 앞에서 언급했던 인물들이 주인공으로 등장했다. 하나는 미녀와 야수였고, 내가 정말로 아끼는 다른 주인공은 폴과 비르지니였다. 물론 원작과 이름은 다르지만, 소년과 소녀가 등장하는 아름다운 이야기. 엄마의 이야기 솜씨 덕분에 허구는 현실과 조화롭게 어우러지고, 시와 사실주의라는 보물을 서로 나누며 행복한 균형을 이룰 수 있었다. 그래서 나의 상상력은 몸을 기댈 의자로 가득 찬 환상적인 길을 따라 달리면서 진실을 깨달을 수 있었다. 예를 들어 폴과 비르지니의 슬픈 사랑 이야기가 펼쳐지는 무대는 우리가 살던 피에드라 아술 농장이었다. 비르지니의 오두막은 흔히 '바위산'으로 불리는 야산에 있었다. 의자에 앉은 채 고개를 살짝 기울이기만 해도 엄마 방의 열린 창문으로 그 오두막이 보였다. 그보다 조금 더 위에 있는 폴의 집은 회랑에서 조금 떨어진 옥수수밭을 굽어보고 있었다. 머리의 반은 곱슬곱슬하고, 나머지 반은 기름종이로 말린 채 나는 폴의 옥수수 밭을 보기 위해 여러 차례 의자에서 일어났다가도 이야기가 더 이상 중단되지 않고 계속 이어지도록 금세 다시 의자에 앉곤 했다. 천성적으로 소박하고 꾸밈이 없는 비르지니는 화려한 느낌을 주지만, 모호한 의미를 가진 단어에 불과한 프랑스를 향해 떠나는 대신 엄마의 것과 똑같은 마차를 타고 카라카스로 떠났다. 하지만 집으로 돌아오는 길에 비르지니가 탄 마차는 갑자기 불어난 강물을 건너다 그만 처참하게 부서지고 말았다. 그 불행한 조난 사고가 내 영혼을 얼마나 갈가리 찢어놓았는지 지금 이 순간에도 말로 표현하기 어려울 정도다. 장소에 대한 정확하고 세밀한 묘사는 극적인 강렬함을 크게 증가시키는 효과를 낳았다. 그리고 익숙하고 친근한 시나리오는 이야기가 지닌 당당한 위엄을 사건에 부여해주었다. 이야기 속에 그렇게 자리 잡은 야산과 옥수수 밭, 그리고 강은 그 후로 내 눈에 훌륭한 대상으로 보였다. 그래서 나는 그것들에게 계속 애정과 존경이 담긴 시선을 보냈다.

만약 미녀와 야수가 내게 호감을 사고, 내 영혼에 감미로운 폭포수를 쏟아부었다면, 그것 또한 이와 비슷한 이유 때문이었다. 꼬리, 검은 털, 한 쌍의 귀, 그리고 뼈를 갉아먹고 날고기를 먹는 두 개의 날카로운 송곳니. 엄마가 묘사하는 야수의 생김새는 그 면면이 뉴펀들랜드종• 마르케사의 살아 있는 초상화나 다름없었다. 착하기 그지없는 큰언니 같아서 우리가 끔찍이 좋아하던 마르케사.

그래서 야수를 묘사하는 순간이 오면, 나는 코끝이 찡해지면서 엄마에게 잊지 않고 물어보았다.

"생김새가 꼭 마르케사를 닮았네. 그렇지, 엄마?"

엄마는 다급한 내 마음을 알아차리고 너그럽게 내가 바라던 대답을 해주었다.

"그래, 마르케사와 똑같이 생겼어."

미녀를 향한 야수의 초라하면서도 무한하고 절망적인 사랑은 나에게 진한 감동으로 다가왔다. 나의 우정이 직접적으로 관심을 가지고 있던 그 열정은 이미 본 바와 같이 야수에게 불행하고 험난할수록 그만큼 더 감동적이었다. 그런 이유로 원래 이야기의 결말을 들을 때마다 언짢은 기분이 들어서 이미 오래전에 결말을 완전히 다르게 바꾸어버렸던 것이다. 미녀와 결혼하기도 전에 야수를 왕자로 둔갑시키는 것은 구차해 보였고, 더구나 가엾은 마르케사를 생각하면 터무니없이 허황된 결말 같았다. 반면 미녀의 헌신적인 노력 또한 평범한 수준으로 전락하고 말았다. 간단히 말해 눈부시게 화려한 결혼식은 내가 보기에 역겹고 천박한 과시욕에 지나지 않았다. 어쩌면 그 이야기의 결말은 가난이나 사소함, 혹은 평범함 속에 조용히 숨어 있는 사랑에 진심 어린 박수를 보내는 독자들의 자연스러운 감정에 따랐던 것인지도 모른다. 따뜻한 소

● 검은색 털을 가진 대형견으로, 짐을 나르거나 인명 구조견으로 활약한다.

망으로 넘치는 영혼을 가진 독자들은 언제나 가난이 함께하는 결혼식에 참석하며, 그들이 거기 보내는 선물에서 마음의 고귀한 활력과 경제의 다정한 이점을 즐겁고 밀접하게 연결시킨다. 다시 말하지만 선물을 보내거나 결혼식에 몸소 참석하는 것이 아닐 때에도 나는 언제나 비타협적인 자세로 일관해왔다. 본격적으로 이야기가 시작되기 전에 나는 엄마에게 당부했다.

"엄마, 잘 알겠지만 꼬리하고 커다란 귀가 달려 있고 검은 털로 뒤덮인 이상 야수는 야수일 뿐이야. 그래도 야수는 미녀와 결혼하잖아. 그러니까 야수가 절대 왕자로 변하지 않았으면 좋겠어! 알았어, 엄마?"

엄마는 내 부탁을 머리에 새겨두었다.

굳이 말할 필요도 없지만, 폴과 바르지니는 이따금씩 행복한 결말을 맞이했다. 거센 물결에서 구사일생으로 구조된 비르지니는 종종 폴과 결혼해서 행복하게 살았다. 그런 경우 슬픔에 한없이 젖어 들고 싶은 막연하면서도 관능적인 욕망에 사로잡히면, 나는 모든 일을 되는대로 내버려두곤 했다.

"엄마, 이왕이면 비가 어마어마하게 많이 내려서 강물이 불어나도록 해줘. 그래서 여자아이가 결국 물에 빠져 죽고, 곧이어 모든 사람이 따라서 죽게 말이야."

엄마는 내가 부탁한 대로 이야기를 풀어나가기 시작했다. 그러자 무대는 금세 검은 리본과 시신으로 뒤덮여버렸다.

3

엄마의 방에서 나올 무렵, 내 머리는 양털처럼 곱슬거렸고 내 영혼은 가슴에 복받쳐 오르는 감정을 이기지 못해 조용히 떨고 있었다. 나는 짜증 나는 고함과 성가신 달리기를 피해 가슴속에 담아둔 감상적인 이야기들을 마음껏 반추하려고 한구석에 혼자 자리를 잡고 앉았다. 그토록 포근하고 달콤한 순간, 나는 마치 황홀경에 도취된 사람처럼 입술이 가볍게 벌어진 채 멍하니 하늘을 쳐다보고 있었던 모양이다. 잠시 후, 그런 내 모습을 보고 비웃는 비올레타의 웃음소리와 더불어 에벌린의 불길한 목소리가 들렸다. 에벌린은 호기심 가득한 눈빛으로 나를 향해 다가오면서 물론 관사 없는 에스파냐어로 소리를 질렀다.

"블랑카 니에베스, 입 다물어! 이리 와서 아이들하고 같이 놀라고!"

에벌린은 상상으로 지어낸 수많은 정원과 성, 그리고 공주들을 무참히 파멸시키고 말았다. 하지만 에벌린은 자기가 무슨 짓을 저질렀는지 전혀 몰랐다. 항상 모든 것을 염탐하고 감시하는 그녀의 눈에 내면의 세계로 들어가는 황금의 문은 돌과 진흙으로 덮여 있을 뿐이었다. 대적할 상대가 없을 정도로 우악스럽고 사나운 그녀의 팔은 늘 현실과 싸우는 데 보람을 느끼는 터라 우리를 몽상과 의혹, 우울증으로 물들이는 다정한 유령들을 결코 품어주지 못했다. 모든 면에서 에벌린과 똑같이 실증주의적인 영혼을 지닌 비올레타는 그녀의 수제자인 동시에 적이었다. 그래서인지 에벌린은 비올레타를 존중했다. 에벌린은 다른 아이들에게 하듯이 우격다짐으로 그녀의 팔을 잡아 괜히 반항심을 폭발시키기보다 신중하고 침착한 태도를 잃지 않고 못 본 척, 못 들은 척하려고 했다. 에벌린과 비올레타 사이에는 종종 말싸움이 붙기도 했고, 그러다 주먹이 오가는 경우도 자주 있었다. 아무튼 둘은 서로를 두려워하면서도 서로를 높이 평가했다. 에벌린은 비올레타의 독립심과 반항심을 높은 지능의 표시로 본 반면, 늘 생각에 잠겨 있는 나의 태도를 우둔함의 분명한 증거로 간주하고 조용히 눈감아주거나 상냥하게 고쳐주었다. 6년째 늘 같은 생각만 하면서 차갑게 굴던 비올레타는 나를 볼 때마다 '헤벌레'라고 부르면서 항상 나의 악습과 결함을 꼬집곤 했다.

자신의 삶과 어울리지 않는 이름을 가진 이가 있다면, 그건 바로 비올레타였다. 겨울에 은은한 향기를 풍기며 조심스럽게 피어나는 꽃•과 그녀는, 이를테면 상극이나 마찬가지였다. 항상 경계하면서 자신의 권리를 내세우고 두각을 나타내려고만 하는 비올레타는 도무지 겸손할 줄을 몰랐다. 비 오듯

● 에스파냐어로 '비올레타'는 제비꽃을 가리킨다.

흘러내린 검은색 곱슬머리로 인해 그늘진 그녀의 빛나는 눈동자에는 냉소가 역력하게 드러나 있었고, 납작한 코에는 공격성이 도사리고 있었다. 그녀는 어떤 상황에서도 정확하고 빠르게 대답했다. 그녀는 상대방의 말을 받아치는 것을 즐기는 건지 이렇다 할 이유도 없이 핀잔을 주거나 시비를 걸기도 했다. 그녀는 멀리 돌을 던지거나 재주넘기를 할 줄 알았고, 심지어 나무도 잘 탔다. 어느 날, 사람들은 그녀가 집사의 어린 아들과 뺨 때리기 싸움을 하고 있는 것을 발견하고, 간신히 둘을 떼어놓았다. 하지만 그때는 이미 그녀가 승리를 거둔 뒤였다. 그 사실을 알게 된 엄마는 무척 속상해했지만, 아빠는 재미있다는 듯이 신나게 웃어댔다. 나는 사랑하는 후안 마누엘 엘 데세아도•의 영혼이 비올레타의 육신 속에 머물고 있었고, 그녀가 이 세상에 태어날 수 있었던 것도 바로 그런 이유 때문이라고 생각한다. 그는 비올레타로 변장해 6년 동안 지상을 떠돌고 있는 셈이었다. 그런데 그가 너무 어울리지 않게(그것도 엉망으로) 변장해서 모두가 그를 알아보았다. 그를 제일 먼저 알아본 것은 아빠였다. 그래서 아빠는 이따금씩 너털웃음을 터뜨리며 그를 반갑게 맞아주곤 했다.

나는 비올레타가 나를 멸시하는 것과 같은 정도로 그녀를 우러러보았다. 그건 당연했다. 나는 그녀의 정확한 돌팔매질

● 아빠가 아닌 주인공의 조상을 지칭하는 것으로 보인다.

과 우아한 재주넘기를 놀란 눈으로 구경했던 반면, 비올레타는 벌어진 내 입 뒤에서 폴과 비르지니의 결혼식에 친히 참석한 왕좌들과 요정들의 화려한 행렬을 지켜볼 기회를 갖지 못했다. 나와 비올레타의 관계는 오늘날의 어떤 시인과 축구나 수영, 아니면 권투 챔피언의 관계나 마찬가지였다. 다시 말해 아무것도 아니었다. 하지만 나의 우월감은 풀이 죽어 눈에 띄지 않을 정도로 보잘것없었지만, 나름의 매력을 가지고 있었다. 내 꿈은 비올레타가 쏜 화살에 맞아 상처 입고 에벌린에 의해 산산이 부서지는 바람에 박수 쳐주는 이 없지만, 마치 가지치기한 수풀처럼 아무도 모르는 사이에 더 많이, 그리고 더 활짝 피어났다.

그러던 어느 날, 나는 상처투성이가 되고 굴욕감으로 뒤덮인 자존심을 버릴 불행한 계획을 세웠다.

아무리 하찮은 이들이라 할지라도 자신의 재산을 골고루 나눠주고 연회를 베풀어 초대하고 싶어 하는 영혼의 무분별한 아량에 의해서든, 아니면 내가 그토록 동경하던 이에게 칭찬받고 싶은 허영심이나 욕심이든지 간에, 중요한 점은 어느 날 비올레타를 따로 불러내 잠시만 내 말에 귀를 기울인다면 내 이야기를 들으면서 얼마나 즐거운 시간을 보내게 될지 알려주는 것이었다. 비올레타는 마음에 의심이 가득했지만 체면을 차리면서 마침내 내 부탁을 받아들였다.

그녀의 실증주의적인 영혼이 섬세하고 미묘한 이야기를 음미할 수도, 허구와 상징에 담겨 있는 뛰어난 성과를 따라갈 수도 없었지만, 나 역시 너무 과장한 것도 사실이다. 진수성찬과 고급 와인을 대접함으로써 손님들의 기를 꺾는 연회의 주인공처럼 나는 내게 거의 주의를 기울이지 않는 비올레타의 기를 꺾어버렸다. 나는 내가 가진 재능으로 그녀의 마음을 현혹시키고 싶었지만, 너무 많은 것을 보여주고 말았다. 너그러운 나의 마음씨 때문에 일이 꼬여버린 셈이었다. 내가 그녀를 위해 즉흥적으로 지어낸 이야기에는 요정과 요술 막대기, 말하는 동물들, 아담과 하와, 대홍수, 그리고 왕자인 동시에 우리가 가장 아끼던 검둥이 개 마르케사인 야수까지 없는 것이 없었다. 무엇보다 최악인 것은 그 전날 밤, 거기 피에드라 아술에서 어수선한 일이 너무나 많이 일어났다는 점이다. 내 비위에 맞춰주기 위해서, 아니면 예의상 내 이야기를 잠시 들은 비올레타는 순식간에 현실적이거나 실리적인 쪽으로 완전히 방향을 돌리려는 실용적인 의식이 되살아났는지 더 이상 참지 못하고 성급하게 내 말을 끊더니 우아하고 간결하게 말했다. "지금 네가 한 이야기는 엄마가 지어낸 새빨간 거짓말이라고. 그러니까 네가 바보처럼 꼼짝 않고 앉아 있어야 자기 입맛대로 네 머리를 말 수 있을 것 아니니? 그러려고 네게 거짓말을 한 거라고. 그것도 모른다면 넌 항상 입이나 헤벌리고 다니는 멍청이가 틀림없어. 그리고 나 같으면 가만히 있지 않을 거야. 한창 재미있게 놀고 있는데 에벌린이 나를 데리러

오면 그녀의 손을 꽉 깨물어버리고, 난초나무 덩굴 진액이 담긴 그릇을 발로 차버렸을 거라고. 그러고 나면 그다음 날부터 머리를 말고 쓸데없는 이야기를 늘어놓으면서 괴롭히지는 않을 거야." 비올레타는 생동감이 넘치면서도 차분하게 자신의 생각을 밝혔다. 더 이상 말이 필요 없었다.

마치 과일을 향해 날아가던 돌멩이처럼 내 오른쪽에서 웅웅 소리를 내며 쏟아져 나오던 그 말을 듣고 나는 뭐라고 대답해야 할지 몰라 멍하니 있기만 했다. 나 자신도 상징의 세계에 담겨 있는 지고한 기쁨을 매일 잊어버렸는데, 비올레타의 거칠고 미숙한 영혼에게 이를 어떻게 설명한단 말인가? 자존심도 상하고 딱히 할 말도 없던 터라 나는 결국 소중한 나의 보물을 침묵 속에 묻어두기로 했다. 그사이 비올레타는 해오라기처럼 한 발로 서더니 나를 놀리려는 듯 내 이야기의 후렴을 노래로 만들어 따라 부르며 깡충깡충 뛰어갔다.

"얘는 블랑카 니에베스지……. 하지만 옛날에는 네그라 니에베스•였다네……. 얘는 헤벌레였다네……."

그때부터 내 가슴에 고여 있던 너그러운 마음씨가 밖으로 표출되려고 할 때면 손쉽게 관심을 끌 수 있는 내 여동생들, 에스트레야와 로살린다를 찾으러 조심스럽게 돌아다녔다. 그

• '흑설 공주'라는 뜻이다.

리 총명하지는 않아도 그 아이들은 따뜻한 온정이 넘치는 청중이었다. 설령 그 아이들의 박수가 내 성에 차지 않는다고 해도 나의 자존심은 어느 정도 흡족해하거나 적어도 상처를 받지는 않을 것 같았다.

4

이미 말한 바와 같이 엄마가 내 생머리를 감추기 위해 헌신적으로 노력한 결과, 나는 정숙하고 행실이 바른 여성들처럼 나의 머리카락에 관해 확고하고 엄격한 도덕적 기준을 세우게 되었다. 자연 상태의 내 머리, 그러니까 곱슬기 없는 생머리는 내 눈에 벌거벗은 것처럼 보였다. 내가 진심으로 곱슬머리를 흠모했다면, 그건(여러분은 믿기 어렵겠지만) 수치심에서 비롯된 것이었다.

자세히 설명하자면, 엄마가 자기도 모르는 사이에 내게 주입한 원칙들 덕분에 다섯 살 때 나의 자존심은 특이하게도 다른 부분이 아니라 오로지 나의 머리에 의존하고 있었다. 나의 자존심은 거기에 토대를 마련했고, 거기에 살았으며, 사람들의 눈을 피해 거기에 조용히 숨어 있었다. 내가 더 용감했더라면 죽기를 각오하고 영웅적으로 내 자존심을 지켰을 것이다. 거룩한 마음에 고무된 엄마는 내 자존심을 존중했을 뿐 아니라 나보다 훨씬 더 그것에 존경을 표하는 것 같았다. 그러면 이에 관해 좀 더 자세히 설명하기로 한다.

어느 날, 나는 비올레타와 같이 놀고 있었다. 평소처럼 그날도 비올레타는 온순한 내 마음에 횡포의 마수를 뻗치면서 나를 '헤벌레', '네그라 니에베스' 등 여러 가지 별명으로 부르며 놀렸다. 하지만 내 자존심만 짓밟지 않는다면 그 정도의 심술은 그냥 넘어갈 수 있었다. 그러던 어느 순간(어떤 상황이었는지 잘 모르겠지만), 내가 놀이의 규칙을 빨리, 혹은 철저히 따르지 않았다는 것을 알아차린 비올레타는 방금 엄마가 내 머리에 무수히 꽂아놓은 기름종이를 빤히 노려보더니 히죽히죽 웃으며 그때까지 한 번도 들어보지 못한 말을 내게 던졌다.

"마리아• 나비매듭!"

비록 그녀가 에둘러 말하기는 했지만, 내 자존심을 무참히 짓밟고 말았다. 모욕을 당한 나는 존엄성과 용기에 몸을 부르르 떨며 몇 걸음 앞으로 다가가 비올레타를 똑바로 노려보았다. 그러고는 모욕을 되갚아주려고 흥분한 목소리로 거만하게 말했다.

"내가 마리아 나비매듭이라고, 비올레타? 나더러 마리아 나

• 엄마의 이름이다.

비매듭이라고 했어? 그럼 말이야, 너는 마리아 곱슬이야!"

물론 비올레타는 화내기는커녕 깔깔거리며 웃었다. 그녀의 말이 옳았다. 마리아 곱슬이보다 더 어설픈 모욕이 있을까? 비올레타 정도의 곱슬머리를 가지려면 나비매듭과 이야기, 그리고 난초나무 진액이 아주 많이 필요했을 테니까! 그건 마치 먹고살기 위해 땀 흘려 일해야 하는 사람이 부잣집 여자와 싸울 때 모욕을 준답시고 '마리아 졸부'나 '마리아 땅부자'라고 말하는 꼴이나 다름없었다. 내가 그녀에게 내뱉은 말은 모욕으로서 전혀 쓸모가 없었다. 그 순간 내 얼굴에 나타난 비장한 표정은 오히려 내 말을 더 시시하고 더 비참하게 만들고 말았다. 비올레타는 그런 점을 간파했다. 하지만 그녀의 공격은 그칠 줄 몰랐다. 나의 패배를 확인하는 것만으로 성에 차지 않았는지 비올레타는 조용히 하는 대신 콧노래를 부르며 다시 시비조로 말했다.

마리아 나비매듭은 바나나를 곁들인
밥을 먹자고 나를 초대했답니다

그러고는 곧장 내 급소를 찔렀다.

"생머리야!"

말이 끝나기가 무섭게, 비올레타는 당돌하게 묶여 있던 기름종이 하나를 낚아챘다. 연약한 나비 날개가 그녀의 손가락

사이에 붙어 있었다. 아, 맙소사! 건방진 자가 탄식을 내뱉는 순간에 소심한 이는 “나 여기 있어”라고 말하면서 모습을 드러낸다. 찢어진 기름종이를 보고 분노로 이글이글 타오르는 내 눈빛을 보자 비올레타는 깜짝 놀라며 눈을 동그랗게 떴다. 나는 순식간에 그녀의 곱슬머리로 달려들어 두 손 가득 머리채를 움켜잡았다. 방심하고 있던 비올레타는 그 거만한 머리를 사방으로 흔들어대며 내 손아귀에서 벗어나려고 안간힘을 썼지만 소용없었다. 내 공격을 막으려고 비올레타의 손톱이 내 귀를 파고들었다. 하지만 나는 이에 대한 보복으로 곱슬머리를 놓지 않고 그녀의 목을 깨물었다. 그렇게 해서 우리는 한데 뒤엉켜 서로 물고 꼬집고 때렸다. 그러던 어느 순간, 뒤엉킨 네 발 중 하나가 미끄러지면서 둘 다 쓰러져 바닥을 구르며 싸우기 시작했다. 하필 전에 비가 내린 데다 닭장 바로 앞이었기 때문에 우리는 결국 진창에 빠지고 말았다.

사람들이 달려와 간신히 우리를 떼어놓았을 때, 우리는 온몸이 진흙투성이였다. 그리고 비올레타의 목에는 내 이빨 자국이, 그리고 내 귀에는 그녀의 손톱자국이 피멍과 함께 선명하게 남아 있었다. 에벌린은 우리를 바닥에서 일으켜 세운 다음, 손을 잡으며 둘 다 똑같이 훈계하고 상처를 돌봐주면서 몸을 깨끗이 씻어주었다. 그리고 우리의 행동을 꾸짖으면서 옷을 갈아입혀주었다. 그 소식을 듣고 엄마가 득달같이 달려왔을 때, 우리는 이미 깨끗한 옷을 입고 있었다. 세면대에서 더러운 팔다리를 씻은 것처럼 그 싸움을 통해 내 자존심도 깨끗하게 씻어냈다는 생각이 들자 나는 화해하고 싶은 마음이 들었다. 엄마는 에벌린과 이구동성으로 우리의 행동 때문에 당황스럽고 서글프다고 했다. 엄마의 말을 가만히 듣고만 있었다면 더 이상 아무 일도 일어나지 않았겠지만, 비올레타의 모욕적인 언행과 호전적인 기질은 끝이 없다는 말이 내 입에서 불쑥 튀어나오고 말았다. "모욕을 당한 나도 충분히 납득하는데, 시비를 건 비올레타는 되레 싸움 말리는 것을 못마땅하게 여긴다고. 이번에는 재도 나를 못살게 군 대가를 톡톡히 치르게 될 거야!"

그러자 비올레타는 엄마를 돌아보며 그 문제에 대해서라면 당장 정확히 짚고 넘어가야 한다는 듯이 억울하다는 투로 말했다.

"엄마, 여기 좀 봐. 저 아이가 이빨로 어떻게 해놓았는지 한번 보라니까. 미친개처럼 달려들어 물었다고."

그러고는 목 한쪽에 보랏빛으로 변한 반달 모양의 자국을 엄마에게 보여주었다. 물론 나도 되받아쳐야만 했다.

"엄마, 여기 좀 보라고. 저 아이가 뾰족한 손톱으로 내 두 귀를 찔렀다니까!"

"엄마, 그건 재가 먼저 내 곱슬머리를 움켜잡더니 악마처럼 흔들어서 그랬던 거야……. 그래서 그런 거야……. 그래서!"

"그건 엄마가 힘들게 내 머리에 묶어놓은 종이를 저 아이가 낚아채 찢어서 그런 거야. 그러더니 나한테 '마리아 나비매듭'이라고 놀리더라고, 엄마. 그러고도 성에 안 찼는지 '생머리'라고 했어."

아, 맙소사! 여기서부터 한 편의 드라마가 시작되었다! 엄마는 방금 내가 한 말을 듣자 표정이 일그러졌다. 그러고는 비올레타를 돌아보면서 더듬거리며 말했다.

"정말 저 아…… 아…… 아이한테 생머리라고 했니?"

엄마는 비극의 장엄한 말투로 외쳤다.

"아, 비올레타! 어찌 그리도 무정하니! 마음이 찢어지는 것 같구나! 슬픔으로 가슴이 미어지는구나!"

여기 특이한 점이 한 가지 눈에 띈다. 엄마는 우리에게 벌을 내릴 때 연극을 하듯 과장된 말투를 사용하기로 결심한 것 같았다. 그래서 중형을 선고하는 판사처럼 엄숙하게 말했다.

"자, 그럼 더 이상 못된 짓을 하지 않고, 동생을 못살게 굴지 않도록 너에게 벌을 내릴 거야. 알겠니? 앞으로 한 시간 내내 시계를 보면서 꼼짝 않고 앉아 있어야 해. 당장 저 위로 올라가!"

엄마는 팔을 뻗더니 마치 살아 있는 자유의 여신상이라도 된 듯 잠시 뷰로 책상•을 가리키고 서 있었다. 그 책상은 우

• 서류함과 개폐식 판이 달린 책상.

리 키에 비해 상당히 높은 편이었다.

그런데 다른 무엇보다 다음 세 가지가 가장 무시무시하게 느껴졌다. '한 시간 내내', 책상의 높이, 그리고 엄마의 뻗은 팔.

거의 모든 폭군이나 불량배처럼 비올레타도 실제로 자신의 약점을 허명 뒤에 능숙하게 숨기면서 살았던 나약한 존재에 지나지 않았다. 엄마의 목소리와 쭉 뻗은 팔은 연극처럼 너무 과장된 듯해서 누구든 겁에 질리게 만들었다. 하지만 비올레타는 아직 자신의 명성에 걸맞지 않았고, 상황을 주도하는 능력도 없었다. 엄마의 명령에 따라 에벌린이 형을 집행하는 동안, 비올레타는 겁에 질려 정신을 잃은 나머지 자존심 따위는 까맣게 잊고 그 유명한 반항심도 모두 내팽개쳐버린 채 가슴 속에 고통과 슬픔이 회오리치는 듯 입을 점점 더 크게 벌리기 시작했다. 마침내 책상 위에 올라간 비올레타는 좌절과 불행의 늪에 빠진 채 엄숙하게 모두를 굽어보더니 갑자기 소리를 질렀다.

"아아! 아아아!"

그러자 고통의 비명이 방 안 가득히 울려 퍼졌다. 마치 벌겋게 이글거리는 숯불 위에 비올레타를 앉혔거나 저 높은 곳에서 보이지 않는 손이 그녀에게 고문을 가하고 있는 것 같았다.

비통한 울부짖음이 터져 나오자 방 안은 금세 구경꾼들로 가득 찼다. 집 안에 있는 모든 사람이 대체 무슨 일이 일어났는지 궁금해서 걱정스러운 표정으로 몰려들었던 것이다. 가장 먼저 아우로라가 왔고, 그 뒤를 이어 항상 붙어 다니는(그리고 내 이야기를 가장 잘 들어주는) 에스트레야와 로살린다가 손을 잡고 도착했다. 그리고 세 명의 여자 보모들이 도착했고, 그다음에는 알타그라시아와 헤수시타가 차례대로 왔다. 마르케사가 당당하면서도 무심한 표정으로 사람들에게 떠밀려 왔고, 곧이어 아우라 플로르도 유모의 품에 안긴 채 도착했다. 한마디로 올 수 있는 사람들과 동물은 모두 온 셈이었다. 빠진 사람은 사탕수수 제분소에 있던 아빠와 기분이 나쁠 때면 보통 짧은 목줄에 묶인 개처럼 벽난로 앞에 웅크리고 있던 칸델라리아, 두 명뿐이었다. 이런 광경을 한 번도 보지 못했을 독자 여러분의 입장에서는 한 편의 드라마 같은 사건이 어떻게 벌어졌는지 선뜻 이해되지 않을지도 모른다. 어찌됐든 그건 한 편의 처참한 드라마였다. 치욕의 제단에 오른 비올레타가 주먹 쥔 두 손으로 눈을 비비자 눈물이 뺨을 타고 하염없이 흘러내리면서 이 세상의 모든 고통이 다 들어가고도 남을 만큼 입이 크게 벌어졌다. 그러자 곧 귀청을 찢는 듯한 비명이 터져 나오면서 자존심도, 수치심도 다 버리고 목젖까지 훤히 드러냈다. 구경꾼들이 늘어날수록 극적인 강렬함 또한 잔인할 정도로 높아졌다. 사람들의 시선이 일제히 쏠리자 형벌은 불명예라는 치욕적인 양상을 띠게 되었다. 비극적인 그날, 나는 이단 심문의 공포가 어떤 것인지를 몸소 체

험했다고 분명하게 말할 수 있다.• 엄마는 비올레타를 감시하기 위해 책상 아래 자리 잡고 뜨개질을 하기 시작했다. 엄마는 이따금씩 고개를 들고 매정하게 같은 말을 되풀이했다.

"네가 아무리 고래고래 소리를 질러대도 한 시간 내내 거기 있어야 해."

그럴수록 비올레타는 더 크게 고함을 질렀다.

이단 심문은 계속 잔인하게 진행되었다. 무자비한 장면에서 엄마는 종교재판장의 역할을, 에벌린은 형 집행자, 그리고 나는 악랄한 밀고자의 역할을 맡았다. 반면 비올레타, 무방비 상태의 비올레타, 청중이 보내는 혐오와 증오의 시선에 의해 불타고 있는 가엾은 이단자 비올레타 또한 공범인 동시에 형 집행인이었다. 그 비극에서 내가 무슨 역할을 맡았는지 깨달으면서 후회로 가득 찬 내 마음은 극심한 공포에 시달림과 동시에 비올레타에게 한없는 사랑과 온정을 느꼈다. 방금 전에 에벌린이 갈아 신겨준 반짝거리는 그녀의 새 구두는 교수형에 처해진 두 사람처럼 체념한 듯 허공에 대롱대롱 매달린 채 가엾게도 자기 눈앞에서 고통과 슬픔을 방울방울 떨어뜨리고 있었다. 그리고 그녀의 무릎은 내 눈에 버림받은 고아처럼 보였다. 깨끗한 드레스, 새 트림 레이스가 달린 바짓단, 그

• 종교재판의 이단 심문도 높은 곳에 설치된 의자에 마녀 용의자를 앉혀놓고 진행되었다.

리고 가슴께에 아직 채우지 않은 단추 하나는 말은 못 하지만 갈수록 연민의 정과 양심의 가책으로 내 마음을 더 무겁게 짓눌렀다. 마침내 내 시선이 더 높은 곳에 멈추었을 때, 무서운 것을 발견하고 나자 나는 더 이상 견딜 수 없었다. 비올레타가 흐느끼는 리듬에 맞춰 반달 모양의 보랏빛 이빨 자국이 눈물에 의해 구원받은 그녀의 목에서 올라갔다 내려갔다 했다. 그 모습을 보자, 다시 말하지만 나는 더 이상 견딜 수 없었다. 결국 후회와 양심의 가책이 나를 굴복시키고 말았던 것이다. 나도 입을 크게 벌리고, 나도 가슴을 들썩들썩하면서 그동안 간신히 참았던 울음을 터뜨렸다. 나도 주먹 쥔 두 손으로 눈을 비볐고, 나도 양심의 가책을 조금이라도 덜어내기 위해 있는 힘을 다해 큰 소리로 외쳤다.

"아아! 아아아!"

그건 아무도 예상치 못한 극적인 사건이었다. 모두가 놀란 눈으로 나를 쳐다보았다. 비올레타도 비명을 지르며 높은 곳에서 눈물이 글썽글썽한 눈으로 놀란 듯 나를 바라보았다. 엄마도 놀란 표정이 역력했지만, 내 행동에 조금 감동받았던 것 같다. 아무튼 억지로 뜨개질을 하던 엄마는 고개를 들더니 일부러 조바심을 치며 내게 물었다.

"넌 또 왜 그러니? 블랑카 니에베스, 이 바보야. 왜 우는지 말해줄래?"

"아아! 아아아!"

나는 비올레타와 함께 울음으로 대답했다. 엄마는 말없이 다시 뜨개질을 했지만, 자신의 작전이 예상했던 것보다 더 큰 성과를 거두고 있다고 느끼는 것 같았다. 가슴속에서 분출한 정의감은 파도처럼 솟구쳐 올라 뜨개질실과 천, 그리고 모든 것으로 그녀를 집어삼키겠다고 위협하고 있었다. 실제로 아우로라, 모성애가 7년이라는 세월 속에 깊이 스며들어 있을 정도로 착하디착한 아우로라는 내가 우는 모습을 보자 소리 없이 울기 시작했다. 아우로라가 우는 것을 본 에스트레야와 로살린다는 모방 심리와 아우로라에 대한 사랑으로 엉엉 소리 내어 울기 시작했다. 아이들 사이에서 울음이 전염병처럼 퍼져나가자 아무리 애처로운 일이라도 너무 우스워 보였던 터라 하인들은 모두 웃음을 터뜨렸다. 우리가 더 슬퍼할수록 주변에서는 폭소가 터졌다. 그렇게 우리를 놀리는 웃음소리가 커져가는 만큼 우리가 합창하듯이 울부짖는 소리도 더 커졌다. 한편 하녀들 틈에 끼어 있던 아우라 플로르는 유모의 웃음에 합세해서 허공에 불끈 쥔 주먹을 휘둘러대며 폴짝폴짝 뛰는가 하면, 계속 구시렁거리면서 뭐가 그리 즐거운지 침을 질질 흘리고 있었다. 반면 마르케사는 꼬리를 살랑살랑 흔들면서 고통과 슬픔의 원인을 찾아보려는 듯 이리저리 돌아다니며 코를 킁킁거렸다. 시끄러운 소음이 한데 엉켜 귀가 먹먹할 정도였다. 거기서 유일하게 침착한 사람은 엄마밖에 없는 것 같았다. 하지만 엄마도 분명 목 놓아 울고 싶은 심정이었을 것이다. 결론적으로 엄마의 엄청난 작전은 기대치를 넘어섰다. 그렇다면 이제는 자신의 정의감 속으로 조용히 가라앉는 수밖에 없었다. 실제로 엄마는 침몰했지만, 아주 고상하게 침몰했다. 귀가 먹먹할 정도로 소란스러운 울음소리와 웃음소리를 진정시킨 엄마는 에벌린을 향해 말했다.

"에벌린, 시간이 다 됐나 확인해봐. 벌써 지났을 거야."

그러고는 한쪽 눈을 찡긋해 보였다. 우리는 눈물이 글썽글썽해서 따끔거리는 눈으로 그 장면을 똑똑히 보았다. 밖으로 나간 에벌린은 금세 돌아와 말했다.

"이미 지났습니다."

"시간이 다 됐어!" 엄마는 소란을 진정시키기 위해 다시 고함을 질러야 했다. "비올레타, 이제 내려오너라!"

하지만 엄마가 아무 소리도 지르지 않은 것처럼 아무 효과가 없었다. 서러움이 엄청나게 빠른 속도로 가슴에 북받쳐 오르는 바람에 아무도 울음을 멈추려 하지 않았다. 현기증처럼 울음 또한 자신만의 매력을 가지고 있었다. 아, 엄마는 사람들의 마음을 끄는 방법을 알고 있었던 것이다! 에벌린이 경건한 자세로 비올레타를 책상에서 내려주는 동안, 엄마는 능숙하게 몇 걸음 뒤로 물러서서 방문 앞에 이르렀다. 그러고는 격한 감정에 휩싸인 사람들 위로 팔을 뻗으며 훌륭한 연설들처럼 힘찬 목소리로 최후의 수단에 호소했다.

"애들아, 내 말 잘 들으려무나. 울지 않고 여기 가장 먼저

오는 아이는 사탕수수 짜낸 물에서 나와 같이 목욕하게 될 거야. 이제 11시니까 짜낸 물을 흘려보낼 시간이잖니!"

세상에나! 방 안에 가득하던 울음소리가 이내 환호성으로 바뀌었다. 여전히 눈물범벅이었던 얼굴은 흐느끼느라 파르르 떨렸지만, 아이들은 서로 밀치며 기쁨의 환성을 질렀다.

"엄마, 내가 제일 먼저 갈 거야! 내가 일등이라고!"

그리고 모두는 엄마의 가운 자락을 붙잡으려고 안간힘을 쓰고 있었다. 비올레타는 자신의 공리주의적 정신으로 인해 앙심과 울분을 장애물이라고 경멸했던 데다 '제분소에서 쏟아내는 물'이 워낙 유명했던 터라 가장 앞서 달리던 아이를 붙잡았다. 사탕수수 제분소에서 더 이상 필요하지 않아 쏟아낸 물은 괴물처럼 울부짖으며 양치식물, 개구리, 초록색 과일, 아이들, 엄마, 에벌린, 아무튼 그 앞에 있는 것이면 무엇이든 밀쳐내면서 연못으로 빠르게 흘러들었다.

사촌 후안초가 여기 오다

1

사촌 후안초는 여기서 며칠 묵기 위해 찾아온 손님 중 하나였다. 때때로 그는 우리 집에서 몇 주 동안이나 머무르기도 했다. 그는 항상 저녁이 다 되어서야 카라멜로를 타고 당당한 모습으로 도착했다. 그가 나타나도 우리는 전혀 겁을 먹지 않았고, 엄마도 넘치는 잔을 그의 발치에 쏟지 않았다.

사촌 후안초는 당당한 모습으로 도착하면서도 언제나 투덜거렸다. 그는 모든 것에 분개하면서 불평하다가 결국 세상 전반에 관해 가장 너그러운 조언을 아낌없이 해주었다.

그가 우리 집에 오면 항상 이런 식이었다. 말에서 내려 발이 땅에 닿자마자 우리에게 다정하게 인사하고 나면, 곧장 엉망인 도로 상태, 과도한 먼지, 교량의 부족, 말라붙은 강물, 식료품점 옆에서 볼링을 하는 바보 같은 습관에 대해 몹시 화를 내며 불평을 늘어놓았다. 그러다 아빠에게 당장 카라멜로를 팔고 유럽에서 순수한 혈통을 이어받은 말을 사가지고 와 머리에 하얀색 헬멧을 쓰고 영국식 점프를 하라고, 또 피에드라 아술 농장의 사탕수수를 모두 뽑아버리고 그 자리에 목화와 포도나무, 그리고 담배나무를 심으라고 상냥하게 조언했다.

보다시피 사촌 후안초는 자비로운 이슬방울 같은 조언으로 불평불만의 분노를 누그러뜨리곤 했다. 불평과 조언으로 손쉽게 짜였을 뿐만 아니라 고상하면서도 심오한 생각이 한데 뒤섞인 그의 수다는 전체적으로 촘촘히 엮인 깔개를 이루었다. 때때로 재미있는 일화가 거기에 등장해 우리에게 윙크하면서 사촌 후안초의 등 뒤로 돌아가 자리 잡고 앉았다.

친할아버지 집안의 사촌으로 세 번째 세대를 열었던 후안초는 우리에게 오빠였지만, 우리는 이름의 리듬감을 살려 그냥 '사촌 후안초'라고 불렀다. 손위라는 것을 나타내지 않은 그 이름은 이내 친척, 친구, 지인들의 귀에 익숙해졌고, 무슨 조화인지 모르겠지만 모든 이의 입에서(마치 우리 마음속으로 이리 나와! 하고 소리라도 친 것처럼) 자연스럽게 튀어나왔다. 그와 함께 있으면 언제나 예상치 못한 일들이 일어나서 즐겁고 유쾌한 순간을 누릴 수 있었다.

그가 세상을 떠난 지 오랜 세월이 지났지만, 엄마는 여전히 이렇게 말하곤 했다.

"사촌 후안초는 여러 방면에 재주가 많았고, 아는 것도 엄청 많았지."

그리고 자기도 모르는 사이에 그만 삼천포로 빠져버린 엄마는 미소 지으며 본능적으로 그의 삶과 그 영혼의 비밀에 얽힌 모든 이야기를 뭉뚱그려 말했다. 그 이야기 속에서 숭고한 것과 익살맞은 것이 마치 두 명의 좋은 친구처럼 매 순간 즐겁게 서로 얼싸안았다.

신록으로 넘실거리는 사탕수수 밭 사이로, 저기 카라카스에서 오는 길을 따라 유명한 그의 머리가 지평선의 작은 점으로 나타나자 아빠, 엄마, 그리고 피에드라 아술 농장에 있던 모든 사람이 기쁨에 들뜬 목소리로 서로에게 그 소식을 알려주었다.

"후안 마누엘, 사촌 후안초가 이리로 오고 있어요! 사촌 후안초가 오고 있다고요!"

그러면 그들은 언제나 난간으로 몰려와 느릿느릿하게 걸어오고 있는 그의 모습을 망원경으로 보면서 즐거워했다.

엄마 말처럼 사촌 후안초가 그렇게 '학식이 풍부'했다면, 다시 말해 그렇게 지식이 많았다면 왜 상원이나 하원에 가지 않았던 걸까? 그랬더라면 그의 똑똑한 머리로 온 나라를 놀라게 하고, 유창한 언변으로 모든 이를 즐겁게 하면서 청렴결백한 태도로 국민을 지켜주었을 텐데 말이다. 하지만 가족 중 그 누구도 이에 대해 속 시원하게 말해주지 않았다. 다만 그들도 인생이 '별다른 이유 없이' 부당하게 강요하는 잔혹한 미스터리 중 하나일 뿐이라고 믿었다.

실제로 그와 같은 부당함과 미스터리 따위는 애당초 없었다. 사촌 후안초는 능력이 부족해서가 아니라 생각이 너무 많아서 어떤 일도 결정하고 이끌 수 없었다. 풍부한 지식이 오히려 그를 망쳐버린 것이다. 유쾌한 대화를 나누다보면, 그의 총명한 머리는 인간의 지식이라는 나뭇가지 위를 다람쥐처럼 달리고 뛰어오르곤 했다. 따라서 그를 쫓아가기가 불가능했을뿐더러 대결을 벌인다고 해도 도저히 이길 수 없었다. 그는 모든 것을 손바닥 들여다보듯 훤히 알고 있었다. 어떤 시대나 장소, 또는 어떤 분야의 이야기가 나와도 상관없었다. 그는 어떤 것에도 전혀 막힘이 없었다. 그는 로마법은 물론, 프랑스 대혁명기의 지롱댕의 몰락 원인이나 아메리카 독립전쟁, 또는 별들의 운동 법칙에 관해서도 정확히 설명할 줄 알았다. 심지어는 가장 효과적인 나방 근절 방법과 요리사가 마늘과 파슬리를 사용할 수 있는 적당한 비율에 이르기까지 모르는 것이 없었다.

토론을 할 때, 그는 상대방을 구불구불한 길을 통해 저 멀리 전속력으로 몰고 가다가 결국 정해진 지점에 이르면 그를 궁지로 몰아넣었다. 하지만 자신의 승리를 지나치게 과시하지 않고 품위 있게 상대를 꺾었다. 예를 들어 언젠가 어떤 이가 커피 산업의 미래에 관해 이야기를 꺼냈는데, 어찌 된 영문인지 오 분 뒤 사촌 후안초와 상대방은 예수 그리스도가 태어나기 1000년 전의 예루살렘에 가 있었다. 거기에서 사촌 후안초는 하늘을 향해 두 팔을 뻗으며 소맷부리의 커프스단추를 달그락거리고 예루살렘의 성벽 위에 선 채 코트 자락을 휘날리면서 공손한 말투로 상대방에게 물었다.

"그러면 오래된 솔로몬의 성전에 가장 지배적인 영향을 미친 것이 무엇인지 살펴볼까요? 그 성전을 지은 건축가들은 페니키아인들이었을까요, 아니면 칼데아인들•이었을까요?"

하지만 상대방은 그 사실을 아예 모르고 있었다. 사촌 후안초는 답을 알고 있었지만, 겸손하고 상냥하게 다시 질문을 던졌다.

"아, 모르는 모양이군요. 그런데 모르면서 왜 그 문제에 관해 토론하고 있는 거죠?"

토론을 승리로 끝낸 사촌 후안초의 모습은 의기양양하면서도 아량이 넘쳤다.

그의 설명을 듣고 있으면 절로 감탄이 나올 정도였다. 그가 선택한 주제는 각종 일화와 날짜, 그리고 적절한 의견을 통해 다양하게, 그리고 무한히 빠르게 전개되었기 때문에 장면

• 셈족 계통의 사람들을 가리킨다. 칼데아인들은 기원전 10세기 무렵부터 바빌로니아 남부 지역에 정착해 살았으며, 기원전 7세기에 바빌론을 수도로 신바빌로니아 왕국을 세웠다.

이 급격하게 바뀌는 것을 아무도 눈치채지 못했다. 그는 달리는 기차 같았다. 아니, 더 정확하게 말하자면 사전 같았다. 전체적으로 산만하지만 내부적으로 부분적인 통일성을 갖추고 있었으니까. 여러분은 혹시 따분한 오후의 고독에 잠겼을 때, 사전을 닥치는 대로 훑어본 적이 있는가? 그런 적이 없다면 한번 해볼 것을 권한다. 우리의 정신에 이보다 더 큰 기쁨과 편안한 휴식을 주는 것은 없다. 나란히 붙어 있는 단어들이 서로를 조롱하는 것처럼 보일 테니까. 자신에 대해 만족하면서 아주 으스대는 각 단어는 옆에 있는 단어가 자신을 비웃을 줄은 꿈에도 모른 채 그 단어를 비웃는다. 사회에서 벌어지는 것과 같은 일이 사전에서도 똑같이 벌어지고 있는 셈이다. 예를 들어 로마의 엄격한 정치인이라는 설명이 붙은 '카토'•에서 아무 설명도 없는 '카타플라스마'••로 넘어갔다가, 그다음에 강과 산, 주요 도시로 가득 찬 곳으로 설명되어 있는 '카탈루냐'•••라는 단어를 읽는 것은 아주 즐거운 오락거리다. 산만하고 뒤죽박죽인 사전의 재미난 성격은 우리 어머니의 자연과 아주 흡사해서 논리, 연설, 문학에서 우리를 벗

• 마르쿠스 포르키우스 카토(기원전 234~149)는 고대 로마의 재무관이자 엄격한 감찰관으로, 스키피오 아프리카누스를 탄핵했다.

•• 습포제, 찜질약을 가리킨다.

••• 에스파냐 동북부에 위치한 자치주로, 바르셀로나가 포함되어 있다.

어나게 해준다. 그런 점에서 사전은 이 세상에서 유일하게 즐겁고 편안한 책이다.

그래서 사촌 후안초는 제본을 모두 낱장(일부는 위를, 또 일부는 아래를 보고 있다)으로 해체한 라루스 사전이나 마찬가지였다. 말하자면 그는 아주 유쾌했을 뿐만 아니라 혼돈이 아니라면 그 어떤 것도 설계하고 창조할 수 없는 사람이었다. 그는 화제를 전환할 때만큼이나 빠르게 기분을 바꾸었다. 그는 매 순간 모든 것에 대해 분노했지만, 그 분노는 전혀 중요하지 않았다. 마치 '카토'에서 '카타플라스마'로 넘어가듯이 그의 기분은 분노에서 미소로 바뀌었다. 사촌 후안초가 지닌 도덕적 인상의 특징 중 하나는 자기 자신에 대한, 아니 오히려 자신의 불운에 대한 끊임없는 찬양이었다. 그는 욥•의 시대부터 오늘날에 이르기까지 자신을 집요하게 따라다니는 것처럼 쉴 새 없이, 또는 인정사정없이 괴롭히는 불운의 경우는 결코 없었다고 눈을 동그랗게 뜨고 장담했다. 그리고 그것은 여전히 사실이었다. 사촌 후안초의 인생은 숭고한 욥을 불멸의 인물로 만든 장엄한 비극 근처에도 못 가본 채 재난과 불운이라는 잔다란 '가랑비'를 맞고 미끄러져 자빠지곤 했다. 아무리 그래도 비는 결코 그치지 않았다.

• 구약성경 〈욥기〉의 주인공으로, 가혹한 시련을 견뎌내고 믿음을 굳게 지킨 인물이다.

그로부터 몇 년 후, 우리 가족이 카라카스에 정착한 후에도 사촌 후안초는 매일같이 우리를 보러 왔다. 그가 집으로 들어오면서 호들갑스럽게 모자를 벗어 탁자 위에 던져놓고, 두 손을 관자놀이에 대거나 눈을 동그랗게 뜨고 간절한 목소리로 이렇게 묻지 않는 일은 극히 드물었다.

"오늘 나한테 무슨 일이 있었는지 알아요? 아주 독특하고 믿을 수 없는 일이 일어났죠. 그런 건 이 세상 아무한테나 일어나는 것이 아니라 불운의 신이자 불행의 유피테르인 이 후안•에게만 일어날 수 있는 일이라고요."

그러고는 사건의 자초지종을 설명했다.

그가 겪은 재난이 세세한 부분에 있어서는 무한히 다양하다 할지라도 근본적으로, 혹은 본질적인 연결에 있어서는 거의 다르지 않았다. 잘 들어보면, 언제나 같은 이야기였다. 항상 선의로 충만한 사촌 후안초는 선천적이고 결코 사라지지 않을 고결한 마음에서 아무 보답도 바라지 않고 도와주려고 했지만, 뜻하지 않은 사건이 갑자기 일어나 궁지에 몰리는 바람에 세상 사람들의 눈에 어쩔 수 없이 어떤 종류의 고상한 도덕성도 없는, 그저 이기적이고 태만한 사람으로 보일 수밖에 없다는 이야기였다.

그는 상대방에게 자신의 의도를 차분하게 납득시킬 수 없었

• 후안초는 후안의 애칭이다.

기에 그런 일이 있을 때마다 분노를 터뜨렸다. 그는 비록 불행한 결과를 얻었지만 너그러운 생각으로 도와주려고 했던 사람이나 사람들에게 욕설을 퍼붓기 시작했다. 따지고 보면 그럴만도 했다. 아무튼 그는 그런 이들을 배은망덕한 놈들, 후레자식들, 멍청이들, 배신자들이라고 불렀다. 하지만 이런 말이 입에서 불쑥 튀어나오자 얼토당토않은 잘못은 더욱 분명해졌고, 졸지에 봉변을 당한 이들의 노여움은 더 커져만 갔다.

예를 들어 사촌 후안초가 평소처럼 빠르고 긴장된 발걸음으로 길을 걸어가다가 고상하지만 병약해 보이는 여인이 다가오는 것을 보았다고 하자. 그러면 상냥하고 예의 바르기로 소문난 그는 여인에게 고개 숙여 인사를 건네기 위해 길 한복판으로 달려들어 그녀에게 보도 전체를 열어주었을 것이다.

그런데 이게 무슨 일이란 말인가? 계획한 대로 그가 우아하게 동작을 취하려던 바로 그 순간, 그의 한쪽 발이 과일 껍질이나 그와 비슷한 것을 밟는 바람에 미끄러지고 말았다. 의도한 대로 왼쪽이나 길가의 배수로 쪽으로 뛰어드는 대신 그는 오른쪽, 그러니까 벽으로 날아가버렸다. 결국 그는 느닷없이 그 여인과 부딪치면서 그녀의 가슴을 치고 머리에 있는 만티야•를 벗기고 말았다. 그사이, 그 사고의 원인이 된 과일

● 에스파냐 부인들이 축제나 파티에 참석할 때 착용하는 검은색의 얇은 명주 천으로, 머리와 어깨를 덮는다.

껍질 조각은 아무도 모르게 그의 구두 밑창과 굽 사이에 숨어버렸다. 그러다보니 그는 물론 어느 누구도 그것을 볼 수 없었다. 졸지에 봉변을 당한 병약한 여인은 고개를 쳐들고 소리를 꽥 질렀다.

"눈을 어디 두고 다니는 거예요! 당신은 에티켓도 못 배웠어요? 설령 여자가 왼쪽에서 오더라도 보도 통행 우선권이 여자에게 있다는 걸 몰라요?"

억울한 상황에 처한 사촌 후안초는 흥분한 나머지 버럭 화를 냈다. 부당한 비난도 그렇거니와 예의범절의 대가인 자신 앞에서 감히 예의를 가르치려 들다니! 평소 상냥하기 그지없는 그였지만, 인내심의 한계에 도달하고 말았다. 그는 분한 마음을 삭이지 못하고 펄펄 뛰며 맞받아쳤다. 그러자 병약해 보이는 여자도 퉁명스럽게 대꾸했다. 흥분한 사촌 후안초는 모자를 손에 쥔 채 쉬지 않고 그녀와 언쟁을 벌였다. 결국 모욕감을 느낀 그는 마음에 상처를 입고, 창백한 표정으로 입을 굳게 다문 채 충돌 장소를 떠났다. 그는 집에 도착해서야 사고의 원인이 된 과일 껍질을 발견했다.

긴 하루를 보낸 뒤 말을 타고 여관, 아니 당시 말로는 여인숙에 도착했을 때, 그는 늘어지게 쉬고 싶은 마음이 간절했다. 의자를 보자 그는 와락 반가운 생각이 들었다. 그런데 하필 그것은 방금 어떤 손님이 부숴버린 뒤 교묘하게 맞추어놓은 의자였다. 그는 아무 영문도 모르고 의자에 털썩 주저앉았다. 갑자기 우지끈하는 소리가 나자 여관 주인이 달려 나왔다. 당연히 두 사람 사이에 격렬한 언쟁이 오갔다. 사촌 후안초는 여전히 분이 풀리지 않아 씩씩거리면서도 부서뜨린 의자값을 내고, 욱신거리는 몸을 장뇌를 섞은 소주로 문질러야 했다.

가령 정직하고 고결한 인품을 가진 이가 집권을 한 다음, 우리 사촌 후안초의 훌륭한 재주와 학덕을 변함없이 인정해서 그를 요직에 임명하기로 결심했는데, 그와 변함없는 친구 사이였던 총리는 포고령이나 임명장에 서명하기 바로 며칠 전에 동맥류나 협심증으로 갑자기 죽고 말았다고 해보자. 그러면 사촌 후안초는 미래 자신의 든든한 후원자가 될 뻔했던 총리의 시신 곁을 이틀 동안 지킨 다음, 그에게 커다란 왕관(그 바람에 한 달 치 생활비가 바닥나고 말았다)을 씌워주며 저세상으로 떠난 이의 무덤 앞에서 아름다운 연설을 하고 과부에게도 모든 예를 갖추었을 것이다. 그리고 자신의 후원자가 세상을 떠나면서 요직에 등용될 기회가 영원히 날아가버린 것에 대해 아쉬움과 슬픔을 금치 못하며 몇 달을 보냈을 것이다.

2

사촌 후안초는 수시로 닥치는 불운과 특유의 분노, 그리고 박학다식함으로 잘 알려져 있었지만, 뛰어난 언변이 가장 유명했다. 웅변조의 말투와 가식적인 미사여구를 전혀 쓰지 않는 그는 천부적인 말재주를 가지고 있었다. 다시 말해 그의 입에서 나오는 모든 말은 생명이 고동치며 좌중을 압도했다. 내가 보기에 뛰어난 말재주는 그의 행복의 근원인 동시에 불행의 씨앗이었던 것 같다. 그러니까 그는 돈키호테처럼 이 세상의 모든 악을 뿌리 뽑겠다는 일념으로 희생정신을 발휘해 가장 현란한 시대에 말을 타고 매일같이 총총걸음으로 유토피아를 향해 돌진했던 것이다. 토론에서 모든 적을 물리치고 오후 내내 수많은 친구를 잃어버린 그는 자신에 대해 매우 만족해하며 유토피아에서 돌아오곤 했다. 하지만 그의 눈에는 시간도, 돈도 전혀 중요하게 보이지 않았다. 그는 시간과 돈을 경멸 속에 모아놓고 쳐다보지도 않았다. 그래서 그는 항상 꾸물거렸고, 호주머니 속에서 홀로 외롭게 헤엄치는 얇은 지갑에 지폐가 들어 있는 경우는 극히 드물었다. 이 세상의 모든 불행 중에서 단 한 번도 그에게 나타나지 않았던 것은 부와 명예, 그리고 성공 속에 숨겨져 있는 것이 분명하다.

그는 기질적으로 보수적이었지만, 아주 사소한 점에 있어서도 반골 성향이 강하고 유토피아를 지극히 사랑했기 때문에 매일같이 배은망덕한 짓을 저지르고 환멸에 빠져도 열정적으로 자유주의 정당에 가입했다. 그러한 배은망덕으로 인해 그는 어떤 건설적인 일에도 적극적으로 참여할 수 없었다. 그의 영혼은 이처럼 배은망덕에 시달리고 인간적인 죄악의 무게에 짓눌린 나머지 현실에서 멀어지고 말았지만, 향기와 열정이 가득한 채 여전히 자신에 대한 가장 순수한 믿음을 간직하고 있었다. 그는 한 번도 노동을 해본 적이 없는 이들처럼 때 묻지 않은 순수함을 지녔다. 토론과 논쟁의 장을 제외하고는 자신의 능력을 단 한 번도 펼쳐본 적이 없었다. 그래서 그는 자신의 능력을 극히 공정하게 판단했으며, 이타심으로 넘쳐나는 그의 마음은 사소한 일에서 실패한 경우라도 절대 무너지지 않았기 때문에 이기적이고 탐욕스러운 이들에게 좋은 본보기를 보이기 위해 모든 종류의 상상적인 재화를 좌파와 우파에게 계속 푸짐하게 나누어줌으로써 그들에게 굴욕감을 안겨주었다. 그의 분노, 그의 얼굴을 화끈거리게 하고 눈을 부릅뜨게 만들 정도로 지독한 분노조차 보편적인 너그러움이 깃들어 있었고, 그가 추상적인 것과 집단적인 것을 향해 가리지 않고 퍼부었던 심한 모욕은 그의 입에서 흘러나오는 순간 말로 표현할 수 없을 정도로 따뜻한 우애의 뉘앙스를 띠었다.

보수주의자들에 관해 말할 때, 그는 오른팔을 휘두르며 소리쳤다. 그 바람에 그의 소맷부리에 달린 커프스단추에서 귀가 먹먹할 정도로 시끄러운 소리가 났다.

"그들은 정부를 이끌 능력도 전혀 없을 뿐만 아니라 진보의 적이죠. 그들 때문에 지금 우리가 이런 고난을 겪고 있는 거라고요!"

그리고 그의 동지들인 자유주의자들에 관해서는 이렇게 말했다.

"그들은 티끌만 한 양심의 가책도 느끼지 못하는 도둑놈들이죠. 저들은 아무렇지도 않게 우리를 완전한 파멸로 이끌고 있다고요!"

학술원이나 의회에서 아름다운 연설의 꽃으로 피어나고도 남을 정도로 멋들어진 그의 바리톤 목소리는 마치 저 멀리서 서로에게 외치는 것처럼 따뜻하고 선량한 피에드라 아술 농장의 회랑을 따라 울려 퍼졌다.

"모두 안녕, 잘 있어요! 가족들에게 안부 전해줘요!"

어떤 면에서 사촌 후안초는 19세기 초반 70년 동안 베네수엘라에서 일어난 사회적·정치적 사건을 가장 완벽하게 담고 있는 기록, 혹은 떠돌이 연대기나 마찬가지였다. 불행하게도, 아니 어쩌면 다행스럽게도 그는 오로지 아주 정확한 것만을 기록했다. 그가 대화하는 동안 계속 정치를 논할 때조차 머릿속에서 너무 많은 생각이 맴도는 탓에 그는 어떤 이야기나 주제를 성공적으로 완성할 수 없었다.

그가 가장 아끼는 두세 가지 이야기의 경우, 그는 사람들이 거의 다 외우고 있을 정도로 끝까지 쓸데없이 자세히 이야기했다. 그 나머지 이야기들, 그러니까 한 번도 사람들에게 한 적이 없는 이야기들은 여기저기 수천 가지 다양한 것에서 자라났지만 자주 중단된 상태로 남아 있었다.

예를 들면 이런 식이었다.

보수주의자들이 무능하다고 주장한 뒤, 바르가스 대통령의 사임에 관해 오로지 자기만 알고 있는 흥미진진한 이야기를 늘어놓기 시작하면, 모든 사람은 별 근거 없는 그 이야기가 아슬아슬하게 이어지리라는 것을 미리 알고 주의 깊게 들었다. 실제로 그때 갑자기 엄마나 다른 누군가가 멀뚱멀뚱한 눈빛으로 손을 뻗어 옷자락을 가볍게 만지작거리는 것을 눈치챘다면, 그걸로 충분했다. 굿바이, 바르가스 대통령!

그러면 그는 이야기를 입안에 담은 채 엄마, 아니면 다른 누군가에게 천천히 다가가 손으로 문지르던 곳을 잠시 살펴보더니 갑자기 눈을 떼면서 소리쳤다.

"거기 얼룩이 졌잖아요! 한참 전부터 보고 있었다고요. 하지만 과일 얼룩은 아니니까 걱정 말아요. 겉으로 보기에는 아닌 것 같아도 그건 기름얼룩이에요. 아, 만지지 말아요. 만지지 말라니까요. 내가 시키는 대로 해요. 나중에 옷을 펴서 얼룩이 진 곳에 산화마그네슘을 뿌리고 견지•를 놓은 다음, 그 위에 무거운 물건을 올려서 눌러놓으세요……."

그러는 동안, 대통령은 사임하지 않고 영원히 자리에 머물렀다.

• 닥나무를 원료로 하여 방망이로 두드리고 다듬어서 만든 종이로, 비단처럼 얇고 매우 질기다.

오래전, 호의와 번영의 시대에 마침내 소중한 꿈을 이룬 사촌 후안초는 비록 적은 급여에 짧은 기간이었지만 특별한 임무를 띠고 유럽에 파견되었다. 그는 환한 얼굴로 배에 올랐다. 처음 며칠은 더위와 멀미로 고생했지만, 나머지 긴 항해 기간 내내 즐거운 마음으로 대화를 나누었고 아주 훌륭한 논쟁을 펼쳤으며 뛰어난 재치로 궤변을 계속 늘어놓았다. 덕분에 그는 그 후로 지루한 항해에 소금 같은 존재가 되었고, 사람들이 즐겁고 편안하게 만나 어울릴 수 있는 모임의 산파역을 했다.

만약 그가 외교 사절의 임무를 맡았더라면, 배에 탔을 때처럼 청중들을 즐겁게 해주었을 것이다. 모두가 진지한 표정에 검은색 정장과 드레스를 입고 있는 허름한 대형 홀에서 동료들과 모여 있었을 것이다. 그곳의 분위기는 마치 기독교 예배당처럼 차갑고 엄숙했을 것이다. 하지만 사촌 후안초라면 당장 발언권을 얻어 차갑고 딱딱한 분위기를 누그러뜨렸을 것이다. 그는 평소 습관대로 커프스단추를 달그락거리고 코트 자락을 펄럭이면서 유럽 제국의 균형과 미래 에스파냐어권 아메리카 합중국•을 주제로 훌륭한 연설을 마친 뒤, 어떤 세부 내용에 이끌려 마르세유 비누••의 우수성에 찬사를 보냈

• 에스파냐어를 사용하는 라틴 아메리카 나라들끼리 모여 만든 합중국을 의미하는 것으로, 오랫동안 라틴 아메리카인들이 품어온 꿈이다.

•• 프랑스의 루이 14세가 발표한 제조법을 근간으로 만드는 비누로, 방부제나 인공색소를 전혀 첨가하지 않고 순수 식물성 오일로만 만드는 것이 특징이다.

을 것이다. 이제 뜨거운 열기와 생동감으로 가득 찬 그 허름한 홀에서 동료들은 흐뭇한 표정으로 그의 연설을 들으면서 박수갈채를 보냈을 것이다.

그 신사들은 여기, 우리 사이에서 딱히 불쾌할 일이 없었기 때문에 이미 널리 알려진 바와 같이 고대 아시리아와 바빌로니아부터 오늘날 국제연맹의 시대에 이르기까지 모든 외교회의와 총회에 참석한 각국 대표단은 서로에게 자화자찬을 늘어놓으면서 그런 회의가 아무 쓸모도 없다는 사실을 동업자 정신을 살려 능숙한 솜씨로 대중에게 은폐하는 것 말고는 실제로 아무런 외교적 임무도 없었다. 언제나 누구보다 더 꼿꼿하고, 더 정직했던 사촌 후안초라면 사방을 돌아다니며 그런 슬로건을 모두 무시해버렸을 것이다. 사촌 후안초라면 미래 에스파냐어권 아메리카의 통일부터 마르세유 비누의 탁월한 효과나 참깨의 속성에 이르기까지 그 특유의 발 빠르면서도 엉뚱한 주제로 동료들을 즐겁게 해주면서 값진 일을 했을 것이다. 하지만 하늘은 사촌 후안초가 그러한 외교적 임무를 정직하고 양심적으로 완수하기를 바라지 않았던 것 같다. 그의 불운은 항상 깨어 있으면서 기회를 엿보고 있었으니까!

육지에 내리고 며칠 지나지 않아 그는 정부가 전복되었다는 소식을 들었다. 새로 들어선 정부는 그의 임무를 쓸모없는 것으로 판단해 조속히 포기하고 귀국하라고 종용했을 뿐만 아니라 그의 체류 비용 또한 불필요하고 부적절하다고 여겨 전액 삭감했다. 불운이 런던의 거무스름한 안개 속을 돌아다니던 그를 덮친 것이다. 결국 그는 분노하면서 사임했지만, 파리를 구경하지 않고는 귀국선에 오르고 싶지 않았다. 그가 그토록 파리에 가보고 싶었던 이유는 당연히 오래전부터 관심이 있었기 때문이지만, 무엇보다 그것을 찬양하거나 비난할 수 있으려면 자기 눈으로 직접 보고 판단해야 한다고 생각했기 때문이다.

그는 처음이자 마지막으로 받은 봉급을 고무줄 늘이듯 늘려 기적적인 예산을 짜냈다. 그래서 센강 좌안의 어느 허름한 하숙집에서 석 달을 보내기로 했다. 센강 좌안에 도착하자마자 그는 들뜬 마음에 나폴레옹 3세가 주재하는 엄숙한 의회 회의 장면을 보러 가기로 했다. 하지만 몸이 너무 안 좋아서 의회 구경은커녕 침대에 누워 꼼짝도 하지 못했다. 진단 결과 폐렴이었는데, 그를 죽음의 문턱까지 데려갔을 정도로 심각했다. 간신히 폐렴에서 회복한 사촌 후안초는 프랑스어를 한마디도 몰랐지만 발아래에서 바스락거리는 소리를 내는 마른 낙엽을 밟으며, 그리고 흐린 가을 하늘을 쳐다보고 혼자서 중얼거리며 파리의 뤽상부르 공원의 정원을 도도하게 걸어 다녔다. 홀로 외롭게 살고 있던 데다 거리에 나가면 흙탕물을 뒤집어쓰거나 승합마차 마부한테서 욕을 들어먹기 일쑤였던 터라 날이 갈수록 사악한 인간에 대한 반감이 커져갔다. 석 달이 지나자 그는 허약해진 폐로 인해 내내 감기에 시달렸고, 눈 덮인 풍경과 성숙한 시민 의식에 대한 향수에 젖어 축 처진 채 베네수엘라로 돌아왔다. 뿌리 뽑힌 그의 영혼은 남은 생애 동안 나아질 기미 없이 점점 쇠약해져만 갔다.

3

사촌 후안초의 유럽에 대한 동경심은 각종 잡지와 카탈로그에 의해 더 강해지면서 우리의 삶에 직접적으로 영향을 미쳤던 것 같다. 우리를 향한 뜨거운 관심 속에서 그가 갈망하고 추구하던 것과는 정반대였지만 말이다. 멀리 갈 것도 없이 에벌린은 우리가 태어나자마자 (그의 말에 따르면) 건전한 성신과 영어를 필수적으로 익히게 하려고 사촌 후안초의 조언과 거듭된 요구로 피에드라 아술 농장에 온 것이다. 이미 말한 바와 같이 에벌린은 관사 없는 크리오요 에스파냐어•로 우리를 못살게 굴었기 때문에 우리는 이에 대한 반작용으로, 그리고 이와 더불어 우리 주변에 있는 모든 것을 너그럽고 게으른 태도로 대하는 엄마가 사용하던 상냥하면서도 우아

• 크리오요는 아메리카 식민지에서 태어난 유럽계 백인 부모의 자손들을 말한다. 크리오요 에스파냐어는 크리오요가 라틴 아메리카에서 사용하던 에스파냐어를 가리킨다.

하고, 노래하는 듯한 에스파냐어를 더 사랑하게 되었다.

사촌 후안초는 런던에서 커다란 정원용 파라솔을 피에드라 아술의 친척들에게 가져와 최대한 빨리 철제 테이블이나 고리버들 테이블 한가운데에 꽂은 다음, 어디인지는 모르겠지만 그가 눈으로 직접 본 유행에 따라 잉글랜드식의 둥근 그늘 아래 앉아 오후 5시에 야외에서 버터를 바른 토스트와 함께 차를 즐겼다. 하지만 엄마와 아빠, 그리고 손님들은 피에드라 아술의 회랑에 놓인 흔들의자에 앉아 리듬에 따라 몸을 흔들거나 4시나 6시, 아니면 그들이 원하는 시간에 커다란 잔에 든 그라비올라•나 석류주스를 마시곤 했다. 그사이, 너무 낡아 축 처지고 색이 바랜 파라솔은 뭘 하고 있었을까? 파라솔은 이따금씩 아침 10시에 밖으로 나와 알을 품고 있는 선량한 암탉처럼 엄마, 에벌린, 그리고 우리 모두를 사랑스럽게 품어주면서 아주 느릿느릿하게 우에서 좌로, 그리고 좌에서 우로 흔들거렸다. 그러다가 소가 끄는 달구지를 타고 천천히 저 골목 아래로 가서 바위 위에서, 그리고 비누, 고함, 비치 타월 사이로 즐겁고 요란스럽게 강에서 멱을 감는 우리의 모습을 지켜보았다.

시원하게 멱을 다 감고 나면 머리카락에서 물방울이 뚝뚝 떨어지는 가운데 우리는 다시 달구지 안쪽에 서로 마주 보고

• 중앙아메리카와 카리브해가 원산지인 나무 열매다.

앉았고, 엄마는 아주 즐거운 표정으로 소와 가장 가까운 의자에 앉았다. 그러고 나서 에벌린이 농장 소년의 도움을 받아 힘들이지 않고 무거운 파라솔을 다시 설치하는 동안, 엄마는 그늘 아래에서 기쁨의 숨을 내쉬며 차분하고 다정한 목소리로 말했다.

"가엾게도 이젠 너무 낡아서 모양도 흉해졌지만, 이 파라솔이 없었더라면 여기까지 와서 이 강물에서 이렇게 즐겁게 멱을 감지도 못했을 거야."

내가 사촌 후안초에게 가장 고마운 것은 무엇보다 아주 어린 시절부터 내게 인종에 대한 이상주의적 정신을 이해하고 사랑하도록 가르쳐주었다는 점이다. 실제로 그는 세상사를 가르치는 데 가장 효과적인 논증 방법을 배우고 사랑하도록 내게 가르쳤다. 그가 격한 설명을 쏟아낼 때면, 언제나 베네수엘라는 이미 문명에서 완전히 낙오한 나라로, 더 이상 되살아날 희망조차 없다는 말로 시작했다. 그의 비관주의는 되살아나기만 하면 우리의 남부 대륙을 야금야금 차지하다가 마침내 마음을 굳히고 맹렬하게 바다를 건너 에스파냐로 뛰어들어 그것을 통째로 집어삼킨 다음, 모든 라틴 민족들에게 뜨거운 불꽃을 무시무시하게 뿜어댔다. 엄청난 재앙이 휩쓸고 간 폐허 위에는 영국의 두 섬만 행복한 미소를 지으며 떠 있었다.

사촌 후안초, 당신은 사랑스러운 결점을 죄다 불태워버렸지! 또 그것들을 비난하는 동시에 당신도 모르게 자기 속에 비춤으로써 우아함과 고결함으로 흠뻑 적셨지! 나는 당신한테서 얼마나 많은 것을 배우려고 했는지!

실제로 그로부터 몇 년 후, 그보다 진지하고 박학한 사람들이 《돈키호테》를 읽고 지루해하는 반면 아직 교양도, 최소한의 역사의식도 갖추지 못하고 있던 나는 사촌 후안초 덕분에 선한 의도가 담긴 방랑 기사의 조언을 귀담아들을 줄 알았고, 산초의 소탈한 대화를 듣고 즐거워했으며, 산초가 같은 속담을 두 번 말하면 소리를 질러 이를 따졌고, 그의 당나귀와 같이 놀았다. 그리고 나와 산초는 삐쩍 마른 몸매를 뽐내는 로시난테를 지나치며 서로를 마주 보고 눈을 찡긋했다. 그러다 나는 마침내 그들 모두를 사랑하게 되었고, 성녀들처럼 그들과 하나가 되어 걷고 또 걸으면서 온갖 고난과 시련을 당하는 그들을 사랑하는 마음으로 따라갔으며, 그들이 몽둥이질을 당하고 담요에 싸여 헹가래질을 당하는 즐거우면서도 가슴 찡한 순교 장면을 보며 슬퍼서 울다가 웃기도 했다.

여러 해가 지난 뒤, 어느새 내 풍성한 머리에 탐스러운 눈이 내려앉아 내 이름에 어울리는 모습으로 변해갈 무렵,• 나는 사촌 후안초 덕분에 에스파냐의 에스트레마두라나 카스티야••에 있는 몇몇 도시를 여행할 수 있었다.••• 다른 이들

• 머리에 흰 눈이 내렸다는 것은 흰머리가 되었다는 뜻이고, 내 이름에 어울린다는 것은 '블랑카 니에베스'가 에스파냐어로 '백설 공주'라는 뜻이기 때문이다.

이 보기에 그곳은 도로 사정이 좋지 않고, 어떤 음식이든 올리브기름으로 만드는 데다 화장실이나 욕실이 제대로 갖추어져 있지 않아 불편했을지 모르지만, 나는 말로 표현할 수 없을 만큼 심원하고 무한한 지평선을 편안하게 감상할 수 있었다. 열변을 토하고 분개하듯이 부르르 떨면서 《돈키호테》에 나오는 풍차의 낡은 날개처럼 칙칙하고 험상궂게 생긴 바위의 갈라진 틈 사이로 내게 손짓하고 나를 부르는 것은 언제나 낯익은 오른팔이었다.

피에드라 아술 농장에서 살던 먼 옛날 내가 그러한 뉘앙스를 구별할 줄 알고, 심지어는 사촌 후안초의 찬사와 비난이 누구에게, 그리고 어디로 향하는지 알 정도로 영리했다고 말한다면, 그건 독자 여러분을 기만하려는 것이나 다름없다. 그것은 허영심에서 나온 거짓말이고, 따라서 겉만 번지르르하게 꾸며낸 말일 것이다. 그와 반대로 다섯 살 때 나는 유난히 작았던 데다 단조로운 시골 생활 탓인지 성장이 더딘 편이었다. 항상 놀란 표정으로 입을 헤벌리고 있던 나는 다른 자매들과 마찬가지로 얌전하면서도 좀 우둔해 보였다. 우리는 한 번도 문 적이 없는 착하고 온순한 강아지를 아끼고 사랑했던

●● 모두 에스파냐에 있는 자치주다.

●●● 화자인 '나'가 사촌 후안초의 이야기를 들으면서 떠난 상상 속의 여행으로 보인다.

것처럼 모두 사촌 후안초를 무척 따르고 좋아했다. 천진난만하게도 우리의 사랑은 그의 구두와 옷으로 확대되었다. 우리 귀에 그의 입에서 화려하고 웅장하게 터져 나오는 말은 마르케사가 친근하게 짖어대는 소리와 전혀 다르지 않았다. 하지만 이처럼 또 다른 짖는 소리는 순진하고 불분명한 우리의 영혼 속에서 무언가 알 수 없는 일을 조금씩 해나가고 있었다. 오늘날 여러분이 볼 수 있듯이 그 이미지는 옷장 깊숙한 곳에 보관해두었다가 가끔씩 꺼내 흐뭇하게 바라보는 메달에 새겨진 반신상처럼 모든 윤곽까지 선명하게 각인될 터였다.

4

사촌 후안초는 잘 다듬어놓은 자신의 명예로운 가난을 조심스럽게 짊어지고 살았다. 가난과 더불어, 그는 좋은 결과가 나타나지 않을 경우 적어도 감동적으로 보이도록 만들기 위해 비교적 조심스럽게 두 가지 사실을 더 숨기고 살았다. 자신의 실제 나이와 어렸을 때 셀 수 없이 많이 넘어졌지만 그중에 한 번 네 개의 치아를 잃어버리는 바람에 해 넣은 의치가 바로 그것이다. 하지만 열정적이거나 비난하는 말이 휘파람 소리를 내며 나올 때, 이따금씩 그 네 개의 의치가 흔들거리기도 했다. 아, 가엾은 사촌 후안초! "절대로 나이 이야기는 하면 안 돼"라고 선언했지만, 그는 사소한 문제를 이야기하면서 자기도 모르는 사이에 계속 자기 나이를 언급하고 말았다. 18세기 말에 태어난 그는 당시 예순일곱 살이었다.

사촌 후안초는 언제나 머리를 단정하게 빗고 다닌 것 말고도 항상 검은색 옷을 말끔하게 차려입었다. 그는 폭이 넓은 짙은 색의 실크 넥타이를 목에 두르고, 복잡하게 매듭을 지어 묶었다. 그리고 뒷자락이 두 갈래인 엄숙한 프록코트를 줄곧 입었는데, 등을 덮고 있는 뒷자락 위에는 채워지지 않은 단추 두 개가 달려 있었다. 마치 언제나 장례식이나 의회 회의에 참석하러 가는 사람 같았다. 그의 차림새는 어떤 경우에도 전혀 바뀌지 않았다. 여러분은 이에 대해 어떻게 생각하는가? 아무튼 그는 매일 아침 일찍 피에드라 아술의 회랑에 그런 차림으로 나타났다. 아! 가엾은 가난 부인•은 가끔 예상 밖으로 집요하게 사치를 부리기도 하는 모양이었다. 아빠는 더워서 땀을 뻘뻘 흘리면서도 항상 코트를 입고 다니는 사촌 후안초의 모습을 보면서 안타까워했다. 마음이 비단결 같은 아빠는 이처럼 두 배로 안쓰러운 꼴을 애써 피하려고 했지만,

---

• 작자 미상의 알레고리 시극인 《가난 부인과 성 프란체스코와의 거룩한 교제》에 나오는 인물을 가리킨다. 이 작품에서 성 프란체스코는 가난을 여주인이나 귀부인으로 의인화하여 가난 부인과 대화한다. 성 프란체스코는 가난 부인의 가르침을 듣고 하느님을 찬미하며, 가난 부인은 철저히 가난하게 살고 있는 성 프란체스코와 그의 형제들을 축복해준다.

그마저 뜻대로 되지 않았다.

반면 사촌 후안초는 나라의 서글픈 운명에 직면해 사람들의 영혼을 일깨워야 한다는 신성한 관심의 불꽃을 무관심하게 잠든 아빠의 영혼에 일으키고 싶어 했다. 그래서 종종 그는 아빠 앞에서 두 팔을 휘젓고 코트 자락을 펄럭이면서 다음과 같이 결정적인 딜레마를 설명했다.

"후안 마누엘, 이 둘 중 하나를 선택해야 해요. 지금의 자유주의자들이 정책을 바꾸고, 불명예스럽고 자격도 없으면서 자유주의자라는 이름을 더 이상 도용하지 않든지, 아니면 내가 그들에 관해 생각하고 있는 바를 속 시원하게 털어놓고 당을 떠나든지 둘 중 하나예요. 후안 마누엘, 그것이 마땅히 내가 해야 할 바라고 생각하지 않아요?"

아빠는 그의 말을 신중하게 고려한 뒤 아주 진지하게 대답했다.

"사촌 후안초, 하루 종일 그 검은 코트를 걸치고 어떻게 견딜 수 있는지 정말 이해할 수가 없네. 그러고 돌아다니면서 어떻게 쪄 죽지 않는 거지? 그러지 말고 가장 최근에 내게 지어준 하얀색 데님 재킷이 있는데, 그걸 입어. 수십 번도 더 말했잖아. 나는 잘 입지도 않아. 더구나 자네한테 훨씬 더 잘 맞을 거야. 그러니까 군소리 말고 그걸 입으라고! 가장 더운 오전 시간 동안만이라도 말이야!"

한편 내 경우에는 흥미를 끌고 호기심으로 영혼 속을 파고

드는 다른 무언가가 있었다. 사촌 후안초가 내 이마 높이에서 코트 자락을 심하게 펄럭이면서 이야기하는 동안, 저 높은 곳에 고정된 나의 시선은 그의 입술을 쳐다보는 것에 결코 만족하지 않았다. 나는 그의 말을 가로막고 나서고 싶었지만, 결국 멈칫거렸다. 그러니까 오래전부터 마음속으로 준비하고 있던 질문이 목구멍까지 차올랐지만, 끝내 다시 삼키고 말았다.

'사촌 후안초, 어떻게 하면 말할 때 그렇게 이가 흔들거릴 수 있어요? 네? 어떻게 하는 거예요?'

다행히도 나의 수줍음이 호기심보다 더 컸기 때문에 그 질문은 경망스러운 날개를 펴고 날아가지 않았다. 정말 내가 그렇게 물어봤다면, 친절이 몸에 밴 엄마는 엄청나게 큰 충격을 받아 정신을 잃고 사촌 후안초의 발 앞에 쓰러졌을 것이다. 그 후로 나는 수줍음을 위대한 조언자이자 훌륭한 친구로 여기며 살고 있다. 훗날 내가 세상 속으로 긴 순례를 떠난 동안, 천국의 환상처럼 수줍음이 내 곁에 나타나 입술에 집게손가락을 대고 천천히 다가오는 장면을 몇 번이나 보았던가? 그럴 때마다 나는 애정 어린 눈빛으로 수줍음을 바라보며 고마운 마음에서 침묵의 심연으로부터 가장 멋진 나의 미소와 가장 순수한 나의 입맞춤을 보냈던 기억이 난다.

5

만족스러운 결말을 맺고, 자기도 모르게 카스티야의 케케묵은 정신이 드러난 사촌 후안초의 일화와 이야기 중에서 언제나 내가 가장 좋아하던 것(그의 레퍼토리 중에서 가장 최근의 것)이 하나 있었다. 내가 그 이야기를 특히 좋아했던 것은 거기에 등장하는 배우들이 친근하게 느껴졌을 뿐만 아니라 그들이 무대 외에 강당에도 나타난 덕분에 그들의 말에서 고유한 맛과 풍부한 생동감을 느낄 수 있었기 때문이다. 사촌 후안초도 그 이야기를 하면서 무척이나 즐거워했고, 그로부터 많은 세월이 지난 뒤 자신의 삶이 끝나갈 무렵에도 여전히 즐겁게 이야기했다. 오랜 세월에 걸쳐 같은 이야기를 반복하면서 그는 거친 모서리를 다듬고 잔가지를 치면서 모난 곳을 깎아냈다. 그 결과, 둥글둥글하고 섬세한 이야기만 남게 되었다. 특히 엄마는 그 과정에 깊숙이 관련되어 있었다. 그럴 때마다 엄마의 모습이 환한 빛에 휩싸인 채 전면에 등장했기 때문에 사촌 후안초의 이야기가 시작되려고 하면 언제나 엄마는 못마땅한 표정을 지으며 그의 말을 가로채곤 했다.

"사촌 후안초, 언제까지 그 이야기만 하려는 거야? 도대체 언제까지?"

하지만 사촌 후안초의 이야기가 삼천포로 빠지는 것을 막는 것이 어렵다면, 가장 아끼는 이야기를 못 하게 막는 것은 절대 불가능했다. 일단 7리그 신발●을 신고 그의 입에서 "자, 이제 뛰어가자"라는 말이 나오면 그걸로 끝이었다.

지금 내가 하려는 이야기는 아주 단순하고, 흥미진진한 동시에 진부하다. 그런데 여러분은 불구대천의 원수지간인 진부함과 흥미가 어떻게 사이좋게 손을 맞잡고 달릴 수 있었는지 궁금할 것이다. 아쉽게도 나는 그 궁금증에 대답할 능력이 없다. 바로 거기에 불가해한 수수께끼가 있고, 바로 거기에 마법의 주문이 있고, 또한 바로 거기에 사촌 후안초의 말에 잘 숨겨져 있지만 내 능력으로는 결코 여러분에게 전달할 수 없을 본질이 있기 때문이다.

그건 엄마와 아빠가 어떻게, 언제, 그리고 어떤 상황에서 결혼식을 올렸는지에 관한 이야기다.

"두 분은 46년에 결혼했지." 사촌 후안초의 이야기는 이렇게 시작되었다. "때는 3월이었고, 부활절 일요일이었어. 카르멘은 열다섯 살, 그리고 후안 마누엘은 서른한 살이었단다. 두 분은 화려한 결혼식을 올리기를 원했고, 실제로도 근사하게 식을 치렀지. 대주교가 혼인미사를 집전한 데다 당시 공화국 대통령이 대부로 참석했을 정도니까. 그런데 대녀와 대부가 함께 집을 나섰을 때, 그들은 난데없이 큰 낭패를 당하고

● 옛날이야기 〈엄지 동자(Hop-o'-My-Thumb)〉에 나오는 마법의 신발로, 한 걸음에 7리그(약 34킬로미터)를 걸을 수 있다고 한다.

말았어. 앞으로 보겠지만 그 낭패야말로 내 이야기가 가진 유일한 매력이자 재밋거리라고……."

하지만 사촌 후안초의 이야기를 백날 따라 해봤자 아무 소용이 없다. 사촌 후안초 특유의 목소리와 몸짓, 그리고 훌륭한 이야기꾼의 이야기에 고유한 표현의 진수, 혹은 향기, 즉 한없이 따뜻한 느낌을 되살릴 수 없다면 아무 의미도 없기 때문이다. 다만 단순한 그 이야기가 여기에 이르자, 다시 말해 '큰 낭패'라는 말이 나오자 모든 사람이 귀를 쫑긋 세우고 그의 말을 들었다는 것만은 확실하다. 회랑 안쪽에서 분주하게 움직이던 에벌린도 잠시 일손을 놓고 이야기에 귀를 기울였다. 하녀들은 물론 집 안에 있던 여자아이들도 모두 귀담아들었다. 심지어는 어린 아우라 플로르도 그 자리에 있었다. 생후 6개월에서 8개월(한창 말을 안 듣기 시작할 시기다)밖에 되지 않은 아우라 플로르는 아직 이도 나지 않은 입속에 손가락을 세 개나 집어넣고, 주변 분위기에 압도된 듯 무언가를 깊게 생각하는 사람처럼 이마를 잔뜩 찌푸린 채 기꺼이 이야기에 귀를 기울이고 있었다.

그들이 어떤 낭패를 당했는지 몇 마디로 정리하면 다음과 같다. 신부와 신랑이 준비를 마치고 집 앞에 세워둔 마차에 차례대로 오르고 있었는데, 하필 그 순간 바퀴가 우지끈 부서지는 바람에 마부들, 신부, 대통령을 태운 마차는 심하게 파손된 채 길 한복판에 발랑 뒤집혀버렸다. 더군다나 그것은 화려한 대통령 전용 마차였다. 금몰● 장식과 훈장으로 뒤덮인 옛 독립 전쟁 당시의 장군 제복을 입은 대통령은 마치 달팽이가 껍데기에서 나오듯 전복된 마차를 빠져나와 있는 힘을 다해 신부를 꺼내주었다. 비록 당시 자신의 인기가 바닥인데다 멋지게 차려입고 깃털 장식까지 한 채 서민들과 어깨를 맞대는 것이 적절하다고 생각하지는 않았지만, 교회가 그리 멀지 않은 곳에 있고 그 부근에서 다른 마차를 구할 수도 없다는 것을 깨달은 그는 가슴에 치밀어 오르는 거부감을 꾹꾹 눌러 참고 곤란한 그 두 가지 문제를 애써 무시하면서 매우 유쾌하고 다정하게 미소 지으며 말했다.

"그럼 우리 모두 걸어서 가도록 합시다!"

그러자 자기 마차를 타고 온 손님들은 곧장 내려 대통령을 따라서 진솔한 미소로 다친 이에게 위로의 인사를 건네며 같은 말을 되풀이했다.

"그럼 우리 모두 걸어서 가도록 합시다!"

금몰 장식으로 치장한 대부와 오렌지 꽃다발을 든 대녀, 그리고 그 뒤를 잇는 행렬은 길 양편으로 길게 늘어선 구경꾼들과 두 줄로 늘어선 창문 사이로 걸어 올라갔다. 긴 행렬이 이어지는 것을 보고 있던 창문들은 다급하게 유리를 흔들어대며 반쯤 어둠에 잠긴 거리 위로 환한 빛과 발언을 쏟아내고 있었

● 금실을 가로로, 견사를 세로로 해서 짠 직물을 말한다.

다. 결혼식이 열리는 것도 그렇지만, 사고도 역시 밤에 일어나야 제격이니까. 그렇게 거리를 따라 걸어가는 동안 신부는 모든 입술에서 꽃송이들이 폭포처럼 떨어지는 소리를 들은 반면, 늙은 장군에게는 적이 많았던 관계로 그것이 다른 소리로 들렸다. 그동안 많은 선행을 베풀고 오랜 영광을 누렸지만, 그 무렵 이미 대통령 임기를 마친 터라 그는 인기는커녕 반감과 원성만 사는 처지에 놓여 있었다. 이 이야기의 교훈. 길 양편으로 늘어선 구경꾼들과 창문 사이로 지나가려면, 장군이 아니라 신부 자격으로 걸어가는 것이 더 즐겁고 안전하다. 간단히 말해 이 이야기는 교훈은 물론 모든 것을 다 갖추고 있었다. 그렇다면 사촌 후안초가 "내 이야기가 가진 유일한 매력이자 재밋거리"라고 한 것은, 그가 생각한 바와 같이 낭패의 경계선에 둘러싸여 있었던 것이 아니라 사방으로 흘러넘치면서 목이 타들어갈 때 마시는 시원한 물처럼 상쾌하고 즐겁게 우리의 정신을 기쁘게 만들어주고 있었다. 그러한 상쾌함과 즐거움이 글로 포착될 수만 있으면, 그 글이 보관되어 있는 지면은 아무리 많은 세월이 흘러도 결코 바스러지지 않는 법이다.

오랜 시간이 흐른 뒤에야 나는 이러한 진실을 알게 되었다. 어느 날, 나는 누렇게 변한 어느 로만세• 시집에서 놀라움과

• 중세 에스파냐에서 유행했던 작은 서사시로, 원래 구전되던 노래를 채보한 것이다. 중세 유럽과 에스파냐의 삶이 생생하게 담겨 있는 이야기보따리다.

그리움으로 황홀한 기분에 젖어 또 다른 결혼식 장면을 읽다가 그 진실을 발견했다. 그것은 역시 길 한복판에서 유쾌하면서도 품위 있게 치러지던 엘시드•의 결혼식 이야기였다. 만약 여러분이 무미건조한 나의 이야기에 이러한 향기를 깊이 배어들게 한다면, 사촌 후안초의 이야기를 살아나게 만드는 무궁무진한 매력이 무엇인지 이해할 수 있을 것이다.

> 잠시 후, 히메나가 도착하자
> 그녀의 대모인 왕비와
> 망토를 두른 이들을 대동한
> 왕이 그녀의 손을 꼭 잡는다.
> 사람들은 쇠창살 창과 창문으로
> 밀을 듬뿍 집어 던지기 시작했다.
> 그래서 왕은 챙이 넓은 모자에
> 한 움큼의 밀을 담았고,
> 인정 많은 히메나의 목에 두른
> 깃을 통해 헤아릴 수 없이
> 많은 밀이 들어갔다.

• 엘시드 캄페아도르(1043?~1099)는 중세 에스파냐의 영웅적 기사로, 에스파냐의 민족 서사시 《엘시드의 노래》(작가 미상)의 주인공이다. 본명은 로드리고 디아스 데비바르.

그러자 왕은 밀을 몸에서 꺼내주었다.
그 모습을 보고 질투가 난 수에로가 말했다.
지고하신 전하시여 들어주소서.
비록 전하도 고귀하신 존재입니다만,
전하의 손이 더 고귀하기 때문이옵니다.
그런 일이라면 지체 높으신 전하께서
나서지 마시고 부디 소인에게 맡겨주소서.
그러고는 히메나에게 다가가
집에서 자기를 포옹해달라고 간청했다.
그러자 왕이 그에게 이르기를
항상 헛된 말만 일삼으니
언행을 신중히 하라고 했다.
그녀가 문 앞에 도착하자
조용해진 군중들이
양편으로 갈라지자
왕과 초대받은 이들은
잔치 음식을 먹기 위해 모여들었다.

만약 카라카스에서는 절대 나지 않는 밀 알갱이들을 대통령에 대해 이러쿵저러쿵하는 말과 신부에게 던지는 꽃송이로 손수 바꾸어주기만 하면, 여러분은 내가 어린 시절에 수도 없이 들었던 것처럼 엄마의 결혼식 로만세를 즐기게 될 것이다.

아, 사촌 후안초여! 당신의 이야기가 얼마나 큰 매력을 지니고 있었는지! 왜 당신이 허구한 날 아무 이유도 없이 그렇게 분개하며 살았는지, 왜 당신이 매일 아침 엄숙한 장례식용 코트를 입고 나타났는지 이제야 알 것 같다. 당신은 저들끼리 뜻을 모아 고결하고 오래된, 그리고 소탈하고 재미있는 이야기의 매력을 잔혹하게 살해하고 있다는 것을, 그들이 그 매력의 일부를 어떻게 조금씩 땅에 묻었는지 다 알고 있었다. 그래서 당신은 하루도 빠짐없이 계속 그것들의 장례식에 참석했던 것이다. 하지만 그것들이 맞서 싸워야 했던 죽음의 고통은 길게 이어졌고, 당신이 살아 있는 동안 그것들은 당신 곁에서 가쁜 숨을 몰아쉬며 간신히 버티고 있었다. 충직한 개처럼 당신이 입은 코트 자락의 냄새를 킁킁 맡으며 빠른 걸음으로 당신의 초라한 장례식을 따라갔다가 당신의 무덤 위에 엎드려 꼼짝도 않은 채 마치 묘에 세워놓은 대리석 개처럼 거기서 영원히 머물렀던 것은 바로 그 이야기가 지닌 매력이었다.

이 글을 마무리하는 지금 이 순간, 고통으로 쪼그라들었을 뿐만 아니라 오랜 세월 동안 수없이 웃느라 얼굴에 깊게 팬 주름살을 따라 굵은 눈물방울 두 개가 주르르 흘러내린다. 그 중 하나는 사랑하는 이의 빈자리를 바라보며 돌이킬 수 없는 상실감에 젖어 흘리는 회한의 눈물이다. 다른 하나는 한 줌 재로 변한 사랑하는 이 위에서 불의 검을 든 채 항상 의기양양하고 항상 무시무시하게 은총 대신 형벌로 사랑스러운 모든 것의 문을 지키고 있는 절멸의 천사처럼, 우리에게 아직 중요한 것이 남아 있다는 것을 깨닫는 순간 흘리는 엄청난 슬픔의 눈물이다.

비센테 이

1

대부분의 사람과 마찬가지로 내 영혼에도 약점이나 결점, 혹은 미비한 점들이 상당히 많다는 것을 인정한다. 마치 충직한 양 떼가 여자 목동을 에워싸고 있듯이 그것들은 나의 기나긴 생애 동안 항상 무리 지어 즐겁게 나를 둘러싸고 있었다. 내가 그것들을 이끌고 나가기 전에 나는 그것들이 하자는 대로 순순히 따랐다. 그러다 내게 정이 들었는지 그것들 중에서 어떤 것도 길을 잃거나 잘못된 길로 빠진 적이 없었다. 그래서 모두 여기, 내 곁에 있다.

나를 둘러싸고 있는 것들 사이에서 고개를 살짝, 아주 살짝 드는 약점은 전염성이 아주 강한 편인데, 이를 앵글로색슨 어원의 단어로 말하자면 속물근성이라고 한다. 사실 나는 속물이 아니라(그랬던 적도 없다) 단지 가끔 나태하고 무기력한 것뿐일지도 모른다. 그러한 약점은 결국 커다란 힘이 되기 때문에 속물이 아니라는 것으로 인해 나는 오히려 사람들 사이에서 체면만 깎이게 되었다. 왜냐하면 사람들은 화려하기만 하지 아무 쓸모없는 허영심의 힘으로 게으름과 의욕 상실을 꼼짝 못 하게 만들 줄 아는 이를 더 원하고, 더 높게 평가하기 때문이다. 그렇게 남들에게 뒤처지고 위신마저 떨어지자 실패와 좌절이 나의 약점들 곁으로 조금씩 다가오더니 충직하게, 그리고 약간 아이러니한 기쁨을 안고 여전히 나를 따르고 있다. 나는 그것들을 싫어하지도 부정하지도 않는다. 그것들은 내게서 저절로 나타났다. 간단히 말해 그것들은 내 아들, 내 손자들과 마찬가지로 나의 작품이자 나의 후손들이다. 부디 나를 계속 따라서, 신의 축복을 받기를!

초라한 실패로 점철된 삶을 살아왔을 뿐 속물이 아니기 때문에 촌스럽거나 차림이 남루한 사람들 곁에 공공연히 나타나도 전혀 부끄럽지 않다는 것을 여러분에게 말하고자 이처럼 서론이 장황해졌다. 나는 아무도 모르게 이 장의 제목을 '비센테 이'라고 정했다. 미리 고백하자면, 이 사람은 옷을 거의 입지 않고 다녔던 터라 초라한 옷차림을 하고 다니는 사람보다 더 형편없었다. 부디 나를 용서해주시기를. 다만 가장 꼴불견인 사람이 일반적으로 가장 흥미로운 사람인 법이니 너그럽게 이해해주기 바란다. 나는 육체가 늘 자신을 치장함으로써 정신에게 해를 끼친다고 믿는다. 이렇게 말하는 건 서글프지만, 그것은 가혹한 신념이다. 육체의 사랑스럽고 신성한 우아함이 자신을 치장하기 위해 영혼에게 옷도, 빵도 주지 않은 채 비참한 지경에 빠지게 만든 아름다우면서도 비열한 도둑이라고 생각할 때마다 가슴이 미어지는 것 같다.

그래서 옷차림이 초라하다는 것은 그렇다 치더라도 공동 소유는커녕 소나 오두막집, 손바닥만 한 밭뙈기조차 없는 피에드라 아술 농장의 우직한 일꾼 비센테 이는 어린 시절 우리를 든든하게 지켜주던 친구였다. 조막만 하지만 부채처럼 앞으로 갈수록 넓어지던 그의 새까만 맨발에서 이 세상의 흙 위로 다섯 발가락이 꽃처럼 피어나지 못한 지도 벌써 70년이 다 되어간다. 하지만 그리운 그의 모습은 희미하지만 영광스럽게도 여전히 나의 기억 속에 살아 있다. 당신의 거리, 당신의 조각상, 그리고 당신의 무덤이 여기 남아 있다. 지구상에서 가장 위대한 이들처럼, 당신의 용기와 당신이 베푼 덕행 덕분에 당신은 그런 것들을 받을 자격이 충분했다. 언젠가 나도 그곳을 지나갈 것이고, 모든 도시도! 지나갈 것이라는 걸 알고 있다. 그때, 그리고 그제야 당신에 대한 기억도 내 유골 사이에 묻힌 채 나와 함께 죽어가리라.

이는 성이 아니라 별명이다. 우리를 지켜주던 멋진 친구 비센테에게는 신발도 없었고, 성도 없었다. 이는(다시 한번 나를 용서해주기를) 이(虱, Cochocho)를 말하는데, 사전에도 나오지 않을 정도로 경멸적인 단어다. 요즘 이를 찾으려면, 내 생각에 베네수엘라 평원 지대로 가서 인내심을 가지고 (정확히는 모르겠지만) 소의 살갗이나 말의 갈기 속을 뒤져야 할 것이다. 나는 이를 본 적이 없지만, 같은 이름을 가진 비센테(위대한 인물에게 칭호를 붙이는 것처럼 그에게도 자연스럽게 그런 멋진 별명이 붙었다)의 생김새로 미루어보건대 이도 정말 끔찍한 모습을 하고 있을 것 같다. 아, 사랑하는 비센테, 당신의 별명을 가지고 이렇게 추정했다고 해서 부디 불쾌하게 여기지 말기를. 추한 것을 아름답게 만드는 것이야말로 당신이 지닌 최고의 기술이자 최고의 영광이라는 사실을 편히 잠든 가운데 기억하기를!

그는 선량한 영혼을 가진 덕분에 위대했던 반면 신장은 더 이상 작을 수 없을 만큼 왜소했다. 그는 일곱 살치고는 키가 꽤 큰 편이던 아우로라보다 겨우 손가락 네다섯 개 정도 더 컸다. 육체와 영혼의 측면에서 그는 우리와 가까웠다. 그와 마찬가지로 우리도 덩치는 작았지만 순수했기 때문에 조화, 혹은 우의에 대한 사랑을 통해 자연스럽게 선을 추구했다.

우리와 그를 가깝게 만드는 데 결정적으로 중요한 역할을 한 것은 물리적 상황, 즉 접촉의 빈도였다. 말하자면 비센테이의 '공식적'인 직함은 도랑을 파는 삽질꾼이었다. 즉 그는 보름에 한 번씩 손에 삽을 들고 무릎 높이까지 차는 진흙탕에 들어가 보름 동안 물에 떠내려온 퇴적물을 퍼내 도랑 양편에 수북이 쌓아놓아야 했다. 그 도랑은 집에서 멀리 떨어진 곳에 있었기 때문에 보름 동안 그는 우리 눈에 띄지 않았다. 하지만 그 외 시간에는 이런저런 허드렛일을 하느라 집이나 주변 건물에 붙어 있었다. 아주 드물었지만, 그는 사탕수수 제분소에 수확한 사탕수수를 쌓아놓기도 했다. 그럴 때면 완속 운전을 하는 세 개의 회전통에 손이 닿도록(사탕수수를 날라 쌓아두는 다른 인부들과 마찬가지로) 단 위에 발돋움을 하고 서 있는 그의 모습이 보였다. 그렇게 하면 그 회전통들은 '정말 고마워요'라는 말도 하지 않고, 비센테가 힘들게 먹여주는 사탕수수를 당당하게 집어삼키곤 했다. 다시 말하지만, 그가 이런 일을 하는 경우는 드물었다. 그는 자신의 키에 맞는 많은 허드렛일을 하느라 항상 집 주변을 맴돌았다.

일반적으로 마구간 청소를 돕고 말과 아픈 소를 치료하는 것은 비센테의 몫이었다. 엄마의 부탁으로 과수원의 나무에 올라가 잘 익은 과일을 따는 것도 비센테였다. 그리고 장작, 아야카에 쓸 바나나 잎과 아야키타•를 만들 때 쓸 옥수수 이파리, 내 머리에 바를 난초나무 덩굴, 야채와 아보카도, 생사탕수수 설탕, 또 부엌에서 언제든지 필요한 것을 찾기 위해 당나귀와 함께 산으로 올라가거나 골목길을 따라 내려가는 것도 비센테였다. 닭장 문과 철조망을 고치는 것도, 그리고

• 작은 아야카로, 옥수수 이파리에 싸서 먹는다.

밤에 주머니쥐를 사냥하고 아빠가 새 나무나 식물을 심으려고 할 때, 삽과 괭이를 들고 과수원이나 텃밭에 구덩이를 파는 것도 비센테였다. 넵투누스처럼 물을 다스리면서 수로의 양쪽 둑에 한 발씩 얹고 마치 짐승을 벌판에 풀어놓는 사람처럼 수문을 열어 사나운 물줄기를 쏟아내는 것도 비센테였다. 마지막으로 마치 소나 말의 몸에 붙어 있는 이처럼 바닥에 쪼그리고 앉아 늘 허리춤에 차고 다니는 뾰족한 칼로 피에드라 아술 농장의 회랑과 안마당의 돌, 판석, 벽돌 사이에서 끈질기게 자라나는 잡초를 뿌리째 뽑는 것도 비센테였다.

쪼그리고 앉은 자세로 판석에 난 잡초를 뽑는 비센테 이를 멀리서 보면, 마치 먹이를 공격하려는 두꺼비 같았다. 납작하고 강인해 보이는 머리에는 인디오와 흑인이 얌전하게 서로 동맹을 맺고 있었다. 그런데 인디오와 흑인은 어떤 경우에도 악의를 가지고 백인에 맞서기 위해 동맹을 맺지 않고, 그의 머리에서 온순하게 각자의 자리를 차지하고 있었다. 흑인이 다스리는 머리카락은 부드러운 모직 방석 같았고, 인디오가 지배하는 콧수염은 너무 가늘고 너무 뻣뻣한 데다 숱이 너무 적어서 우리는 그를 다정하게 비센테 이, 바퀴벌레 콧수염(이 별명은 원래 비올레타가 지은 것이다)이라고 불렀다.

언뜻 보기에 비센테는 두꺼비와 이처럼 전혀 나이를 먹지 않은 것 같았지만, 실제로는 나이가 꽤 많았다. 짤막하고 휘어진 그의 다리는 항상 흙과 물과 친하게 지냈고 언제나 무릎까지 벌거벗고 있는 데다 항상 진흙이 덕지덕지 묻어 있었지만, 더럽거나 칠칠맞지 못한 인상을 주지도, 혐오감을 불러일으키지도 않았다. 물결이 입을 맞추고 흙먼지가 뽀얗게 내려앉았다고 해서 양치류를 더럽다고 할 수 있는가? 형제 같은 흙먼지와 성인 같은 빗물 사이로 땅을 기어다닌다고 해서 뿌리를 역겹다고 할 수 있는가?

하지만 우리와 전혀 다른 눈으로 세상을 보던 에벌린은 그가 혐오감을 가질 만한 더러운 존재인 데다 이미 그 자체로 이인 인간이라서 머리에 이가 바글바글할 것이기 때문에 어떤 이유로든 그에게 가까이 다가가면 절대 안 된다고 분명히 못 박았다. 비센테 이에 대한 우리의 애착이 에벌린의 위협과 추궁, 그리고 금지된 것에 대한 엄청난 욕망으로 인해 오히려 점점 더 강해졌다고 말해봐야 아무 소용도 없다. 서로에게 화내지 않는 사랑이, 그리고 서로 싸우지 않는 우정이 무슨 의미가 있을까? 저 멀리 정원에서 땅을 파거나 안마당에 쪼그리고 앉아 잡초를 뽑고 있는 비센테가 눈에 띄면, 우리는 모두 거기로 쪼르르 달려가 그를 에워싸곤 했다. 아무리 에벌린이 감시의 눈길을 번득이고 있다고 해도 그의 작은 움직임, 적은 말수지만 그 자체로 흥미로운 말은 독특한 느낌과 특별한 의미를 주었다. 에벌린이 우리의 친구 비센테 이를 상대로 매일같이 살벌하게 전쟁을 선포한 것은 인종에 대한 복잡하고 개인적인 증오심 때문이라는 것을 이제야 완전히 이해할 수 있다. 백인의 피를 4분의 3 정도 물려받은 에벌린은 자신이 가지고 있는 4분의 1의 흑인 혈통을 끝없이 저주했으며, 그래서 그에게 그토록 모질게 굴었던 것이다. 자신의 몸속에 있는 흑인의 피가 아무리 증오스러워도 그것을 학대할 수는 없었기 때문에 그녀는 비센테를 증오의 대상으로 삼아 그의 흑인 혈통을 잔인하게 다루었다. 그녀는 매번 개종자의 정신, 즉 우리의 정신으로 비센테 이의 명예를 더럽히려고 했지만, 성공은커녕 오히려 역효과만 낳고 말았다. 그녀는 어떤 기회도 놓치지 않았다. 우리 중 하나가 수프나 초콜릿을 먹다 옷에 쏟으면, 그녀는 망연자실한 표정을 지으며 옷에 묻은 얼룩을 잠시 바라보다가 이렇게 꾸짖곤 했다.

"그렇게 조심성 없이 덜렁대니까 비센테 이처럼 더러워졌잖아!"

초콜릿이나 수프 덕분에 비센테에 대한 우리의 사랑은 2도에서 3도 정도 올라갔다.

우리 중 하나가 비난받을 만큼 예의범절이나 교양에 어긋나는 행동을 한 경우, 에벌린은 곧장 죄인의 얼굴을 똑바로 쳐다보면서 빈정거리는 말투로 추궁했다.

"아주 멋져. 아주 훌륭해. 그런 행동은 비센테 이 씨한테서 배운 거지. 그렇지?"

그럴수록 우리의 사랑은 점점 커져만 갔다.

안마당 한복판에서 우리가 비센테를 빙 둘러싸고 있는 모습을 발견하면, 에벌린은 곧장 사랑의 원으로 뛰어들어 모욕이 득실거리는 질문을 끔찍할 정도로 차분하게 퍼부으면서 우리를 방해했다.

"내가 벌써 천 번도 넘게 말했지? 여기서 절대 하면 안 되는 것이 뭐라고 했지?"

비센테는 여기서 절대 하면 안 되는 것이 무엇인지, 그리고 벌써 천 번도 넘게 말한 것이 무엇인지 너무도 잘 알고 있었다. 그런 모욕을 당하고도 그는 아무 말도 하지 않았다. 다만 인내심을 가지고 집요하게 자라나는 잡초를 칼로 계속 뽑아낼 뿐이었다.

그의 영혼은 증오심 따위는 모르고 살아왔다. 그는 식물의 세계에서 살아오다시피 했던 터라 인간 세상의 불공평함과 자연의 부당함을 한마디 불평도 없이 모두 받아들였다. 사람들이 자기를 비웃든 말든 간에 그는 도랑에 들어가거나 판석에 쪼그리고 앉은 채 선량한 식물처럼 자신의 열매와 꽃을 계속 아낌없이 주었다.

2

옷차림이 허름하고 청결하지 못하다고 비센테를 비난할 수는 있었다. 어차피 그건 관점의 문제일 뿐이니까. 하지만 무례하다고 그를 비난하는 것은 천부당만부당한 일이었다. 사실 그보다 더 예의 바를 수는 없었다. 단지 융통성이 없고 영국인처럼 청교도적인 에벌린만 시골에서 흔히 볼 수 있는 소박한 품위의 진가를 인정할 수 없었을 뿐이다. 우리는 충분히 인정할 수 있었다. 반면 에벌린도, 엄마와 아빠도, 그 누구도 비센테가 사용한 어휘에서 오래되고 고상한 에스파냐어의 정취를 제대로 이해하지 못했다. 반면 우리는 그것을 이해했기 때문에 능숙하게 그의 말을 따라 했다. 그럴 때마다 에벌린은 우리의 말투가 저속하다고 엄하게 꾸짖으면서 바로잡아주었다. 그건 엄마도 마찬가지였다. 하지만 엄마와 에벌린의 말은 옳지 않았다. 오히려 옳은 것, 혹은 최고의 취향은 비센테와 우리에게 있었다. 오랜 세월이 지난 후에야 나는 그의 말을 더 잘 이해하게 되었다. 그가 하는 말을 듣고 있으면 로페스 데 고마라,• 시에사 데 레온,•• 베르날 디아스델카스티요,••• 그리고 그 시대를 살았던 다른 작가들의 작품을 낭송하는 것 같았다. 사실 이 작가들이 아메리카 대륙으로 건너와

• 프란시스코 로페스 데 고마라(1511~1566)는 에스파냐의 역사학자로, 특히 16세기 아메리카 정복의 역사를 기록한 저서로 유명하다.

•• 페드로 시에사 데 레온(1520~1554)은 에스파냐의 정복자로, 페루 정복의 역사를 기록했다.

••• 베르날 디아스델카스티요(1492?~1581?)는 에스파냐의 정복자로, 코르테스와 함께 아스테카 왕국을 정복한 역사를 기록했다.

에스파냐어를 구전으로 풍부하게 남긴 덕분에 비센테도 마치 견고한 골동품 가구처럼 편안하게 사용했을 뿐 아니라 그 후로 정당하게 계승되었다.

비센테는 화려하던 16세기에 그랬던 것처럼 '그래서' 대신 '그러므로', '옷' 대신 '의복', '바라보다' 대신 '바라다', '같다' 대신 '닿다', '이끌다' 대신 '잇들다'라고 했다. 그리고 '얕은 물을 따라서 건너다', '당금', '거개', '누구도', '한층', '하나비', '야루하다', '브터'와 같은 말을 했다. 한마디로, 그가 썼던 말은 황금 세기•의 에스파냐어였다.

게다가 비센테는 명사, 형용사, 부사, 현재분사의 끝에 다양한 축소사••를 붙여 일종의 어미변화를 사용함으로써 단어를 특별한 뉘앙스로 채웠다. 가령 사람들이 부르면, 그는 이렇게 대답했다.

"네, 나리, 당금 갑니다!" 아니면 "나리, 당금 가고 있어요!".

이 말은 "이제 곧 갈 겁니다. 그러니 조금만 기다려주세요"라는 뜻이다.

누군가가 그의 건강과 생활이 어떤지 물으면, 그는 이런 식으로 대답했다.

• 15세기에서 17세기에 걸쳐 미술, 음악, 문학이 융성했던 시기를 가리킨다.

•• 단어 고유의 의미를 축소해 강조하거나, 아니면 상대를 경멸하거나 친근하게 표현하고자 하는 목적으로 쓰이는 것으로, 흔히 단어에 축소 어미(주로 '-ito'나 '-ita')를 붙인다.

"보시다시피 예서 이렁 노역을 하고 있잖아요."

여기서 '노역'이라는 말은 자진해서 열심히 일하지만 금전적 이득이 크지 않은 상황을 의미한다.

그의 예의는 즐거운 말투와 잘 어울렸을 뿐만 아니라 고상하고 뉘앙스로 가득했다. 비센테는 부엌이든 커피를 고르는 방이든, 그 어떤 곳에서도 다음과 같이 허락을 구하지 않고 불쑥 들어가는 법이 없었다.

"주님을 찬미합시다!"

그가 문턱이나 몇 계단 앞에 멈추어 서서 이 말을 반복하면, 마침내 안에서는 짜증 난 목소리가 들려오곤 했다.

"이런, 젠장! 더 이상 성가시게 굴지 말고 어서 들어와!"

비센테는 아무리 먼 곳에 있어도 엄마만 보면 밀짚모자를 머리에 쓰고 있을 수가 없었다. 그는 담배를 씹으면서 자주 '이 사이로 침을 뱉었다'. 그건 분명 사실이지만, 그가 어떤 기술을 이용해서 얼마나 깔끔하게 침을 뱉었는지 정확히 알아볼 필요가 있다. 그런데 아무도 그를 따라 할 수 없었을 것이다. 그가 어디서, 어떻게, 언제 침을 뱉었는지 아무도 몰랐으니까. 그는 번갯불에 콩 볶아 먹듯이 찍 하는 소리와 함께 침을 뱉었다. 그가 뱉은 침은 허공을 가로질러 저 멀리 덤불 속으로 사라져버렸다. 그런데 특이하게도 비센테에게는 이 사이로 침을 뱉는 것이 저속한 행동이기는커녕 존경과 복종의 표시였다. 따라서 그가 동료들과 대화를 나눌 때 침을 뱉는 경우는 거의 없었다. 일반적으로 그것은 당혹감의 표시였다. 아빠나 엄마, 아니면 사촌 후안초로부터 질문을 받고 난처한 입장에 빠지면, 그는 곰곰이 생각에 잠긴 채 머리를 긁적이다가 얼굴근육을 거의 움직이지 않고 주변을 더럽히지도 않으면서 찍 하는 소리와 함께 놀라울 정도로 정확하게 목표 지점을 향해 침을 뱉었다. 그러고는 곧장 정확하면서도 재치 있는 대답을 내놓곤 했다.

비센테 이와 만나면서 우리는 그 어떤 책이나 선생님을 통해서도 배울 수 없는 철학과 자연과학을 접할 수 있었다. 소박함에 의해 길러지고 경험을 통해 강해진 우애 정신은 맑은 개울처럼 자연스럽게 그의 머리로부터 우리에게 수월하게 흘러 들어와 즐거운 지식으로 장식되었다. 우리는 그에게 질문을 퍼붓곤 했다. 우리가 던진 대부분의 질문은 '응?'이라는 의문사가 따라 나왔다. 우리는 '응?'이라는 말에 모든 호기심을 기울였고, 그 말은 문장에 따라 자리가 바뀌기도 했다.

"비센테, 왜 초록색 구아버도 있고 노란색 구아버도 있는 거야, 응?"

"비센테, 뱀은 왜 사람을 무는 거지, 응? 뱀장어는 안 무는데 말이야."

"비센테, 수탉은 잘 싸우면서 왜 암탉처럼 알을 못 낳는 거야, 응?"

"땅딸보, 바퀴벌레 콧수염 비센테, 왜 아저씨는 다른 이들처럼 지붕 있는 집이 없는 거야, 응?"

그토록 많은 것을 설명하기 위해 비센테는 대답 속에 체념이라는 아름다운 철학을 불어넣었다. 뱀장어에 관해서는 이렇게 대답했다.

"뱀장어들은 워낙 선량해서 다른 것들에게 해를 주지 않고, 미끄러지듯 움직이면서 자기를 방어하는 거란다. 그래서 사람들은 그것들을 잡아서 먹는 거지. 하지만 사람들은 뱀들을 무척이나 혐오하기 때문에 아무도 그것들을 잡으려고 나서지 않아. 너무 사악하다보니 오히려 그것들을 존중하는 거야."

수탉에 관해서는 이렇게 대답했다.

"수탉들은 싸움꾼의 운명을 타고난 데다 우두머리가 되는 것 말고는 아예 관심이 없기 때문이지. 혹시 닭 볏에 깃든 우두머리의 위세를 못 봤니?"

그리고 자기 자신에 관해서는 이렇게 대답했다.

"나는 가난하게 태어났거든. 너희 중에서 지붕 있는 집을 가진 검둥이 일꾼을 본 사람 있니?"

아빠는 아주 어린 시절부터 피에드라 아술에 살면서 모든 사람 위에 군림했다. 아빠는 농장 전체의 아들이나 다름없었고, 우리는 그 손녀들이었다.

농장의 노인들은 아빠를 후안 마누엘 도련님, 혹은 후안 마누엘리토• 도련님이라고 불렀고, 청년들은 후안 마누엘 나리라고 불렀다. 사람들은 피에드라 아술의 손녀인 동시에 공주들이던 우리를 '너'라고 불렀다. 우리는 마치 카스티야나 아라곤 왕국의 공주라도 되는 듯이 호르헤 만리케••의 시에 등장할 만한 길고 낭랑하게 울려 퍼지는 칭호를 가지고 있었다. '대저택의 여섯 아기씨.'

비센테도 우리를 '너'라고 불렀지만, 경의의 표시로 이름 앞에 '아기씨'나 '아가씨', 또는 '아씨'라는 호칭을 붙이는 대신 주인님이라고 불렀다. 그러니까 우리를 부를 때는 '너'와 '주인님'이라는 호칭만 사용했다. 그가 하느님을 부를 때와 같은 호칭이었다.

예를 들면 이런 식이었다.

그가 당나귀에 야채와 과일, 바나나 잎을 잔뜩 싣고 도착하면, 우리는 그에게 우르르 몰려가 귀찮을 정도로 질문을 퍼붓고 부탁한 것을 내놓으라고 졸랐다. 그러면 그는 이렇게 대답했다.

"네, 주인님. 아우로라, 네가 부탁한 작은 망고를 가져왔단다. 옜다."

"네, 주인님. 블랑카 니에베스, 네게 줄 하얀 토끼도 샀단다. 내일 우리에 넣어서 네게 보내주기로 했어."

● 후안 마누엘에 축소 어미를 붙여 만든 애칭이다.

●● 호르헤 만리케(1440~1479)는 15세기를 대표하는 카스티야의 시인으로, 〈아버지의 죽음에 바치는 애가〉가 대표작이다.

아니면 돌연.

"안 돼, 주인님. 비올레타, 당나귀를 때리면 안 되지. 너한테 아무 짓도 안 했잖니."

비센테의 말에 포함된 풍부한 뉘앙스를 전체적으로 설명하기는 무척 어려울 것 같다. 그건 그러한 뉘앙스가 어휘가 아니라 어조와 리듬에 기반하고 있기 때문이다. 어조도, 리듬도 없다면 말은 어떻게 될까? 아마 죽어 있는 말, 미라나 다름없는 말일 것이다. 아! 아름다운 인간의 목소리, 말의 영혼, 언어의 어머니, 당신의 말은 얼마나 풍요롭고, 또 얼마나 무궁무진하던가! 이 글을 쓰면서 나는 비센테가 어떤 식으로 말했는지, 그리고 엄마가 어떤 식으로 말했는지, 이 두 극단을 여러분에게 설명해보려고 얼마나 애를 썼는지 모른다. 촌스럽고 소박한 자연미의 극치와 감칠맛 나고 정교한 '세련미'의 극치. 하나는 음악적이기보다 리듬감이 살아 있고, 다른 하나는 리듬감이 있다기보다 음악적이다. 나는 좋은 의도가 만들어낸 불행을 서글픈 마음으로 생각해야만 했다. 거듭 말하지만, 이에 비해 글로 쓰인 말은 시체나 다름없다. 지금처럼 위대한 발명과 엄청난 기술혁신이 매일같이 이루어지는 시대에 왜 작가들은 그 시신에게 '당장 일어나 걸으라'고 말할 방법을 찾지 못한 걸까? 오늘날, 문학 공화국•에서는 모든 것이 왁자지껄하고 활기차게 움직이는데, 그리고 천재적인 재능과 혁명적인 문학이 어울려 늘 즐겁게 춤을 추고 있는데,

왜 아직도 죽어 있는 말을 깨울 방법을 찾지 못하고 있단 말인가? 만약 내가 재능 있는 소설가(조심스러운 두 가지 가정)라면, 나는 다음과 같이 소설을 획기적으로 바꾸어놓을 것이다. 대화를 시작하기 전에 우선 지면에 별 모양을 그려놓을 것이다. 지면 왼쪽에는 평소와 같이 음자리표, 조표, 그리고 빠르기말이, 그러고 나서는 음표와 임시표가 있는 소절들이 나온다. 아래에는 노랫말과 마찬가지로 글이 나온다. 독자가 알고 있는 약간의 솔페지오••를 동원해서 왼손에 책을 들고 오른손으로 박자를 맞추며 콧노래를 부르기만 하면 끝이다! 그렇게만 하면 등장인물이 정말 자기 입으로 말했을 것이다.

방금 나는 어리석은 생각을 하고 있다는 것을 깨달았다. 부디 나를 용서해주시길. 그렇게 하는 작가들은 사실성이나 박진감을 지나치게 부각시켜 잘못을 범함으로써 경멸과 멸시의 대상이 되고 말 것이다. 이해할 수 없는 것은 인간의 마음을 난폭하게 모욕함으로써 손에서 짜증스러우면서도 진심어린 박수갈채를 이끌어낸다는 점이다. 브라보, 브라보, 브라보! 우린 하나도 이해가 안 간다고요! 폭넓은 상상력은 끝없이 펼쳐진 어둠 속으로 자유롭게 날아갈 수 있다. 하느님의

• 17세기와 18세기의 유럽 및 아메리카의 지식인이 서한을 통해 교류하던 문학적·정신적 공동체를 가리킨다.

•• 악보를 모음이나 도레미의 음절로 부르는 연습법을 의미한다.

뜻을 쉽게 이해할 수 있다면 우리는 하느님을 찬미하지 않을 것이다. 적당히 명백한 것은 한정되어 있고 솔직해서 초라하다. 명백한 것은 낡은 한 짝의 슬리퍼처럼 하찮으면서도 편안한 느낌을 준다. 나는 군중의 찬사나 박수갈채도, 존경도 바라지 않는다. 그래서 이따금씩 편안한 슬리퍼를 신고 싶을 때가 있다.

피에드라 아술에서 춤판이 벌어질 때마다 비센테 이는 항상 마라카스•를 연주했다. 내 생각에, 비센테는 눈에 보이지 않는 마라카스 두 개의 달그락거리는 소리나 장단에 맞추어 대화한 것이 틀림없다. 다시 말해 그는 마라카스의 리듬에 맞추어 이야기했던 것이다. 가령 급하게 시계풀 열매나 가시여지가 필요하면, 엄마는 난간에 기대서서 비센테를 불렀다.

"비센테, 지금 정원에 있어?"

그러면 그는 저 멀리서 대답했다.

"네, 주인님!"

그의 입에서 나온 '네'는 점 팔분음표와 연결된 검은 음표와 마라카스 한 번 흔들기, 그리고 '주인님'은 십육분음표와 검은 음표, 그리고 마라카스 세 번 흔들기에 해당했다.

• 라틴 아메리카의 민속음악이나 룸바, 콩가, 볼레로 등의 음악에서 뺄 수 없는 악기다. 야자의 열매를 말려서 그 안에 씨알을 넣고 흔들어 소리를 낸다.

3

비센테는 우리의 철학 및 자연과학 선생님, 마라카스 연주자, 도랑 삽질꾼, 사탕수수 제분소에 사탕수수를 날라 쌓아놓고 판석에서 잡초를 뽑는 인부인 동시에 피에드라 아술의 의사, 약제사, 장의사 일도 도맡아 했다. 나중에 다시 살펴보겠지만, 그 밖에도 그는 군인, 그것도 천재적인 군인이었다. 그의 다리에 진흙이 덕지덕지 묻어 있었다면, 각종 공적과 숭고한 행동으로 빛나는 용기를 가진 그의 앞날에 영광의 문이 활짝 열려야 마땅했다. 이 말은 여러분에게 그를 소개할 때 이미 한 바 있다. 그러나 다정한 현자 비센테는 "영광은 자신을 추구하는 사람에게만 모습을 드러낸다"라고 말했다. 그가 철학자였기 때문이든 멋진 여인을 만날 만큼 자기가 잘생기지도, 옷차림이 멋지지도 않다고 생각했기 때문이든 영광은 항상 그를 외면했고, 그에게 가까이 다가가 '이 입은 내 거예요'라고 말하지도 않았다.

군대에 관한 한 비센테는 사명감보다 천부적 재능을 더 많이 가지고 있던 반면, 의학에 관한 한은 천부적 재능보다 사명감이 더 많았다. 진정한 의사를 길러내는 것이 사명감이듯, 그리고 마법의 약, 혹은 신비의 명약에 신비주의, 기적, 초자연적인 지식이 배어 있듯이 비센테는 활기, 인내심, 희생정신으로 충만해 있었다. 아무도 그를 이 박사라고 불러주지 않았지만, 비센테는 뛰어난 의사였다.

아빠는 그를 그렇게 판단하지 않았다. 다시 말하지만 의학은 열렬한 믿음, 격정적인 신비주의, 광적인 투쟁의 영향을 받기 쉬운 분야라서 아빠는 비센테가 농장의 환자들을 돌봐주려고 근처만 가도 인정사정없이 내쫓아버렸다. 아빠는 피에드라 아술에서 비센테의 존재가 장티푸스, 이질, 황열병을 합친 것보다 훨씬 더 치명적이라고 평소 소신대로 말했다. 아빠는 격정적이었다. 이에 대해서는 의심의 여지가 없다. 그러나 그의 힘은 절대적이거나 무한했다. 따라서 자신의 숭고한 사명과 아빠가 그에게 지닌 태도 때문에 비센테의 처지는 디오클레티아누스•나 네로 황제의 박해를 받던 초기 그리스도인들과 비슷했다. 그렇다고 아빠가 냉혹하고 모질게 굴었다는 것은 아니다. 다만 의협심으로 가득 차고, 자비심과 자신에 대한 믿음으로 점점 강인해진 전지전능한 비센테에 의해 시시각각 위협을 받던 터라 드러나지 않게 자신의 역할을 행했을 뿐이다.

비센테에 대한 아빠의 악의 없는 편협성 속에는 같은 고객들을 다루는 두 명의 의사 사이에서 항상 나타나는 날카롭고 격렬한 경쟁심이(흔하게 일어나는 일이지만) 자기도 모르게 숨겨져 있었던 것 같다. 그도 그럴 것이 대학에 다니면서 공부

• 디오클레티아누스(245?~316)는 로마의 황제로, 기독교도를 박해했다.

를 하지도 않았고, 학위도 없었지만 후안 마누엘 나리, 즉 아빠는 그럭저럭 의사가 되었기 때문이다. 아빠도 키니네• 한 병과 체온계, 연고제, 하제(下劑) 등을 챙겨 카라멜로를 타고 환자들을 찾아가서 약을 처방했다. 반면 비센테는 질경이 이파리, 맷돌에 간 땅콩버터 과일나무•• 뿌리, 도마뱀 기름, 그믐날에 잡은 토끼 피, 부적과 기도서를 들고 걸어 다니면서 아빠의 환자를 빼앗았다. 그러니까 농장에서 비센테는 가장 약한 존재였지만, 당당한 사명감으로 인해 가장 강한 사람이었다. 피에드라 아술에서 그는 돈을 받지 않고 사람들을 치료하고 약을 주었다. 그래서 완전히 무방비 상태로 비센테에게 눌린 아빠는 의사의 과학적 명성을 뒷받침하는 비싼 청구서를 환자들에게 내밀 엄두도 내지 못했다. 더구나 경쟁자의 환자는 늘어가는 반면, 자기 환자는 점점 줄어들었지만 속수무책으로 바라볼 수밖에 없었다. 훌륭하든 보잘것없든 무시당하든 널리 알려져 있든 의사로서, 사이비 의사거나 돌팔이 의사로서, 아니면 위대한 천재로서 비센테는 환자를 기적적으로 고치는가 하면 때때로 갑작스럽게 환자를 죽음으로 몰고 가 큰 물의를 일으키기도 했다. 그럴 때 그는 며칠 동안 오

• 말라리아 치료의 특효약으로, 해열제, 건위제, 강장제 따위로도 쓴다.

•• 말피기아과의 식물로, 땅콩버터 맛의 열매가 난다. 베네수엘라, 콜롬비아, 브라질이 원산지다.

명을 뒤집어썼지만 나중에는 모든 것이 다시 정상으로 돌아오면서 그에 대한 믿음도 되살아났다. 그런 일이 생길 때면 아빠의 분노가 천둥과 번개로 변해 인정 많은 패배자의 머리 위로 내리치곤 했다.

어느 날, 우리는 다음과 같이 숙연하면서도 고통스러운 장면을 목격했다.

때는 오후였다. 아빠는 서재에 틀어박힌 채 한참 동안 집사와 무언가를 상의하고 있었다. 그러던 어느 순간, 갑자기 문이 벌컥 열리더니 궁전 발코니에 나와 밖을 내다보는 황제처럼 거만하고 위풍당당한 모습으로 서재 옆 난간에 나타난 아빠는 넓은 땅, 아니 저택의 진입로를 굽어보았다. 그는 마치 폭풍을 몰고 올 것처럼 엄한 목소리로 하녀에게 말했다.

"비센테 이에게 가서 이야기할 것이 있으니 당장 이리로 오라고 해."

우리의 가장 소중한 우정과 사랑을 해칠지도 모르는 불가사의한 힘 앞에서 우리의 영혼은 잔뜩 움츠러들었다. 우리는 괴로운 마음을 달래지 못해 결국 불행한 장면을 우리 눈으로 직접 보기 위해 달려갔다.

잠시 후, 그 어느 때보다 더 작아 보이고, 더 다부지게 보이며, 머리는 더 커 보이는 비센테가, 우리가 좋아하는 비센테이가 정말로 넓은 진입로에 모습을 드러냈다. 그는 집의 회랑으로 올라올 엄두도 내지 못한 채 천천히 난간으로 다가왔다. 오리발과 휘어진 다리, 숱이 많은 머리가 눈에 띄었다. 한 손에는 밀짚모자를, 다른 손에는 마체테를 든 그는 사자 앞에 선 개구리처럼 고개를 들고 물었다.

"주인님?"

"이보게, 비센테." 무섭고 전지전능한 아빠가 말했다. "내 말 잘 듣게나. 케브라다 그란데•에서 온 호세 델 로사리오의 딸아이가 한쪽 눈이 아픈데, 자네가 거기 가서 삿갓조개 피로 치료하면 된다고 했다더군. 자네가 삿갓조개를 잡아다가 피를 뽑아서 그 아이의 눈에 넣었는데, 결국 한쪽 눈이 멀어버렸다는 얘기를 들었네. 이런 망나니 같으니라고. 아니, 자네는 망나니라기보다 범죄자야. 잘 알아두라고! 지금부터 내가 하는 말 잘 듣고 절대 잊지 마. 이번이 마지막 경고일세. 비센테, 맹세하건대 다시 한번 여기, 피에드라 아술에서 환자에게 함부로 약을 처방했다가는 당장 자네를 잡아가서 살인죄로 5~6년 동안 감옥에서 썩게 해달라고 지방검찰청에 편지를 쓸 거야. 나는 한 번 한 말은 반드시 지키는 사람일세. 내 말 잘 듣고 있나, 비센테? 무슨 말인지 알아들었어?"

"네, 주인님."

비센테는 음표점과 마라카스 세 번 흔들기를 잊지 않고 겸손하게 대답했다.

• 베네수엘라 동부 모나가스주에 위치한 마을.

말할 필요도 없이 그는 그다음 날부터 북에서 남으로, 동에서 서로 걸어 다니느라 날품팔이도 빼먹은 채 불어난 강물을 건너면서 남몰래 더 열심히 삿갓조개를 잡거나 약초를 캐기도 하고, 뿌리를 갈거나 사랑하는 환자의 머리맡에 앉아 날밤을 지새우기 일쑤였다.

하지만 비센테 이의 선행과 호의는 자연에서 저절로 풍부하게 나는 것, 그러니까 8월에 열리는 황금빛 망고나 야생 과일들처럼 피에드라 아술에서는 아무런 가치도 없었다. 사람들은 그의 헌신과 희생정신에 자주 불쾌감을 느꼈고, 그의 선행 또한 말하자면 고마우면서도 성가신 소나기처럼 값지지만 달갑지 않은 것으로 받아들였다.

당시 피에드라 아술에는 관습에 의해 시행되는 법률이 존재했다. 그것은 리쿠르고스•의 엄격한 지식에 비견될 만큼 신중하고 일관성이 있는 법이었다. 농장 일꾼이나 그의 친척이 죽었을 경우, 굳이 물어보고 자시고 할 것도 없었다. 한 가지 비용, 즉 비센테가 자발적으로 떠맡은 관값을 제외하고 장례식에 관련된 모든 비용은 아빠가 부담했다. 그러니까 자기 환자가 사망한 경우, 두 의사는 자기 방식대로 그 비용을 부

• 리쿠르고스(기원전 800?~730)는 고대 스파르타의 전설적인 입법자로, 기득권층의 반발을 이겨내고 델포이의 아폴론 신탁에 따라 스파르타 사회를 군국주의로 개혁했다.

담했다는 뜻이다. 부고를 접하면, 비센테는 필요한 경우 새벽같이 일어나 그 사람의 집, 혹은 상갓집으로 가서 여느 때처럼 매우 정중하게 조의를 표하며 다음과 같이 마무리하곤 했다.

"그리고 '관' 말인데요. 아시겠지만 오늘 밤에 갖다드릴 테니까 너무 걱정하지 마세요."

그런 날에는 그도 모든 일당을 포기했다. 그는 오전 내내 식료품점, 중개인들의 집, 일꾼들이 사는 오두막을 돌아다니며 '혹시' 남는 널빤지나 판자를 가지고 있는지 물어보았다. 사실 그런 상황에서는 모든 이가 그를 공손하게 맞아주었다. 모두가 인심을 후하게 베풀었다. 그러다 12시경, 재료를 다 모으고 나면 톱과 망치, 못을 들고 제분소 한구석에 자리 잡은 다음, 여기를 덧대고 저기를 맞추면서 열심히 못질을 했다. 찌는 더위 속에서 관은 아직 형체를 갖추지 못했지만 점점 더 두꺼워지고 커져갔다. 목수 일을 다 마치고 나면, 그는 집으로 와서 무언가를 부탁하는 사람들이 늘 그러듯이 어깨를 으쓱하며 존경의 표시로 이 사이로 침을 탁 뱉고 '혹시' 미시아 카르멘 마리아 부인에게 이제 입지 않는 검은 옷이 있는지 물었다. '혹시'는 계속 이루어졌다. 그는 검은 옷을 들고 제분소 한구석으로 돌아가 약빠르고 알뜰하게 천을 자른 다음, 풀을 발라 나무에 붙였다. 낡은 판자를 자르고 덧대어 만들어 여기저기에 '부서지기 쉬움', '피에드라 아술 농장……', '아주 잘……' 등의 표시를 붙여놓은 커다란 상자는 어느 틈엔가 검은 관으로 둔갑해 있었다. 나올 데 나오고 들어갈 데 들어간 모습이 보는 이의 가슴을 뭉클하게 했지만, 가장 화려한 검은 관이 그렇듯이 흉하고 음산한 느낌을 풍겼다.

그는 잊지 않고 두 개의 흰 띠를 이용해 덮개에 십자가를 붙였다. 이렇게 작업을 마치고 나면, 그는 관을 어깨에 둘러메고 언덕을 걸어 올라가 상갓집 문 앞에서 걸음을 멈추었다.

"하느님을 찬미하라! 하느님을 찬미하라!" 그는 이렇게 큰 소리로 자신의 도착을 알렸다.

그러면 안에서는 당연히 이런 대답이 들려왔다. "누가 그렇게 고래고래 소리를 지르는가? 거실에 망자가 누워 있다는 것을 정녕 모른단 말인가? 마땅히 망자에게 경의를 표해야 하거늘. 다만 관을 조심해서 다루어주시오. 관은 거실 한복판에 두지 말고, 다니는 데 방해가 되지 않도록 한구석에 놓아주시오. 그리고 이왕 여기까지 온 김에 앉아서 커피 한 '컵', 원하면 '아과르디엔테'• 한 잔 들고 가시오." 이처럼 관례를 모두 치르고 나면, 그들은 떠들썩하게 이야기를 나누었다.

• 과즙으로 빚은 증류주로, 알코올 도수가 높다.

4

비센테 이는 햇빛처럼 어떤 상황에서든 모든 이에게 아낌없이 골고루 선행을 베풀었다. 그의 선행은 부자든 가난하든, 위대한 이든 보잘것없는 이든, 악인이든 선인이든 가리지 않고 모두에게 미쳤다. 비센테는 죽어가는 이에게 '작은 이파리'라도 건네주기 위해 불어난 강물을 건너는 식으로 자신의 삶을 드러내는 반면, 죽어가는 이는 우리가 내민 '마몬 나뭇가지'●를 잡기 위해 손이 닿지 않는 나뭇가지에 오르려고 하면서 자신의 삶을 드러냈다. 비센테는 밤을 새워 관을 만들 듯이 '춤의 대가'가 돋보이도록 마라카스를 손에 들고 밤새 쉬지 않고 흔들어댔다. 여러분은 이미 눈치챘겠지만, 그에게 고마워하는 이는 아무도 없었다. 하기는 이 세상을 환하게 비추어주는 태양에게, 그리고 마실 수 있는 물에게 잊지 않고 고마워하는 이가 어디 있겠는가? 그는 유별나게 춤을 좋아했지만, 아무도 자기와 춤추고 싶어 하지 않는다는 단순한 이유 때문에 절대 춤을 추지 않았다. 당시 피에드라 아술에서 씨를 까는 여인들과 커피콩을 따는 여인들은 이미 속물근성에 깊이 물들어 있었다. 만약 춤의 대가가 그를 불쌍히 여겨 여성

● 무환자나뭇과의 과일나무로, 원산지는 남아메리카의 베네수엘라, 브라질, 콜롬비아다.

초대 손님들에게 다가가 '부디 너그러운 마음으로 적어도 한 곡 정도는 비센테와 춤을 추어달라고, 또 비센테는 밤새 마라카스를 흔드느라 그들의 갈비뼈를 부러뜨릴 힘도 없을 것'이라고 말한다면, 그녀들은 아주 거만하게 대답했을 것이다. '어머, 미쳤나봐! 절대 안 돼요! 비센테는 너무 작다고요. 기껏해야 머리가 우리 허리춤에 올 텐데, 그래가지고 어떻게 커플을 이루어 춤을 추겠어요.' 가엾은 비센테. 그는 풀이 잔뜩 죽었지만, 그래도 만족스러운 표정을 지으며 한 쌍의 마라카스를 계속 흔들어야 했다.

비센테는 육체적 매력이 전혀 없던 터라 댄스파티에서 철저하게 무시당했지만, 대신 깊고 온유한 사랑이 무엇인지 잘 알았다. 그래서 그는 터무니없는 허영심 뒤에 숨어 있는 물질적 욕망을 경멸하면서 육체적 아름다움에 눈을 감고 영혼의 매력 속으로 뿌리를 내리고자 했다. 도덕적인 매력을 가진 덕분에 비센테는 그 어느 때보다 훨씬 더 많이 사랑받았다. 왜냐하면 두 여인, 아킬리나와 엘레우테리아가 서로 질투하지도, 서로 다투거나 경쟁하지도 않고 동시에 그를 사랑했기 때문이다. 비센테는 두 여인을 똑같이 사랑했고, 그녀들도 이 사실을 잘 알고 있었을 뿐만 아니라 서로 너그럽게, 아니 오히려 두 배의 아량으로 이를 받아들였다.

사실 외모만 놓고 보면 아킬리나와 엘레우테리아는 아름답고 우아하기는커녕 비센테와 비슷한 수준이었다. 하지만 그녀들은 위험과 불안이 전혀 없는 평화롭기 그지없는 사랑을 그에게 줄 수 있었다. 아름다움과 우아함을 합친 것보다 그것이 행복에 더 막강한 영향력을 발휘했다.

여러분이 충격을 받거나 비센테에 대해 너무 가혹한 판단을 내리는 일이 없도록 당시 피에드라 아술에서는 자유로운 사랑이 용인되었다는 사실을 미리 말해두어야 할 것 같다. 불행하게도 오늘날 세상에서 그런 것처럼, 그리고 불행하게도 어느 대도시의 부유하고 귀족적이며 세련된 사회에서 그랬던 것처럼 거기에서도 자유로운 사랑은 흔했고 당연하게 여겨졌다. 한두 가지 점을 제외하면, 당시 피에드라 아술의 관습은 화려한 궁전에 필적할 만했다. 우리 엄마는 그러한 상황이나 우연의 일치를 무시하고 여행한 적이 전혀 없었기 때문에, 슬프기 그지없는 일이지만 관습에 관한 한 피에드라 아술이 분명히 이 세상의 마지막 보루일 거라고 눈에 눈물이 그렁그렁 맺힌 채 아빠에게 투덜거리며 한탄하곤 했다. 도덕적 정신은 물론 자부심의 정신에 대한 사도적인 열정이 넘친 나머지, 엄마는 마치 식탁에 수가 놓인 식탁보를 깔고 꽃다발을 올려놓듯이 피에드라 사람들에게 훌륭한 조언을 하고 정당성을 부여하는 한편 혼례식을 축복해주기도 했다. 아빠가 장례식 비용을 부담했던 반면, 엄마는 모든 결혼식 비용을 부담했다. 돈이 필요하지 않은 모든 사업과 마찬가지로, 엄마의 교화 사업도 잘 진척되었다. 가끔은 순조롭게 진행되었지만,

꽤 자주 예상했던 것과 정반대의 결과가 나오기도 했다. 불행한 일이지만 이 세상 모든 곳과 마찬가지로 피에드라 아술에서도 '어중간하게나마 성사(聖事)'•를 받았다고 생각한 대부분의 남자에게서 곧장 바람기가 아주 다양한 모습으로 나타나기 시작했다. 그러한 바람기로 인해 질투심과 언쟁, 그리고 폭력적인 장면들이 빈번하게 발생하다가 결국에는 충격과 불행의 격정적인 교향악으로 끝이 났다. 모욕을 당한 여자는 거의 항상 엄마를 찾아 우리 집으로 와서 자신의 불행을 이야기했다. 그런 여인은 '현명한 사람에게는 긴 설명이 필요 없다'는 식으로 약간의 세심한 배려를 보이면서 남자에 대해 직접적인 비난을 퍼붓지는 않다가도 결국에는 노골적으로 비방함으로써 자신의 속내를 털어놓았다.

"아, 미시아 카르멘 마리아 부인, 지금 내 꼴이 어떤지 한번 보세요! 어쩌면 자만한 죄로 주님께서 내게 내리신 벌일지도 모른다는 생각이 다 든다고요. 나를 시집보낸 게 대체 누구란 말인가요!"

그러면 엄마는 안타까운 마음에 한숨을 쉬고 하늘을 쳐다보며 다정하면서도 체념 섞인 목소리로 조언하곤 했다.

비센테의 집이 올바르지 못하고 비정상적인 풍조의 최전선에 있었기 때문에 엄마는 하루도 거르지 않고 그에게 훈계와

• 엄마가 마을 사람들을 대상으로 시행한 교화 사업을 가리킨다.

불평, 그리고 비난을 퍼부었지만 당연히 아무 효과도 없었다. 비센테는 결혼하기를 꺼렸다. 그런데 그건 복음이 우리에게 알려주는 비정하고 냉혹한 마음이 아니라 뿌리 깊고 확고부동한 충성심 때문이었다. 두 여자와 동시에 결혼하는 것을 교회나 법이 인정할 리도 없었을뿐더러 아킬리나를 위해 엘레우테리아를 버리거나 엘레우테리아를 위해 아킬리나를 버릴 수 없었기 때문에 그는 차라리 결혼의 가능성을 배제하기로 했다. 그 대신, 그는 서로 다른 청춘 시절을 보내던 두 동반자에게 자신의 사랑(물론 플라톤적인 사랑이다)을 공평하게 나누어주었다. 그러던 어느 가을날, 예기치 않은 사정으로 그 두 여인은 임대한 농장 오두막의 아늑하고 포근한 지붕 아래에 모이게 되었다. 프란체스코 성인과 사나운 늑대•의 경우처럼 위대한 선의만이 기적을 일으키듯이 비센테도 자신의 기적을 행했다. 아킬리나와 엘레우테리아가 함께 살기로 완전히 합의했던 것이다.

어느 날 오후, 에벌린과 함께 산책하던 중에 우리 어린 자

• 이탈리아의 로마 가톨릭교회 수사이자 프란체스코회의 창설자인 아시시의 성 프란체스코(1182~1226)에 얽힌 일화다. 기록에 따르면 성 프란체스코가 이탈리아 중부 구비오에 머물고 있을 때, 그 부근에 몸집이 크고 사나운 늑대가 나타나 가축뿐 아니라 사람까지 잡아먹었다고 한다. 이에 성인은 늑대에게 다가가 성호를 긋고 명했다. "이리 오너라, 내 형제 늑대야. 그리스도의 이름으로 명하니 나도, 또 다른 누구도 해치지 말라"라고 하면서 사나운 늑대를 안정시켰다고 한다.

매들은 비센테의 오두막까지 가고 싶어 했다. 그가 어떤 집에 사는지 우리로서는 궁금할 수밖에 없었다. 에벌린도 마침내 우리의 청을 들어주었다.

우리는 그토록 궁금해하던 그의 오두막을 향해 경건한 마음으로 걸어서 순례의 길을 떠났다. 저 멀리 가파른 비탈길 꼭대기에 나무들 사이로 반쯤 가려져 있는 그의 오두막이 눈에 들어왔다. 우리는 누가 먼저 도착하는지 보기 위해 앞서거니 뒤서거니 하면서 달려갔다. 에벌린은 저 아래에서 우리를 따라 걸어오고 있었다. 두 그루의 나무 아래로 펼쳐진 풍경은 한 폭의 그림처럼 꾸미지 않은 선사시대의 자연미를 간직하고 있어 더욱더 흥미로웠다. 지붕에 덮인 진회색의 더부룩한 이엉은 땅에 닿을 때까지 사방으로 길게 늘어져 있었다. 문 바로 옆에는 통나무와 두 개의 갈퀴를 이어 만든 의자가 있었다. 바닥에는 시커먼 돌 세 개가 아궁이의 차가운 잿더미 위에서 대담을 나누는 중이었다. 의자의 갈퀴에 묶인 암탉 한 마리는 큰 소리로 울고 날개를 퍼덕거리면서 풀려나려고 안간힘을 썼다. 그리고 마당 한가운데에는 역시 통나무를 파서 만든 큰 절구통이 놓여 있었다. 아킬리나와 엘레우테리아는 비센테와 자기 둘이 먹을 '아레파'•를 만들기 위해 절구 양편

• 베네수엘라의 전통 음식으로, 옥수수를 빻아서 만든 반죽을 납작하게 누른 다음 불에 구워 먹는다.

에 서서 절굿공이로 하루치 배급량의 옥수수 알갱이를 열심히 내리찧었다. 그 장면을 목격한 에벌린이 오두막과 그 주변에서 우리를 끌어내며 보여주던 소리 없는 불가사의한 분노를 말로 설명하기는 불가능하다. 집에 도착해서 나직한 목소리로 엄마와 무언가를 의논할 때까지 불가사의한 침묵은 계속 이어졌다. 에벌린은 비센테가 피에드라 아술에서 가장 왜소하고 가장 가분수이며, 가장 못생기고 가장 더러울 뿐만 아니라, 이에 더해(한 군데에서라도 빠지기가 섭섭한지) 가장 '타락한' 일꾼이라고 숨죽여 분통을 터뜨렸다. 그리고 자기 두 눈으로 똑똑히 봤다고 덧붙였다.

사실 '타락하다'라는 말은 우리가 흔히 사용하는 어휘가 아니었기 때문에 우리의 친구 비센테에게서 새로 발견된 엄청난 결점이 무엇인지 밝혀낼 생각으로 우리도 의견을 교환하고 토론했다. 예상한 대로, 비올레타가 재빨리 나서며 말했다. 비올레타는 나이에 비해 해박한 지식으로 우리를 깔보면서 폼을 잡고 말했다. 그녀의 말에 의하면, 비센테의 오두막처럼 지붕의 이엉이 거무스름하고 잔뜩 헝클어진 집에 사는 이들을 가리켜 '타락한' 사람들이라고 했다. 그러고는 자기는 그 말을 '휴! 아주 오래전부터!' 알고 있었다고 했다. 그다음 날, 엄마는 비센테를 부르더니 우리를 나무랄 때처럼 애처로운 목소리로 이렇게 타일렀다.

"비센테, 지금처럼 계속 그렇게 살 수는 없잖아. 어제도 에벌린이 우리 아이들을 데리고 자네 오두막에 갔다가 질겁해서 돌아왔다니까. 자네는 도덕관념이 전혀 없는 것 같아. 비센테, 그건 하느님의 존재도 모르고, 계율이 있는지도 모르는 짐승들이 하는 짓이잖아. 그 정도 나이를 먹었으면 모두에게 모범을 보여야 할 텐데, 자네는 오히려 모든 면에서 최악이라네. 아니, 그보다는 타락의 선봉장이라고 하는 게 맞겠어. 계속 그렇게 살면 안 돼, 비센테. 그러니까 두 여자 중에서 하나와 결혼하든지 혼자 살든지 선택하라고. 평범한 사람으로, 그리고 세례받은 기독교인으로서 말이야."

엄마는 사도처럼 훌륭하고 단호하게 말했지만, 우리가 진정으로 선량한 마음을 가지고 있어도 처벌과 비난을 받을 만한 행동을 얼마나 많이 저지르게 되는지 전혀 알아차리지 못했다.

궁지에 몰릴 때면 늘 그랬듯이 비센테는 머리를 긁적이고 손으로 밀짚모자를 빙빙 돌리면서 아무도 모르게 이 사이로 침을 찍 뱉더니 띄엄띄엄 더듬거리면서 말했다. "우리 주님께서 너무나 잘 아시다시피 제가 그렇게 갑자기 결혼하는 건 불가능합니다요. 결혼을 하려면, 최소한 자기 소유의 오두막이라도 한 채 가지고 있어야 할 테니까요." 그러고는 유화적인 자세로 덧붙여 말했다.

"제가 지금 당장 결혼은 못 해도 어느 순간 갑자기 미시아 카르멘 마리아 주인님을 기쁘게 해드릴 겁니다요. 곧 아시게 될 테지만, 주인마님에게 기쁜 소식을 전해드릴 거구먼요. 하지만 그 전에 시간을 좀 주세요. 수확한 커피가 도착하면 두 여자도 곧장 일을 하고 단 몇 푼이라도 벌 수 있을 테니까요. 그때가 되면 그 아이들을 다른 데로 보내겠습니다요. 제 명예를 걸고 말씀드리는 거구먼요. 그러니까 인내심을 가지고 제 부탁을 들어주세요. 그건 시간문제에 불과하니까요."

엄마는 인내심을 가지고 복음을 가르치는 마음으로 틈이 날 때마다 비센테에게 애처로운 훈계를 계속했다. 하지만 그가 약속한 시간은 커피 수확이 완전히 끝나도 무한정 연장되었다.

5

자기 땅에서 환영받는 선지자가 없다는 말처럼 피에드라 아술에서 비센테의 신망은 거의 바닥 수준이었다. 이와 반대로, 다른 곳에서 그의 명성과 평판은 상상을 초월할 정도였다. 많은 곳에서 '피에드라 아술에서 온 이 선생'이라는 이름은 놀랍게도! 경외의 대상이었다. 하지만 그렇게 되려면 두 가지 조건이 꼭 필요했다. 첫 번째로는 혁명이 일어나야 했다. 두 번째로 혁명군 장군이 그에게 도움을 요청해야 했다. 만약 비센테가 간략하게 '그렇게 하겠습니다'라고 답장을 보내면, 아빠와 정부는 미리 마음의 준비를 할 수 있었다. 하나는 엄청난 불쾌감과 분노에 휩싸일 각오를, 그리고 다른 하나는 난처한 일을 당하고 낭패감을 수없이 맛볼 각오를 말이다.

'그렇게 하겠습니다'는 답장을 보낸 지 이틀이 지나면, 놀랍게도 비센테는 상황에 따라 여덟, 열, 또는 열다섯 명의 일꾼과 함께 홀연히 종적을 감추곤 했다. 허를 찔린 아빠는 그때마다 격분을 누르지 못했다. 아빠는 군인으로서 비센테가 지닌 천부적 재능에 의해, 그리고 의사로서의 사명감에 의해 발생한 희생자의 수를 손가락을 꼽아가며 더했다. 그러다 손가락이 모자라면, 그는 분노로 치를 떨며 계산을 멈추고 희생자가 몇 명인지 다시 헤아려야 했다.

"이렇게 처참할 수가 있나! 장티푸스, 이질, 황열병을 합친 것보다 훨씬 더 심하다고! 정말이지 이건 페스트, 천벌, 아니 지옥이나 마찬가지야! 이제 다시는 이곳에 발을 디디지 못할 거라고!"

그러다보면 곧 이런저런 소식과 소문이 들려왔다.

"저기, 산꼭대기에서는 사정이 이렇게 돌아가고, 골짜기에서는 저렇게 돌아가고 있답니다. 비센테는 사자처럼 용감하게 매복을 하면서 정부군을 궤멸시켰답니다! 그리고 파리 한 마리 지나가지 못하게 철통같이 지키고 있다고 해요."

그런 걸 보면, 비센테 이는 천재적인 전략가가 분명한 것 같았다. 가령 자신의 상관인 X 장군이나 Z 장군에게서 명령을 받으면, 비센테는 즉시 필요에 따라 스무 명, 서른 명, 또는 마흔 명을 규합해 이들을 지휘했다. 자, 모두 이동한다, 실시! 그런 경우, 나폴레옹이나 볼리바르와 마찬가지로 작은 신장은 그에게 별 도움을 주지 못했지만, 그로서는 굳이 그런 도움이 필요하지도 않았다. 다른 조건들이 그를 훨씬 더 크게 만들어주었으니까!

비센테는 이미 머릿속으로 계획의 윤곽을 잡은 상태에서 놀라울 정도로 확신을 가진 전령 비둘기의 도움을 받아 자신의 부대를 이끌고 언덕, 평원, 숲을 일직선으로 가로질러 전진해나갔다. 그러다 어떤 광경과 마주치면, 갑자기 걸음을 멈추고 바다처럼 넓게 펼쳐진 숲과 언덕을 눈으로 훑으면서 짧은 팔을 뻗어(그나마 자기 성미를 못 이겨 팔을 부들부들 떨었다) 손가락으로 고정된 지점을 가리키며 말했다.

"바로 저기야."

그는 서른 명의 부하들을 이끌고 거기로 갔다. 일단은 거기서 매복하다가, 아! 그곳을 넘어가 적들을 공격할 생각이었다. 적들은 제아무리 훈련이 잘되어 있고 무장이 잘되어 있어도, 그리고 제아무리 병력이 많아도 비센테 부대의 기습 공격, 책략, 수많은 돌진으로 전혀 예상치 못한 치명적인 피해를 입었다.

혁명이 끝나자 비센테는 승리의 월계관을 쓰고 무사한 서른 명의 부하들과 함께 올림포스산에서 내려와 피에드라 아술로 돌아왔다.

아빠는 아무것도 모르는 척했다.

비센테는 그다음 날부터 다시 무릎 높이까지 차는 진흙탕에 들어가 큰 도랑을 청소하거나 안마당에 쪼그리고 앉아 늘 가지고 다니던 칼로 판석에서 잡초를 뽑았다.

아빠의 마음에 둘러쳐진 벽을 뚫고 들어가려면 3분의 1의 너그러운 마음과 적어도 3분의 2의 실용적인 정신이 필요할 것이다. 아빠가 혁명 과정에서 발생한 피해자와 사망자를 손가락을 꼽으며 세고, 다시 처음부터 세느라 고생했지만, 그래도 비센테는 아빠에게 해보다 더 많은 이익을 주었다. 어떤 혁명운동이라도 항상 훤히 꿰뚫고 있던(이 세상에서 가장 영리하고 예리한 기자라도 그를 쫓아가지는 못할 것이다) 비센테는 그 어떤 위험보다 자신의 영향력을 중시했기 때문에 피에드라 아술의 살아 있는 수호자였다.

예를 들어 혁명이 일어났는데, 비센테가 아직 자신에게 걸맞은 중요한 역할을 맡지 못한 탓에 농장에 머무르고 있었다면, 그는 아빠를 만나러 갑자기 집으로 찾아왔다. 그러고는 알쏭달쏭하면서도 그런 상황에서나 볼 수 있는 자신에 찬 표정으로 윙크하며 아빠에게 나직한 목소리로 말했다.

"후안 마누엘 나리, 드릴 말씀이 있어서 찾아왔습니다요. 내일 정오 무렵이면 혁명군이 저 언덕을 지나갈 거구먼요. 그들은 여기까지 내려와 농장에 해를 주지 않겠다고 제게 약속했습니다만, 혹시 모르니까 소들을 어디 안전한 곳에 숨겨두는 것이 좋을 것 같습니다요."

아빠는 그의 말대로 소들을 숨겨두었다.

그다음 날, 장엄하게 내리쬐는 한낮의 태양 아래로 마체테와 소총이 번뜩이는 가운데, 혁명군이 개미 떼의 행렬처럼 한동안 저 멀리 언덕 꼭대기를 지나갔다.

그러던 어느 날, 아빠는 불가사의한 일, 혹은 기적에 가까운 일을 통해 비센테가 반란을 일으킬 거라는 소식을 미리 듣게 되었다. 때는 봉기 바로 전날 밤이었다. 삿갓조개의 피로 치료하다 환자의 한쪽 눈을 멀게 한 일로 아빠가 난간에 몸을 기대선 채 비센테를 불렀던 그날 오후의 상황과 비슷했다. 그날과 마찬가지로, 이번에도 우리는 기둥 옆에 옹기종기 모여 숨을 죽이며 그 장면을 지켜보았다. 전과 똑같은 장면이 되풀이되었다. 넓은 진입로에 모습을 드러낸 비센테는 추한 몰골이지만 예의를 갖춰 한 손에 밀짚모자를 든 채 다가와 난간 앞에서 걸음을 멈추었다. 하지만 아빠는 평소처럼 고개를 뒤로 젖히면서 오만을 피우고 위엄을 과시하지 않았다. 이번에는 빌어먹을 위엄을 풍기지도, 오만을 피우지도 않았다. 그와 반대로 누군가가 우리에게 실제로 해를 끼칠 수 있는 행동을 하려는 경우, 제발 그러지 말라고 설득할 때 사용하는 깊고 부드러운 목소리였다. 아빠는 그런 부드러운 목소리로 비센테에게 자신의 따뜻한 마음과 정이 담긴 조언과 이야기를 들려주었다. 오랫동안 계속된 아빠의 연설은 대부분 이렇게 끝났다.

“비센테, 그건 자네의 목숨을 내놓는 것이나 마찬가지라네. 결국 다른 이의 야망과 이익을 위해 자네의 삶과 행복을 포기하는 거라고. 그래서 자네가 얻는 게 뭔가? 이익? 돈? 미래? 자네는 그 어떤 것도 얻지 못할 걸세!”

비센테는 고개를 푹 숙인 채 손으로 모자를 계속 돌리면서 아무 대답도 하지 않았다. 하지만 그의 침묵은 이런 의미를 담고 있었다. ‘주인 나리, 멋진 연설을 하신 것을 축하드립니다요. 그리고 제게 관심을 가져주신 데 대해 깊은 감사를 드리는구먼요. 그렇지만 나리의 훌륭한 연설과 관심을 마음에 담고 내일 새벽에 봉기를 일으키겠습니다요. 이미 마음을 굳혔으니까요.’

아빠는 그 침묵의 의미를 너무도 잘 알고 있었기 때문에 다른 방법을 시도했다. 아빠는 비센테가 당장 봉기 계획을 포기하기만 하면, 일당을 두 배로 올려주고 적당한 곳에 오두막을 지어줄 뿐 아니라 농사를 지을 수 있도록 밭뙈기도 떼어주겠다고 공식적으로 제안했다. 만약 비센테의 대답이 조금만 더 짧았더라면, 어느 스파르타인이나 선인 구스만•에 필적할 만

● ‘선인 구스만’이라는 이름으로 널리 알려진 알론소 페레스 데 구스만(1256~1309)은 중세 에스파냐의 영웅이다.

한 연설, 따라서 역사에 등장할 만큼 훌륭한 연설이 되었을 것이다. 비센테는 이렇게 말했다.

"저는 이미 장군에게 맹세했습죠(여기서는 널리 알려진 이름이지만, 기억이 나지 않는다)……. 오래전에 나를 대위로 진급시켜준 게 바로 그분이었죠. 저는 지금껏 신발 한 켤레 신어본 적이 없지만, 은혜를 모르지도, 후원자에게 등을 돌리지도 않습니다요. 설령 후안 마누엘 나리께서 제게 피에드라 아술을 통째로 넘겨주신다고 해도 말입죠. 이 비센테 아길라르가 한 약속은 오두막으로, 밭뙈기로 해결될 문제가 아닙니다요. 그건 절대 살 수도, 팔 수도 없는 것이니까요!"

여러분의 생각은 어떤가?

그토록 훌륭한 대답을 듣고 난 후, 후안 마누엘은 마치 바위에 짓눌린 벌레처럼 잔뜩 풀 죽은 모습으로 그 자리에 서 있었다. 그의 연설에 압도당하자 아빠는 패배자들의 유일한 무기를 꺼내 들었다. 비아냥거림. 아빠는 고개를 뒤로 젖히고 억지웃음을 터뜨리며 큰 소리로 외치기 시작했다.

"아하하! 맞아요. 지당한 말씀이군요! 그런데 기억이 잘 나지 않아서 말이죠! 지금 내 앞에 계신 분이 그 이름도 유명한 비센테 아길라르 대위님이로군요! 존경하는 나리! 그럼 어서 전쟁터로 가세요. 당장 가시라고요, 대위님. 전쟁터에서 돌아오시면 분명히 공화국 대통령 자리에 앉아 계시겠군요!"

아! '비센테 아길라르 대위 나리'라니! 이 세상에서 가장 잔혹한 모욕보다 훨씬 더 지독하고 훨씬 더 잔인하며 치욕스러운 독설이리라! 특히 '아길라르'가 그중 최악이었다. 아빠의 입에서 아길라르라는 말이 나오자 온몸에 소름이 돋았다. 왜 그런지 여러분은 이해하기 어려울 것이다. 그건 아빠도 마찬가지였다. 큰 사람들은 작은 이들의 세계에 들어가서는 안 되는 법이다. 아주 작고 사소한 것에 눈이 먼 나머지 그들은 맹목성으로 인해 무자비해지고, 덩치가 너무 커서 잔인해지기 때문이다. 우리처럼 작은 아이들은 진짜 모독이어서가 아니라 모든 이가 가진 성(姓)처럼 단순한 진짜 성이었기 때문에 수모로 느껴졌던 그 모멸감이 얼마나 고통스러운지 이해할 수 있었다. 기둥 옆에 옹기종기 모여 있던 우리는 억지 미소를 짓고 있는 '아길라르'를 보면서, 태어나고 처음으로 그의 성을 듣고서 엄마가 비올레타에게 벌을 주던 그날처럼 일제히 울음을 터뜨리기 일보 직전이었다. 게다가 여러분은 "그 이름도 유명한 대위님! 존경하는 나리!"라는 말을 들었을 때 그의 표정도 봤어야 했다! 주인에게 두들겨 맞은 개처럼 자신의 성에게 얻어맞은 그는 언성을 높이지 않고 쓸쓸한 눈만 치켜떴다. 추한 모습의 육체에서 아름다운 영혼으로 건너가는 다리와 같이 눈에 띄지 않는 아름다움을 간직한 눈동자. 슬픔에 젖은 개처럼 동정을 구하던 그의 눈이 그 광경을 지켜보던 우리의 눈동자에 미쳤다. 그의 눈동자는 거기서 동정어린 눈빛을 발견했다. 그는 고개를 숙인 채 아빠를 쳐다보지도, 비아냥거리는 그의 말에 아무 대꾸도 하지 않고 작별 인사를 건넸다.

"뭐든 분부만 하십시오, 후안 마누엘 나리."

그러고 나서 그는 한참 동안 우리를 빤히 쳐다보았다.

"잘 있어, 우리 아가씨들! 하느님, 저를 위해 부디 저 아이들을 지켜주소서! 성모님, 저를 위해 저 아이들을 보살펴주소서! 그럼 또 보자꾸나!"

그리고 그는 자리를 떠났다. 하지만 "그럼 또 보자꾸나!"라는 약속은 끝내 지켜지지 않았다. 그 후로 다시는 그를 보지 못했으니까. 하지만 아무런 이유도 없이 실컷 두들겨 맞은 개처럼 구슬프던 그의 눈빛은 우리의 뇌리에서 사라지지 않았다. 그의 눈빛은 평생 계속 나를 따라다녔을 뿐만 아니라 지금도 여기, 내 곁에 머물며 나를 교육하고 가르친다.

아, 까마득히 잊힌 이, 숭고한 이, 가난한 자들의 의사이자 진흙투성이의 초라한 신, 관과 물의 수호신이여! 선견지명을 지니신 거룩한 스승 예수님은 당신이 마지막으로 보여준 것과 같은 수많은 눈빛을 예감하셨으리라. 그래서 어느 날 오후, 제자들을 이끌고 산자락으로 올라가 풀밭에 앉아 그들에게 자신의 유언을 받아 적게 하셨던 것이다. 거기에 예수님은 어둠에 싸인 당신의 이름 비센테 이를 적었다. 당신은 너무도 온유하고 순수한 마음을 지녔을 뿐만 아니라 자비롭고 불의로 박해를 당했기 때문이다. 영광의 상속자여, 이제 당신은 여덟 가지 복• 위에 군림할 것이고, 온 천국이 바로 당신의 것이리라.

• "여덟 가지 복"은 〈마태복음〉의 산상수훈 중 5장 1절~12절에 나오는 구절로, 심령이 가난한 자, 애통한 자, 온유한 자, 의에 주리고 목마른 자, 긍휼히 여기는 자, 마음이 청결한 자, 화평케 하는 자, 의를 위해 박해를 받는 자들이 복을 받는다는 내용이다.

"사탕수수 제분소는 끝장이야!"

어느 날, 우리는 과수원에서 놀고 있었다. 평소 유달리 모험심이 강해 위험한 일이라면, 따라서 싸우고 반항할 만한 일이 있으면 무엇이든 가리지 않고 뛰어들던 비올레타는 그 날 혼자 부엌에 가더니 칼을 집어 들었다. 비올레타는 그 칼로 나뭇가지를 잘라 끝을 뾰족하게 깎은 다음, 땅에 박으며 말했다.

"여기는 내 사탕수수 밭이야. 또 여기는 내 커피 밭이라고. 그리고 여기는 내 정원이고. 여기는 전부 내 농장이야. 그러니까 아무도 가까이 오지 말라고!"

거기 있던 하녀 중 하나가 다가오더니 어디든 농장을 만들어도 좋지만, 제발 칼만은 사용하지 말라고 사정했다. 그리고 엄마와 에벌린의 엄명에 따라 우리가 불, 잉크병, 칼을 가지고 노는 것을 금지시켰다는 말도 덧붙였다. 그러자 비올레타는 자꾸 헛소리를 늘어놓으면서 성가시게 굴지 말고 당장 가라며 큰소리쳤다. 하녀는 책임을 면하기 위해 에벌린에게 달려가 그 사실을 알렸다. 비올레타가 나뭇가지를 들고 끝을 뾰족하게 깎으려는 순간, 에벌린이 들이닥쳤다. 햇빛을 받은 칼이 번쩍이며 허공을 갈랐다. 그 사실을 확인한 에벌린은 명령조로 말했다.

"비올레타, 당장 칼 내놔."

비올레타가 대답했다.

"싫어."

그럴 때면 에벌린의 권위는 말에서 행동으로 옮겨졌다. 그녀는 비올레타의 손목을 잡고, 다른 손으로 순식간에 칼을 낚아챘다. 졸지에 칼을 빼앗긴 비올레타는 자기방어적인 태도를 취하며 도끼눈을 뜨고 그녀를 노려보았다.

"……!"

찰싹! 돌발적이고 단호하면서도 간결할 뿐만 아니라 성별과 숫자에 완벽하게 일치하는 표현이었다. 이 한마디면 충분했다.

그런 말이 어디서 나왔을까? 정말 불가사의하다! 그런데 그것, 즉 아무도 모르는 것들을, 자기 자신도 어디서 배웠는지 모른 채 아는 것이 비올레타의 특기 중 하나였다. 새로운 단어였지만, 우리는 아주 흉하게 생긴 모자가 머리에 잘 어울리듯이, 다시 말해 그 모자에게 강요한 것도 아닌데 잘 어울리는 것처럼 그런 말이 에벌린에게 잘 어울린다는 것을 이해할 수 있었다. 놀라울 만큼 명료한 그 표현을 듣자마자 그 자리에 있던 하녀 두 명이 배를 잡고 웃기 시작했다. 웃음과 더불어 그 표현은 다른 누구보다 에벌린에게서 더 큰 비중과 자리를 차지하게 되었다. 그녀는 비올레타에게 예상치 못한 말을 들은 것보다 하녀들의 폭소 때문에 더 분노했지만, 흉한 모자를 뒤집어쓴 채 한동안 아무 말도 하지 못했다. 잠시 후, 그녀는 마음을 가다듬고 물었다.

"비올레타, 너, 어디서 그런 말을 배운 거지? 네 입을 숯검정처럼 시커멓게 더럽힌 그런 말을 어디서 배웠지?"

비올레타는 정말로 숯검정이 묻었는지 확인하려고 입가에 손을 가져갔지만, 대답할 엄두가 나지 않았다. 본보기가 될 만한 처벌 방법을 찾고 있던 에벌린은 비올레타의 해명을 듣기도 전에 불길한, 아니 소름 끼치는 추측을 입 밖으로 불쑥 털어냈다.

"넌 그 말을 제분소에서 배운 거야. 이제 사탕수수 제분소는 영원히 끝장이야!"

비올레타와 두 하녀의 잘못으로 인해 "사탕수수 제분소는 끝장이다"라고 하는 것은 지도자의 폭력이나 어느 집단의 악행 때문에 무고한 이들까지도 탄압하는 독단적이고 부당한 법이었다. 부당하기 짝이 없는 그 법은 그날 오후부터 지체 없이 시행되었다.

아! "이제 사탕수수 제분소는 끝장이야!" 이 무슨 전대미문의 형벌이란 말인가! 세상에 이런 불행한 일이!

우리 같은 시골 아이들에게 사탕수수 제분소는 클럽이자 극장인 동시에 도회지였다. 이 세상 그 어떤 즐거움도 사탕수수 제분소와 목욕탕 사이에서 보낸 시간에 비할 바가 아니었다. 우리에게 그것은 더없는 행복으로 보였다. 아니, 실제로 우리의 생각이 옳았다. 그건 지복이었다. 거기에 있는 모든 것은 우리의 시각, 후각, 미각, 청각을 즐겁게 해주었다. 커다란 가마솥에서 끓고 있는 과라포•와 마찬가지로, 널찍한 제분소 안에서 자유롭고 즐거운 삶이 보글보글 끓고 있었다. 거기서는 모든 요소와 가치가 한데 어울렸다. 물과 불, 그리고 태양, 이 모든 것은 장엄한 모습으로 느릿느릿 돌아가는 거대한 물레방아의 박자에 맞춰 벌거벗은 채 사이좋게 걸어 다녔다. 전기 모터로 돌아가는 공장의 불쾌하면서도 이해할 수 없는, 그리고 어둡고 우울한 권태라고는 눈 씻고 찾아봐도 없었다. 그런 건 전혀 없었다. 사탕수수 제분소에는 불가사의한 일도, 숨을 곳도 없었으니까. 어떤 일이든 모두가 보는 앞에서 일어났다. 모든 이는 이런저런 일이 왜 일어나는지 훤히 알았고, 어떤 요소나 동물, 또는 사람들은 누구든 가리지 않고 자유롭게 드나들 수 있었다.

• 사탕수수에서 나오는 즙.

제분소의 으뜸가는 존재이자 위대한 대장, 그리고 제분소의 어머니는 바로 물이었다. 홈통을 통해 저 위 도랑에서 흘러온 물은 커다란 물레방아로 떨어져 내리면서 물줄기와 물방울의 합창으로 힘차게 노래를 불렀다. 느리게 돌아가는 물레방아는 자기 몸에 묵주처럼 주렁주렁 매달린 양동이의 힘에 의해 물을 뒤쫓아 따라다니면서 양치류와 이끼로 뒤덮인 바닥 위로 텅 빈 공간을 그려냈다. 물레방아와 함께 세 덩어리가 걷고 있었다. 사탕수수는 서로를 짓이기고 사방에 즙을 튀기면서 그 덩어리 속을 바쁘게 움직였다. 엠부라도르•의 손과 가엾게도 죽은 사탕수수 줄기를 햇볕에 널기 위해 가죽 들것에 싣고 온 바가소•• 인부들의 손은 사탕수수 사이를 부지런히 돌아다녔다. 처참하게 짓이겨진 시체들은 갈퀴에 끌려 나와 햇볕을 쪼이면서 되살아났고, 꽃을 흐드러지게 피우고 있었다. 푹신푹신한 이불처럼 수북이 쌓여 있는 바가소, 그리고 그의 아내가 되기로 약속한 불.

드넓게 펼쳐져 있어 넉넉한 제분소에는 벽도 거의 없었고, 문도 거의 없었다. 아무것도 그 안에 갇혀 있지 않았다. 그래서 이 세상 모든 것이 안으로 들어왔다! 거기로 햇볕이 들어

• 사탕수수를 운반해 커다란 회전통 속에 집어넣는 사람을 가리킨다.

•• 짓이겨놓은 사탕수수를 가리킨다. 이것을 햇볕에 말리면 불에 잘 타는 밀짚같이 변하는데, 여기에 불을 피우면 사탕수수 즙이 설탕이나 파펠론으로 변한다.

왔고, 바람이 들어왔고, 소나기가 들어왔고, 황금빛 말벌 떼가 단것을 찾아 윙윙 소리를 내며 들어왔다. 한 쌍의 소가 단단히 묶인 사탕수수를 산더미처럼 실어놓은 널찍한 수레를 끌고 느릿느릿하게 들어왔다. 그러면 농장 일꾼들은 사탕수수를 단번에 내려 마차 뒤 바닥에 가지런히 쌓아놓았다. 일꾼들의 아이들도 말벌 떼처럼 단것을 찾아 손에 냄비를 들고 들어왔다. "엄마가 보내서 왔는데요. 오늘 밤에 과라피토• 만든다고 라스파두라•• 조금이나 파펠론 한 조각만 주실 수 있냐고 여쭤보라는데요." 말벌들에게 라스파두라나 파펠론 한 조각을 흔쾌히 내주었듯이 그 아이들에게 안 된다고 하는 이는 아무도 없었다.

우리는 에벌린과 그 뒤를 따라오는 하녀들과 떼를 지어 단것을 찾기 위해, 또 사람들의 일을 방해하기 위해 수레에 매인 소들과 산더미처럼 쌓여 있는 사탕수수, 그리고 바가소를 널어놓은 가죽 들것 사이를 헤치고 말벌과 일꾼들의 자식들처럼 큰 소리를 내며 날아가듯이 안으로 들어갔다. 얘들아, 들어가서 훼방을 놓자!

• 과라포의 애칭이다. 여기서 말하는 과라포는 과라포 푸에르테와 달리 파펠론, 즉 정제되지 않은 원뿔 모양의 설탕 덩어리를 물에 넣고 끓이는 차를 말한다. 과라포는 위장에 좋은 차로 알려져 있을 뿐만 아니라 커피에 타서 먹기도 한다.

•• 원래 파펠론과 같은 의미로 쓰이지만, 여기서는 설탕 반죽이나 뜨거운 상태의 파펠론을 휘저어 섞은 용기의 가장자리에 붙어 있는 설탕 덩어리를 가리킨다.

가장 먼저 할 일은 사탕수수 즙이 홈통을 통해 가마솥 방• 으로 흘러 들어가면서 딱딱하게 굳어가는 잿빛 거품에 한쪽 발을 넣는 것이다. 그리고 거품에 최대한 많은 발의 자국을 남기면서 비센테 이가 있으면 그에게, 그가 없으면 엠부라도르들에게 이렇게 소리쳤다.

"물레방아는 언제 놓아줄 거예요? 자, 자, 이제 시간이 됐잖아요! 점심 먹으러 가요! 점심 먹으러 가라고요!"

"물레방아를 놓아주다"와 "점심 먹으러 가다"라는 말은 물레방아와 회전통을 멈춰 물구덩이로 이어진 벽돌 도랑으로 물을 쏟아내는 것을 의미했다. 그러면 우리는 매일 환한 대낮에 덩굴식물과 대나무, 그리고 평퍼짐한 쿠히 나무••로 둘러싸인 물구덩이 속에 들어가 콸콸 쏟아지는 물소리를 들으며 소용돌이치는 물살과 물이 흙에 남긴 내음, 그리고 이끼 낀 돌 사이에서 멱을 감았다.

제분소의 물레방아 옆에서는 엄청난 물소리 때문에 우리의 목소리가 전혀 들리지 않았다. 엠부라도르들은 우리의 행동

• 제분소 내에 있는 방으로, 보통 과라포, 즉 사탕수수 즙을 끓이고 여러 단계를 거쳐 정제하는 가마솥이 다섯 개 설치되어 있다. 참고로 제분소는 물레방아 방(사탕수수를 짷는 공간), 바가소를 널어놓는 마당, 증류기 설치 공간, 가마솥 방으로 구성되어 있다.

•• 중앙아메리카와 멕시코 등지에서 흔하게 발견되는 콩과 식물로, 주로 저수지나 호수 주변에서 자라며 넓은 그늘을 제공한다. 멕시코에서는 메스키테 나무라고도 한다.

과 고래고래 소리 지르는 입 모양을 보면서 무슨 일인지 이미 짐작하고 있었다. 그들은 손짓으로 아직 물레방아를 놓아줄 시간이 되지 않았다고 신호했다. 그러고는 설명을 마무리하려는 듯 산더미처럼 쌓여 있는 사탕수수를 손으로 가리켰다.

물이 쏟아져 나오기를 기다리는 동안, 우리는 모두 어느 인부에게 달려가 "사탕수수 껍질을 벗겨서 달라"라고 졸랐다. 그러면 그 인부는 잠시 일손을 멈추고, 사탕수수 하나를 집어 들고 마체테로 껍질을 벗긴 다음, 몇 토막으로 잘라 우리에게 나누어주었다. 우리는 사탕수수를 들고 빨아 먹고 즙을 방울방울 떨어뜨리면서 제분소에서 무엇을 하는지 보고 모든 것을 확인하기(더 많이 물어볼수록 더 자세히 알 수 있었다) 위해 안을 이리저리 돌아다녔다.

내 동생들은 어땠는지 모르겠지만, 나는 물레방아를 놓아줄 시간을 기다리는 동안, 제분소 안을 돌아다니며 사탕수수 즙이 내 목과 두 팔을 타고 흘러내리는 가운데 끈적끈적해진 손으로 사탕수수를 빨면서 내 인생에서 가장 즐거운 시간을 보냈다고 장담할 수 있다.

사람들은 즐겁게 놀기 위해 제분소에 모이지 않았다. 오히려 그 때문에 나는 거기서 사람들을 만나는 것이 즐겁고 재미있었다. 거기서는 다양한 광경을 지켜보기 위해, 극장처럼 손에 망원경을 든 채 몇 시간 동안 꼼짝도 않고 좌석에 앉아 저린 다리를 움켜잡고 저 멀리 무대의 막과 배경 그림 사이에서 대칭적이고 단조롭게 이루어지는 몸짓과 시시한 대화를 보고 있지 않아도 되었다. 제분소에서는 무도회처럼 높은 굽의 신발을 신고 엄숙한 표정을 지으며 박자에 맞춰 무대 위를 빙글빙글 돌 필요가 없었다. 또한 제분소에서는 우리보다 훨씬 더 달변인 상대방이 그랬던 것처럼 한 손에 샌드위치를, 그리고 다른 손에 샴페인 잔을 든 채 그 모든 평범한 화제를 열정적이고 확신에 찬 어조로, 화려하고 매력적인 표현을 동원해 떠들어댈 필요도 없었다. 다양하고 생동감이 넘칠 뿐 아니라 다채롭기까지 한 제분소는 우리의 관심을 사로잡지도, 우리의 움직임을 억누르지도 않았다. 가마솥에서 거품이 일고 작은 솥에서 사탕수수 즙이 끓어 튀어 오르며, 끈적끈적한 사탕수수 시럽이 도랑을 통해 흘러나가고 알폰도케•를 치고 삽으로 뜨거운 파펠론을 휘휘 저으며, 속이 가득 찬 설탕 덩어리 틀이 발레리나처럼 서로 손잡고 즐겁게 공중으로 날아가는 모습을 지켜보면서, 다시 말해 그토록 다양하고 재미있는 장면을 지켜보면서, 이와 동시에 사탕수수를 빨아먹고 당밀••을 먹는 동안 원하는 것은 무엇이든 생각할 수 있었다.

• 사탕수수 즙으로 만든 설탕 반죽에 치즈, 헤이즐넛, 땅콩 등을 넣어 만든 누가 과자.

•• 알폰도케를 만들 때 쓰는 설탕 반죽으로, 아직 식지 않아 물렁물렁하고 끈적끈적한 상태다.

제분소에서는 템플라도르•가 귀를 막을 정도로 질문을 퍼부어대면서 귀찮게 한 다음, 뒤로 돌아 첫 번째 가마솥에서 거품을 내는 일꾼에게 가서 똑같은 질문을 던지며 성가시게 굴어도 전혀 문제가 없었다. 하지만 그 두 일꾼 중 누구에게도 이렇게 미리 양해를 구하지 않았다. "아저씨, 잠시 시간 좀 내주시겠어요?" 제분소에서는 자유로운 육체뿐 아니라 날개 달린 상상력도 말벌들처럼 자기가 원하는 때, 원하는 방법으로 여기, 저기, 거기에 살포시 내려앉을 수 있었다. 이동의 자유와 생각의 자유는 행복의 두 가지 필수 요소가 아닐까? 그 사이 작은 솥과 커다란 가마솥들이 뿜어내던 냄새는 얼마나 진한가? 좋은 사탕수수에서 나온 고급 파펠론의 아름다운 황금빛은 또 어떤가? 그리고 카차사, 즉 질 나쁜 사탕수수에서 나온 하찮은 파펠론의 거무스름한 빛깔은? 또 삼종기도를 알리는 종소리처럼 격자창을 통해 울려 퍼지는 템플라도르의 듣기 좋은 고함은?

"불 올려!"••

그랬을 때 사람들의 행동은? 가마솥 방이나 물레방아 방, 또는 바가소를 널어놓는 마당에서 활발하게 움직이는 사람

• 가마솥 방의 책임자로, 사탕수수 즙을 끓이고 정제시켜 고체 설탕을 만드는 것이 주 임무다.

•• 불을 올려야 할 경우, 템플라도르는 솥 앞에서 꼼짝도 않고 격자창을 통해 장작불을 넣는 일꾼에게 고함을 지른다.

은 아무도 없었다. 그러니까 부조화로 가득 차 있고 오만으로 넘쳐나 이렇게 느닷없이 고함을 지르는 듯한 움직임은 그 어디에도 보이지 않았다. "나는 이곳의 창조자다! 모든 것은 내 손에서 나온 작품이다. 자, 어서 서둘러라! 나, 만세! 내 천재성, 만세!" 절대 그렇지 않았다. 정이 넘치는 제분소에서 모든 움직임은 더 이상 느릴 수 없었다. 그 누구도 무언가를 창조하려고 하지 않았다. 파펠론이 만들어지는 기나긴 과정은 산업이 아니라 자연의 영역으로, 필요한 시간의 축복을 받아 저절로 이루어지는 것처럼 보였다. 조금씩, 조금씩, 천천히. 제분소에서 일하는 서른 명, 또는 마흔 명의 일꾼들은 마치 출산 과정을 지켜보듯이 파펠론이 만들어지는 과정을 지켜보았다. 거기서 필요한 것은 최소한의 개입, 많은 인내심, 그리고 대화밖에 없었다. 제분소는 소박하면서도 즐거운 행복 그 자체였다. 하지만 비올레타가 한마디의 말로 제분소를 무너뜨리고 말았다. 아! 비올레타는 너무 적극적이고 도전적이었기 때문에 강하고 드셌다. 이미 본 바와 같이 비올레타의 말은 상원 의원과 하원 의원들의 말처럼 고요하고 평온한 삶의 흐름을 일시에 뒤바꿔버렸다. 조용하고 차분한 다수의 사람은 나중에 그 결과를 감수해야만 했다.

이제는 엄격한 금지령이 내려진 터라 멱을 감을 수 있기 전까지 우리는 저 위, 물레방아 꼭대기 쪽, 그러니까 도랑 부근의 둑에서 얼쩡거릴 수밖에 없었다. 그래서 우리가 너무도 좋아하던 제분소를 구경하려면, 그곳에 일렬로 서서 토담 위로 고개를 삐쭉 내밀어야 했다. 우리는 까치발을 하거나 돌멩이 위에 힘들게 발을 딛고 서서 간신히 눈과 코를(드물게는 입을) 담 위로 내밀었다. 하느님께서 도와주십사 우리는 매일같이 간절히 부탁을 드렸다.

"물레방아를 언제쯤 놓아주려는 거죠? 제발 저분들이 점심을 먹으러 가게 해주세요! 어서요, 어서요! 이제 시간이 됐잖아요!"

나는 미지의 세계가 펼쳐지는 깊은 밤 속으로 녹아들게 해달라고 기도했다. 하지만 우리에게 신경을 써주는 이는 아무도 없었다. 저 위, 토담과 시끄러운 물소리 사이에 가려져 있었던 탓에 우리의 모습이 보이지도, 우리의 목소리가 들리지도 않았기 때문이다.

이쯤에서 한 가지 밝히고 가는 게 좋을 듯하다. 이미 말했듯이 금지령이 엄격하게 시행되고 있던 때였지만, 에벌린은 이따금씩 우리를 모아놓고 이렇게 말하곤 했다.

"오늘 모두 얌전하게 굴었으니까 나와 함께 제분소에 갈 거야."

우리는 너무 기쁜 나머지 귀청이 떨어져라 소리를 질러대면서 제분소를 향해 미친 듯이 내달렸다. 아무튼 비올레타가 그 유명한 말을 내뱉음으로써 그런 참담한 결과를 초래하지 않았더라면, 사탕수수 제분소에 대한 나의 추억은 공동묘지처럼 내 기억 속에 묻혀 있는 이름 없는 수많은 장소와 사람, 장면들 사이에서 분명 자취를 감추어버렸을 것이다. 비올레타는 에벌린의 엄격성을 유발했던 반면, 에벌린의 엄격성은 암흑으로부터 제분소를 구해냈다. 그 덕분에 제분소는 내 기억 속에서 여전히 반짝반짝 빛나고 있다.

훌륭한 에벌린! 그녀의 자비로운 영향력은 우리의 어린 시절을 기쁨으로 가득 채워주었고, 부족한 것 없이 응석받이로 자라난 아이들, 가엾게도 환멸에 의해 시들어버린 꽃봉오리들의 영혼을 고통스럽게 만든 암울하고 가혹한 권태를 우리의 어린 시절에서 떼어놓았다. 에벌린은 우리 주변의 장소와 물건에 금지령을 내림으로써 오히려 그것들을 살아나게 했다. 에벌린은 신처럼 활기가 없는 것에 숭고한 영혼의 숨결을 불어넣어주었다. 바람직한 모든 것을 살아 움직이게 하는 영혼을 말이다.

나의 어린 시절이 행복했다면, 그리고 오랜 세월이 흐르는 동안에도 그 시절이 계속 내게 손짓하고 미소를 지어 보인다면, 그건 내가 자연의 품속에서 자유롭게 보냈을뿐더러 자유롭게 보낸 그 시절이 강물처럼 유유히 흘러갔기 때문이다. 내 여동생들은 물론 나 자신도 사탕 상자, 인형, 장난감 자동차, 종이 말, 슬프고 고통스러운 어른들의 삶처럼 어린 시절이 견뎌내야만 하는 무시무시하고 을씨년스러운 장난감에 둘러싸인 채 네 개의 벽 사이에 갇혀 지낸 적은 없었다. 우리 중 누군가가 인형을 선물받거나 샀을 때, 우리는 그것을 품에 꼭 안고 다녔다. 물론 그것이 신기하게 느껴지는 동안만 그랬을 뿐이다. 그러다 두 시간이 지나 항상 한곳만 보는 눈동자와 뻣뻣한 팔다리에 싫증이 나면 그 인형에 대한 관심도 시들해졌다. 빌어먹을 시체! 빌어먹을 늙은이! 그러고 나면 우리는 그 인형에 손도 대지 않았다. 그리고 우리 생각은 결코 틀리지 않았다.

우리가 가장 좋아하던 장난감은 나무 이파리, 돌멩이, 물, 초록 과일, 흙, 빈 병, 낡은 통조림 깡통 등을 가지고 나무 아래에서 우리 손으로 직접 만들었다. 그럴 때면 우리는 마치 예술가라도 된 듯이 창조의 숭고한 열기를 느꼈다. 우리는 마치 시인이라도 된 듯이 다양한 모양의 사물들 사이에 숨겨진 유사성이나 신비한 일치점을 발견했다. 예를 들어 오래된 깡통이 있으면 돌멩이를 이용해 못으로 구멍을 하나 내고, 거기에 축(軸)을 끼워 넣었다. 그리고 그 축에 황소의 역할을 하는 옥수수의 속대 두 개를 연결하고, 뿔로 쓸 두 개의 구부러진 가시를 붙인 다음, 마지막으로 거기에 긴 장대를 연결했다. 다 끝나면 장대를 끌고 농장 인부의 목소리를 흉내 내면서 말 안 듣는 옥수수 속대들에게 고함을 질렀다.

"이랴, 어서 가자! 제비야, 물러서라! 반딧불이야, 물러가라!"

이처럼 우리는 깡통과 옥수수 속대 두 개, 그리고 네 개의 가시를 이용해 두 마리의 소가 끄는 수레를 만들었고, 이와 동시에 시도 지었다.

앞으로의 삶도 나의 어린 시절과 똑같이 다정하면서도 엄격한 조건 속에서 지낼 것만 같았다. 삶은 에벌린을 모방했고, 내게 모든 풍요로움을 맛보게 해주었다. 그러나 선량한 삶은 너무나도 소중하고 값진 것들을 때맞춰 주었기 때문에 그 만족감은 내 영혼 속에서 피어오르는 생생한 욕망의 기쁨을 결코 억누르지 못했다. 무심하게 흐르는 세월도 풍부한 아름다움과 사랑, 그리고 특권을 앗아 가지 못했던 터라 나는 내게서 흘러가버린 세월뿐 아니라 다른 이들에게서 아직 지나가지 않은 세월도 미워하지 않는다. 이처럼 시간은 슬픔과 고통이 서린 이빨로 내 영혼을 물기는커녕 내 머리카락에 입을 맞추고 다정하게 머리에 내 이름으로 된 왕관을 씌워주었다. 일흔다섯 살이나 된 지금도 나는 차를 타고 햇빛이 환하게 비치는 산길을 지나 평화로운 들판으로 소풍을 간다는 생각만 해도 가슴이 뛰고, 깜짝 놀랄 만한 선물에 아주 절묘하고 예쁘게 묶여 있는 리본을 풀 때 흥분과 조바심으로 손이 바들바들 떨리곤 한다.

누베 데 아과와 누베 데 아기타

1

이미 본 바와 같이 아빠는 의사의 재능을 가지고 있었다. 의학에 대한 아빠의 열의 덕분에 우리 집은 위생과 관련된 규칙이 넘쳐났다. 가령 이런 식이었다. "너희들처럼 어린 여자아이들은 설령 햇볕에 얼굴이 검게 그을리더라도 항상 야외에 있어야 해. 어떤 이유로든 카라카스나 인구가 많은 곳에 가면 안 돼. 그런 곳에 가면 홍역, 백일해, 디프테리아, 수두같이 몹쓸 병에 걸리기 쉬우니 말이다. 그리고 흐르는 찬물에서 자주 목욕을 하도록 해. 그렇다고 너무 자주 가지는 말고. 또 아침에 최대한 일찍 일어나도록 하고, 일어나면 곧장 젖소가 있는 데로 가서 우유를 마시도록 해."

이러한 규칙들은 우리에게 줄 수도 있었던 신체 위생상의 이점 때문이 아니라 실제로 우리에게 준 도덕적 위생의 이점 때문에 나무랄 데 없이 완벽했다. 따지고 보면 에벌린은 우리에게 확고한 원칙을 제시하려고 여러 가지 금지 사항을 정한 반면, 아빠는 우리를 튼튼하고 건강하게 만들 목적으로 그런 규칙을 정한 것이다. 누구도 생각하지 못한 행복한 우연의 일치로 두 분은 몇 년 동안 우리에게 직접적인 행복을 선사해 주었다.

젖소 근처에 가서 우유 한 잔을 마셔야 한다는 것이 모든 규칙 중에서 가장 흥미로웠다. 우리는 아침마다 거품이 가득한 우유 잔을 기울이면서 코를 박고 잠시 숨을 참은 다음, 하얀 콧수염 두 개를 단 채 만족스러운 듯이 '아!'라는 감탄사를 내뱉곤 했다. 하지만 그 규칙이 흥미로웠던 것은 갓 짜낸 우유의 신선한 맛 때문이 아니라 아침 6시에 젖소 우리가 풍기는 독특한 분위기 때문이었다. 제분소만큼이나 즐겁고 재미있는 젖소 우리는 평소 위생 관리를 철저히 했다. 그래서 에벌린조차도 이런 말을 할 엄두를 내지 못했다. "넌 그 말을 젖소 우리에서 배운 거야. 이제 젖소 우리는 영원히 끝장이야!" 예전에 "이제 사탕수수 제분소는 끝장이야!"라고 말한 것처럼. 이와 같은 안전상의 이유로 젖소 우리는 제분소에 비해 덜 아름다웠지만 (다시 말해) 그만큼 신나고 재미있는 곳이었다.

젖소 우리는 시간상의 이점을 가지고 있었다. 매일 아침 6시, 우리가 각자 손에 유리잔을 들고 에벌린을 따라 집에서 두

블록, 혹은 200미터 떨어진 곳으로 올라갈 때면 따스한 아침 햇살이 내리쬐기 시작했다. 수탉들은 가슴을 펴고 머리를 들며 목청껏 우리에게 아침 인사를 건넸다. “꼬꼬댁꼬꼬댁!” 그리고 멍에를 메지 않은 황소들은 부근 목장의 문에서 새싹이 돋은 가지를 먹고 있었다. 덤불을 흔들거나 높게 자란 풀밭을 지나가다보면 문자 그대로 이슬에 몸을 담그는 격이었다.

우리에 모여 사는 젖소들의 자발적 선택과 주권(곧 알겠지만 그들은 전혀 웃지 않았다), 그리고 풍부한 지혜와 훌륭한 관리를 통해 이룬 공화국을 다스리는 이는 소몰이꾼 다니엘이었다.

우리가 젖소들의 도시로 몰려갔을 때, 다니엘은 새벽 4시부터 목장 남자아이의 도움을 받아 이미 여러 양동이 분량의 젖을 짜놓은 상태였다. 그곳을 지배하는 질서는 완벽했다. 그것은 이상적인 미래 도시의 질서였다. 맑은 공기, 구름 한 점 없이 맑은 하늘, 그리고 화창한 날씨. 소들은 자기 집에서, 다시 말해 나무나 말뚝에 묶인 채 행복하게 지내고 있었다. 나무, 심지어는 꽃이 만발한 나무를 가진 이도 있던 반면, 앙상하고 짤막한 말뚝만 가진 이도 있었다. 하지만 아무도 불평하거나 거만하게 굴지 않았고, 공산주의 같은 것도 전혀 없었다. 모두가 받은 것을 흡족하게 여기고, 그 보답으로 자기가 가진 것을 베풀었다. 어디에서나 조화와 기쁨, 그리고 평화가 가득했다.

우리의 네 토담 사이에는 우유와 모성애가 흘러넘쳤다. 그

곳에서는 모든 것이, 심지어 평소 천하고 비루한 것마저도 고결했다. 우리 안을 카펫처럼 뒤덮고 있는 짙 빛깔의 풀잎 위에는 소들, 우유로 넘쳐나는 양동이들, 다니엘과 남자아이를 위시한 모든 것이 장엄하고 자연스러운 모습으로 자리 잡고 있었다. 거기에는 우리의 눈과 우리의 코를 불쾌하게 만드는 것은 단 하나도 없었다.

우리는 젖소 우리의 규칙과 사용법, 그리고 관습을 잘 알았다. 가령 젖소가 한쪽 다리에 자기 새끼 수송아지를 묶어놓은 경우, 그건 이미 젖을 짰다는 표시였다. 이와 반대로, 새끼 수송아지들이 밤을 보낸 울타리 안에 아직도 갇힌 채 조바심을 내며 문 위로 주둥이를 내밀고 있는(마치 우리 자매들이 제분소의 토담 위로 고개를 내민 것과 똑같이) 경우, 그 어미 젖소들은 아직 젖을 짜지도, 새끼들은 아직 젖을 물지도 못했다는 의미였다. 우리는 그런 사실을 아주 잘 알았지만, 그렇다고 해서 그런 것을 물어보는 데 걸림돌이 되지는 않았다.

젖소 우리 안에 발을 디디자마자 우리는 손에 잔을 들고 달려가 다니엘이 모아둔 새끼 송아지와 젖을 짜고 있는 젖소를 빙 둘러쌌다. 그러면 곧 질문이 터져 나오기 시작했다.

"다니엘, 누베 데 아과 젖 짰어? 응? 포마 로사의 젖은 왜 안 짜는 거야? 응, 다니엘? 왜 가엾은 포마 로시타는 풀어주지 않는 거지?• 저거 봐, 다니엘! 저거 좀 보라고! 저 불쌍한 새끼 송아지가 자꾸 머리를 내밀고 있잖아! 배가 고파서 그런 게 틀림없어, 다니엘. 그렇지 않아?"

그럴 때마다 다니엘은 참을성 있게 우리의 말을 듣고 있어야 했다. 결국 우리는 젖소들과 새끼 송아지들보다 더 심하게 그를 괴롭혔다. 반면 그곳의 규칙을 훤히 알고 있던 소들은 얌전하게, 그리고(그에게 가장 고마웠던 점이지만) 그렇게 뻔한 질문도, 괜히 허세나 부리려는 듯한 질문도 하지 않고 조용히 그를 지켜보았다.

독자 여러분도 이미 눈치챘겠지만, 젖소들은 우리와 이름이 비슷했다. 그건 단순히 우연의 일치였을 뿐 의도적으로 베낀 것은 아니다. 엄마가 자기 뜻대로 우리 자매의 이름을 지었듯이 다니엘 또한 자기 마음대로 소들의 이름을 지었던 것이다. 다니엘은 평원에 사는 시인이었다. 그는 오히려 잠언시에 뛰어난 재능을 가지고 있었지만, 기회만 되면 서정시의 재능을 맘껏 뽐내기도 했다. 특히 젖소 우리에서 그런 기회가 많이 있었다. 거기에서 다니엘은 오로지 낭만주의파의 경향만을 고수했다. 따라서 그의 취향과 엄마의 취향이 서로 다른 길을 따라 지그재그로 돌아다니다가 매일 아침 젖소 우리의 네 토담 사이에서 다시 하나가 된다고 해도 결코 놀라운 일은 아니다. 이미 이야기한 바와 같이 다니엘이 붙인 젖소

● 모두 소에 붙인 이름들로, 누베 데 아과는 '물구름'이란 뜻이고, 포마 로시타는 포마 로사의 애칭이다.

의 이름은 다음과 같다. 플로르 데 사우코, 노체 부에나, 비우다 트리스테, 니냐 보니타, 라요 델 솔(다니엘과 우리는 이를 축약해서 라요-에-솔이라고 불렀다).● 그 밖에도 데셍가뇨, 아마폴라, 노-메-데헤스 등 모두 스무 개의 이름이 있었다.●● 굳이 말할 필요는 없지만, 가령 비우다 트리스테는 몸 전체가 새까만 털로 덮인 반면, 노체 부에나의 털도 역시 까만색이었지만 군데군데 베들레헴의 모든 별과 동방박사의 별이 하얀빛을 쏟아내며 즐거이 빛나고 있었다. 반면에 라요 델 솔은 온몸이 금빛으로 뒤덮여 있었다. 특히나 가엾은 데셍가뇨 옆에서 화려하게 빛나는 황금빛 털을 인정사정없이 오만하게 뽐냈다. 명확하지 않고 희미할 뿐 아니라 우중충하기까지 한 빛깔의 털을 가진 데셍가뇨는 기쁨을 자아내지도, 눈을 즐겁게 해주지도 않았다.

그런데 젖소들과 그 이름 사이에는 일치하거나 부합하는 점이 있는 것 같았다. 하지만 우리와 우리 이름 사이에는 그런 것이 존재하지 않았다. 그 밖의 점에 있어서 우리와 소들은 서로 닮은 편이었다. 우리는 그런 점을 알아차렸고, 서로

● 플로르 데 사우코는 '딱총나무 꽃', 노체 부에나는 '크리스마스이브', 비우다 트리스테는 '남편을 잃어 슬픔에 젖은 여인', 니냐 보니타는 '예쁜이', 라요 델 솔은 '햇빛'이라는 뜻을 가지고 있다.

●● 데셍가뇨는 '환멸', 아마폴라는 '양귀비', 노-메-데헤스는 '날-떠나지-마'라는 뜻이다.

닮았다는 점을 기쁘게 여겼다. 우리와 소들은 모두 피에드라 아술의 딸일 뿐 아니라 우리가 사는 저택과 젖소 우리는 가까웠기 때문에 한 가족이자 이웃이나 마찬가지였다. 젖소들은 우리의 유모들이었고, 새끼 송아지들은 우리의 젖형제들이었다. 따라서 괜히 으스댈 이유도, 자신의 혈통이 더 낫다고 생각할 이유도 없었다.

이를 뒷받침하기 위해 아직 언급하지 않은 젖소 한 마리가 우리에 살았다는 점을 독자 여러분에게 밝히고자 한다. 그 소는 이마에 하얀 얼룩무늬를 가지고 태어났기 때문에 누구 말마따나 몸에 이름을 달고 이 세상에 나온 셈이었다.

그 모습을 보고 사람들은 적지 않게 당황했지만, 그렇다고 그 얼룩을 떼어낼 수도 없는 노릇이었다. 결국 그 젖소의 이름은 에스트레야•로 정해졌다. 여러분이 보기에 또 다른 에스트레야, 그러니까 내 여동생이 그러한 우연의 일치로 인해 손해를 봤을 것 같은가? 전혀 그렇지 않았다. 아니, 그와 정반대였다. 우리가 젖소 우리로 들어갔을 때, 내 동생 에스트레야는 그 이름을 통해 우리가 갖지 못한 권리를 스스로 갖게 된다고 여기고 있던 터라 흥미로운 눈빛으로, 하지만 자존심을 버리지 않고 물었다.

"다니엘, 내 이름을 딴 소의 젖을 짰어? 그러면 그 우유는

• '별'이라는 뜻이다.

꼭 내 잔에 따라줘야 해. 그 우유는 내 거니까. 그렇지 않아, 다니엘? 응? 그 우유는 내 거잖아?"

실제로 우리에서는 새끼 송아지를 가진 젖소는 둘이서 한 조를 이루게 해서 같은 이름을 붙여주었다. 예를 들어 노체 부에나 가족, 혹은 무리의 경우, 엄마 소나 아들 소는 모두 노체 부에나로 불렀다. 그렇게 하면 규율을 간소화해서 다니엘의 지휘 아래 동시에 소들을 일사불란하게 이동시키거나 움직일 수 있었다. 노체 부에나의 젖을 짜야 할 시간이 되자 다니엘은 자기가 있던 자리에서 젖소 우리 전체에 쩌렁쩌렁 울려 퍼지는 고함으로 이름을 길게 세 번이나 외쳤다.

"노오오오오오오오체 부에나! 노체 부에에에에에에에나! 노체 부에에에에에에에나!"

다니엘의 입에서 나온 이름이 바람의 긴 울음소리가 지나가듯이 평원의 풀밭 사이를 굽이쳐 흐르면서 계속, 계속, 계속 나아가 저 먼 지평선 속으로 사라졌을 때, 엎드려 졸다가 자기 이름을 들은 노체 부에나는 그 순간 자리에서 벌떡 일어나 고개를 들고 새끼 송아지들이 모여 있는 우리 쪽으로 시선을 돌렸다. 거기에 있는 아들 송아지 노체 부에나는 화가 나 씩씩거리며 머리를 잔뜩 숙인 채 울타리 안의 다른 송아지들을 공격하고 있었다. 하지만 다른 송아지들은 이러한 사정을 고려해 박치기와 공격에 대응하지 않고 그냥 지나가도록 해주었다. 목장의 남자아이가 첫 번째 빗장을 철커덕 열기 무섭게 울타리를 단숨에 뛰어넘은 아들 노체 부에나는 우리 안을 껑충껑충 뛰어다니며 고삐(고삐가 있는 경우)를 질질 끌고 다니고 밟다가 기어이 거기에 묶이고 말았다. 결국 엄마 노체 부에나가 와서 머리를 받을 때까지 녀석은 멈추지 않고 여기저기 부딪치면서 미친 듯이 뛰어다녔다.

우리는 두 사람이 아무리 마음이 잘 맞아도 그렇게 같은 이름으로 부른다는 것을 좀처럼 이해할 수 없었다. 불편하면서도 혼란스러운 이중의 미스터리는 그리 달갑지 않았다. 절대로. 우리는 분명한 것들을 좋아했으니까. 그래서 우리는 축소사를 이용해 엄마 소와 아들 소를 구별했다. 송아지들은 우리를 전혀 신경 쓰지 않았다. 그도 그럴 것이 그 녀석들은 기도문을 읊조리는 듯 듣기 좋은 목소리로 바라던 자유 시간과 점심시간을 알려주는 주인이자 제사장인 다니엘만을 따랐기 때문이다.

아무튼 우리에게 아마폴라의 새끼 송아지는 아마폴리타, 노체 부에나의 송아지는 노체 부에니타, 그리고 누베 데 아과의 송아지는 누베 데 아기타 등등이었다.

2

이미 말한 바와 같이 다니엘은 평원 출신이었다. 그는 평원 지대 한복판에서 태어났지만, 아라과•의 계곡에 있는 농장에서 대부분의 젊은 시절을 보냈다. 거기서 그는 오랫동안 소 떼를 몰고 치즈를 만들었다. 그가 만든 '케소 데 마노'••는 맛이 아주 좋았는데, 칸델라리아의 아야카와 마찬가지로 바나나 잎에 싸서 먹는다. 아무튼 그의 치즈는 엄마가 군림하던 시절 피에드라 아술의 상징이자 자부심이었다. 손님이 오면 엄마는 미소를 지으며 시골이라 차린 게 없어 송구스럽다면서 치즈를 상 위에 올려놓곤 했다.

다니엘은 치즈 외에도 아라과의 계곡에서 놀라운 지배 방식과 기도하는 듯한 고함, 그리고 소들의 멋진 이름 등 피에드라 아술과 그 인근 지역으로 희한한 것들을 모두 가져왔다. 뛰어난 소몰이꾼이자 탁월한 잠언 시인인 것 외에도 선량한 평원 사람인 다니엘에겐 능글맞고 탐욕스러운 면도 있었다. 그 누구와도 잘 어울리고 항상 살갑게 구는 그의 행동에는 사실 아무리 예리한 눈으로도 발견할 수 없을 만큼 치밀하고 미세한 계략이 숨어 있었다. 아빠가 그를 소몰이꾼으로 고용했을 때, 다니엘은 이삼일 동안 주변 상황을 면밀히 검토한 끝에 마음속으로 이러한 결론을 내렸다. "다니엘, 넌 여기

• 베네수엘라의 중북부에 위치한 자치주다.

•• 모차렐라와 비슷한 하얀색의 부드러운 치즈로, 베네수엘라 음식에서 빠지지 않는 재료다.

서 소몰이꾼이 될 거야. 싸울 일도, 그렇게 힘든 일도 없을 것 같아. 원할 때까지 일하면 한몫 잡을 수 있겠어!" 정말 그렇게 되었다. 젖소들은 농장이 팔리거나 해산되더라도 그것들을 든든히 지키는 데 필요한 만큼의 생산량을 채우기 시작했다. 한 푼도 모자라지 않고 한 푼도 남지 않을 정도였다. 다니엘은 일주일 내내 열심히 일했기 때문에 토요일 오후에는 아빠를 찾아가 아주 예의 바르게 우유와 치즈에 관해 정확하게 설명했다. 그가 그토록 친절한 태도로 모든 사실을 정확하게 설명해준 점을 생각하자 아빠는 도저히 그의 속셈을 시험할 수 없었다. 아빠는 난폭하거나 불쾌한 방식으로 그의 마음을 떠볼 기회조차 모두 잃어버리고 말았다.

자신의 무기력함에 주눅이 든 아빠는 이렇게 말했다.

"다니엘은 정말 뛰어난 소몰이꾼이야. 이제껏 저렇게 뛰어난 이를 본 적이 없어. 하지만 지금까지 한 번도 본 적이 없는 방식으로 내 기분을 잡치게 한다니까. 게다가 그는 좋지 않은 방법으로 소들을 기르고 있어. 소들을 너무 응석받이로 길러서 버릇이 너무, 너무 잘못 들었다니까. 어떤 수를 써서라도 그의 손아귀에서 벗어나고 싶지만, 그를 대신할 사람이 어디 있겠나?"

질서와 규율, 기도하는 듯한 고함, 그리고 무엇보다 소젖을 짜는 동안 양동이 바닥으로 떨어져 내리는 우유의 노래를 벗 삼아 특유의 목소리로 천천히, 길게 부르는 민요, 아무튼 모든 것, 정말 그 모든 것은 정치, 즉 아빠가 솔직하게 말한 대로 목장의 마키아벨리적인 정치에 지나지 않았다.

"그는 소들을 버릇없게 기르고 잘못 길들여놓았어."

다니엘은 자신의 정치에서 독창성과 서정성, 그리고 동정심과 배려를 배제하지 않았다. 따라서 그의 정치라는 것이 모두 탐욕과 이기주의로 물들었던 건 아니다. 그렇지는 않다. 오히려 그의 탐욕 덕분에 칭찬받아 마땅한 너그러운 마음이 활짝 피어나고 있으니까. 다니엘은 우선 젖소들이 우유를 많이 생산하도록, 그리고 그들이 자기 없이는 살 수 없을 만큼 행복하고 만족하도록(지배자의 부성애적 이타주의) 최대한 잘 보살피려고 애썼다. 반면 여기서 최하 등급의 인물인 아버지는 그런 일을 할 수조차 없었다. 앞에서 다니엘이 소들을 지혜롭게 다스렸다고 말한 것도 바로 이런 이유들 때문이었다.

소젖을 짜는 절차는 다음과 같았다. 다니엘은 소들을 세 번 부르거나 선율에 맞춰 소리친 다음, 협화음과 불협화음을 조화롭게 혼합시켰다. 그 소리는 아무도 흉내 낼 수 없을 만큼 특이했다.

"노오오오오체 부에나, 노체 부에에에에나, 노체 부에나!"

그러고 나면 다니엘은 엄마와 아들이 잠시나마 따스한 젖과 사랑 속에서 하나가 될 수 있도록 내버려두었다. 그런 다음 그가 나섰다. 그는 엄마 소발에 걸려 있던 고삐를 짧게 해서 송아지를 묶었다. 엄마 소는 까맣게 모르고 있는 가운데,

새끼 송아지는 엄마의 젖이 자기 목구멍 대신 양동이로 떨어지고 있는 것을, 말하자면 부당한 도둑질을 목격했다. 다니엘은 남의 것을 빼앗을 때는 반드시 환한 미소와 더불어 공손하고 예의 바른 태도를 보여주었기 때문에 소젖을 짤 때는 언제나 공치사와 철학적인 조언으로 가득 찬 민요를 부르기 시작했다.

다니엘의 목소리는 마치 야자나무 잎이 산들바람에 나울거리듯 소리마디마다 파르르 떨렸다. 엄마 소는 자신의 영혼을 칭찬으로 가득 채우는 동시에, 노스탤지어와 멜랑콜리를 오가면서 고향 땅의 메아리와 탄식을 떠올리게 만드는 세이렌의 목소리에 취한 나머지 꾸벅꾸벅 졸며 우유를 아낌없이 내주고 있었다. 반면 엄마보다 덜 감상에 빠져 있는 아들은 이따금씩 몸을 흔들다가 마침내 물리적으로 불가능하다는 것을 깨닫고, 강한 자의 신성한 법칙인 약탈을 체념한 듯이 지켜보았다. 어쩌면 아들은 "사람은 빵만으로 살지 않는다"라는 점을 떠올리며, 속고 있는 엄마를 모방하면서 시와 신비주의의 서정적인 기쁨에 몰입하고 있었던 건지도 모른다.

다니엘은 평온한 표정으로 소젖을 짜면서 노래를 불렀다. 그가 길게 이어지는 민요의 실을 짜고 푸는 사이, 우리 어린 소녀들은 호기심에 몸을 부르르 떨면서 칭찬받으며 젖을 짜고 있는 소의 표정을 관찰하기 위해, 자기애에 취한 만족감을 그 얼굴에서 엿보기 위해 몰려갔다. 그런 이유로 우리는 다니엘의 모든 말이 아주 명료하고, 그의 모든 생각이 단순한 사고력의 범위 내에 있는지 보려고 많은 주의를 기울였다. 가령 모든 젖소마다 고유한 레퍼토리를 가지고 있던 터라 다니엘은 누베 데 아과에게 이 민요를 불러주었다.

누베 데 아과!
난 유명하다는 소를 많이 봐왔지만,
너 같은 소는 없었어
너는 저 호수의 물보다
더 많은 우유를 가지고 있으니까

우리는 탁하고 수상쩍은 호수를 떠올리며 다니엘에게 쪼르르 달려갔다.

"다니엘, 어떤 호수를 말하는 거야? 말해줘. 어떤 호수지?"

다니엘은 대답하기 위해 잠시 노래를 멈추었다.

"발렌시아•의 호수지."

그 말을 듣고 우리는 이구동성으로 항의했다.

"에이, 다니엘, 저 소가 그 호수를 보고 있는 것도 아니고, 발렌시아에 가지도 않았던 데다 호수도 못 봤는데, 어떻게 그걸 알 수 있겠어? 차라리 강이나 도랑보다 우유가 더 많다고,

---

• 베네수엘라 중북부 카라보보주의 주도로, 베네수엘라에서 세 번째로 큰 도시다.

아니 개울보다 우유가 더 많다고 말하는 게 낫지 않을까? 응, 다니엘? 소에게 그렇게 말해주는 편이 낫잖아?"

다시 노래가 중단되자 다니엘은 짤막하게 대답했다.

"그건 말이지. 강이나 도랑, 개울은 시의 운율에 맞지 않기 때문이야."

"다니엘, 그러지 말고 한번 맞춰봐. 할 줄 안다면 말이야. 어서, 맞춰보라니까."

다니엘은 모든 말과 아이디어를 '운율에 맞출' 줄 알았지만, 고정된 레퍼토리를 가지고 있었기 때문에 질병, 탄생, 또는 죽음과 같이 특별한 경우를 제외하고는 변경하는 것을 좋아하지 않았다. 그래서 그는 단호하게 대답함으로써 우리의 요구를 일축했다.

"소는 다 알고 있어. 젖을 짜도록 가만히 있는 게 그 증거야. 정말 아무것도 모른다면, 궁금해서 어쩔 줄 모르겠지! 설령 그렇다고 해도 소에게 해가 되지는 않아. 호기심을 참다가 죽은 사람은 없으니까."

그러던 어느 토요일 오후, 아빠는 마침내 다니엘에게 분노를 터뜨릴 기회를 잡았다. 그 기회를 영리하게 이용해 엄청나게 폭발했다. 아빠는 차분하면서도 화통한 편이었다. 아빠는 다니엘에게 어떤 해명도 필요 없으니까 최대한 빠른 시간 내로 젖소 우리와 피에드라 아술 땅을 영원히 떠날 것을 명령한다고 선언했다. 아빠는 그의 붙임성 좋은 성격뿐 아니라 그의 월권행위에도 진절머리가 났다는 게 그 이유였다. 게다가 그를 대신할 정직하고 진지한 새 소몰이꾼을 이미 봐두었다는 말도 덧붙였다.

항상 순종적이던 다니엘은 아빠와 언쟁을 벌이기는커녕 아무 대답도, 아무 말도 하지 않았다. 그는 아주 공손하게 앞으로 자기가 살 곳의 주소를 알려주면서 비센테 이와 똑같은 말로 작별 인사를 건넸다.

"뭐든 분부만 하십시오, 후안 마누엘 나리."

제분소에서와 마찬가지로, 그가 농장을 떠나려고 할 때 누군가가 그에게 일자리를 잃었으니 다시 아라과의 계곡으로 돌아갈 생각인지 물었다. 그러자 다니엘은 빈정거리거나 억울해하지도, 불손하게 굴지도 않고 상식에 따라 현명하고 지혜롭게 대답했다.

"아뇨, 나는 이 부근에서 이틀 내지 사흘 정도 더 보낼 겁니다. 내가 돌아와도 그들은 모를 테니까요!"

그다음 날 아침 아주 이른 시간에 정직하고 성실해 보이는 새 소몰이꾼이 집에 찾아와 아빠에게 이렇게 말했다.

"후안 마누엘 나리, 드릴 말씀이 있어서 왔구먼요. 저 소들이 발정이 났는지 젖을 못 짜게 하네요. 하도 발길질을 해대서 다리를 묶어놓긴 했는데, 젖을 안 내놓다는 게 더 문젭니다요. 다니엘이 저 소들에게 노래를 불러……."

아빠는 논리적이고 사려 깊게 대답했다.

"자네는 이 주변에서 가장 소문난 노래꾼 아닌가? 그럼 소들에게 노래를 불러줘! 솜씨를 발휘해봐! 아주 좋은 기회잖나."

저런! 새로 온 소몰이꾼에게 이보다 더한 모욕이 어디 있단 말인가! 실제로 유명한 노래꾼인 그는 예술가로서의 자존심에 깊은 상처를 입은 나머지 거만하게 대답했다.

"후안 마누엘 나리, 저로 말씀드릴 것 같으면(이때 그는 손을 뻗어 가슴에 얹었다) 무도회에서 갈레론•이나 코리도••를 부르는 사람입죠. 실제로 곡이나 가사에서 나를 이길 사람은 거의 없다는 것을 알아주시기 바랍니다요. 하지만 저는(이때 그는 가슴에서 손을 뗐다) 소가 사람인 것처럼 여기고 노래를 부르는 사람이 아니라고요. 그건 천부당만부당한 말씀입니다요! 누가 뭐래도 저는 그런 일은 하지 않을 거구먼요! 노예시대는 이미 끝났습니다요. 그러니 저기 저 소들을 보살필 다른 소몰이꾼을 찾아보십쇼, 후안 마누엘 나리."

말할 필요도 없지만, 다행히 다니엘이 우리와 스무 마리의 소들 곁으로 돌아왔다.

• 베네수엘라의 전통 노래다. 만돌린이나 기타를 반주 삼아 즉흥적인 10연 길이의 노래를 부르는 동부 갈레론과 주로 종교 행사에서 부르는 중서부 갈레론이 있다.

•• 운율이 있는 이야기나 시에 곡을 붙여 부르는 노래다. 주로 권력의 억압이나 역사, 범죄자들의 일상생활, 소몰이꾼의 생활 방식 등이 주제다.

3

그러던 어느 슬픈 날, 운명의 날, 비극의 날, 젖소 우리에서 극적인 사건이 벌어지고 말았다.

짧게 병을 앓은 후, 어느 날 아침 누베 데 아기타는 송아지 우리에서 두 발씩 묶인 다리를 뻗으며 눈을 떴다. 그날은 그렇게 다리를 쭉 뻗으며, 아! 꽃이 만발하고 우유와 평화가 넘치는 나무 그늘 아래에서 자기를 기다리고 있던 엄마 누베 데 아과를 향해 질주하던 즐거운 아침이나 다름없었다. 녀석의 반쯤 벌어진 입에는 초록색 말파리 몇 마리가 앉아 있었고, 반쯤 감긴 눈은 무언가를 이상하리만큼 빤히 쳐다보고 있었다. 그리고 잔뜩 헝클어진 꼬리는 몸에서 멀리 떨어진 곳에 축 늘어져 있었다. 너무나도 생소하고, 너무나도 무섭고, 너무나도 절망적인 장면이었다. 누베 데 아기타는 그렇게 드러누운 채 대지를 질주하다가 눈에 보이지 않는 어떤 문을 꼼짝도 않고 얼어붙은 채 뛰어넘으며 질주하는 듯한 모습으로 세상을 떠나고 말았다.

우리는 슬픔을 억누르며 울타리에 머리를 기댄 채 괴로움을 이기지 못해 입을 굳게 다물고, 머릿속으로 떠오르는 물음을 되새기면서 무고하게 세상을 떠난 송아지를 한동안 바라보았다.

마침내 우리는 구슬픈 우리를 떠났다. 우리 눈에는 슬픔과 비탄이 평소와 다름없이 무덤덤한 우리에 빗물처럼 추적추적 내리는 것 같았다. 온 세상이 누베 데 아과의 슬픔과 고통에 잠겼다. 그리고 온 자연이 검은 리본으로 뒤덮여 있었다. 온 세상에 물결치는 검은 리본은 가슴 찢어지는 듯한 엄마의 고통과 슬픔에서 생겨난 것이다. 누베 데 아과는 꽃이 만발한 나무에 홀로 묶인 채 울부짖었다.

"음매애애애애!"

누베 데 아과는 비탄에 빠진 엄마의 머리를 높이 치켜들면서 자기를 둘러싼 모든 것들, 즉 자신의 수호 나무에게, 자기와 같은 이름을 가진 구름들에게, 하늘에게, 그리고 해에게 누베 데 아기타를 돌려달라며 울부짖었다.

"음매애애애애!"

하지만 아무도 대답하지 않았다. 나무는 이기적으로 꽃들을 계속 움켜잡고 있었고, 구름은 춤을 추며 유유히 지나가고 있었다. 파렴치한 해는 절망에 빠진 엄마에게 애도의 뜻을 한마디도 전하지 않고 기쁨에 들떠 빛나고 있었다.

반면 우리는 상상할 수 있는 모든 방법을 동원해 엄마 소에게 애도의 뜻을 전했다. 하지만 누베 데 아과는(가끔 우리도 그렇게 엄청난 미망에 사로잡혀 있었다!) 이를 전혀 알아차리지 못했다. 그래서 우리는 우유를 마지못해 간신히, 간신히 짧게 한 모금씩 마셨다. 이제는 어느 누구도 즐겁게 우유 거품에 코를 박아가면서 마시지 못했다. 우유를 다 마시고 난 뒤, 누구의 입에서도 '아!' 하는 감탄사가 터져 나오지 않았고, 어느 누구도 '더 줘'라고 말할 엄두를 내지 못했다. 우리는 우유를 반쯤 마시고, 서글픈 우리에서 누베 데 아과의 나무로, 누베 데 아과에서 구슬픈 우리로 왔다 갔다 했을 뿐 그 밖에 다른 것은 아무것도 보지도, 신경 쓰지도 않았다. 그 고난의 길을 가다 이제는 누베 데 아마르구라•로 바뀐 누베 데 아과에게서 눈을 떼지 못한 채 뒷걸음질 치던 내 동생 로살린다, 그러니까 고통을 이기지 못해 뒤로 걸어가던 로살린다는 발이 걸리는 바람에 우유 양동이 속에 주저앉고 말았다. 그래서 로살린다는 옷과 바지를 갈아입기 위해 비극의 현장을 떠나 에벌린의 손을 잡고 집으로 달려가야 했다. 그러자 우리의 수많은 질문이 다니엘에게 폭우처럼 한꺼번에 쏟아지기 시작했다.

"다니엘, 다니엘이 보기에 저 송아지가 정말 죽은 것 같아? 다니엘, 이제 송아지를 고칠 방법이 없는 거야? 다니엘이 보기에 누베 데 아과는 아들이 죽은 걸 아는 것 같아? 다니엘, 그래서 엄마 소가 저렇게 슬피 우는 거야? 다니엘, 송아지를 한번 불러봐, 응? 송아지에게 누베 데 아과! 하고 소리쳐봐. 그러면 혹시 움직일지도 모르잖아. 다니엘, 소리 질러봐. 어서! 송아지에게 소리를 질러보라니까, 응?"

희망의 여지를 남기지 않으려는 듯 다니엘이 짤막하게 부

• '슬픔의 구름'이라는 뜻이다.

정적인 대답을 내놓자 우리는 가슴이 찢어질 것만 같았다. 이제 돌이킬 수 없다는 것을 깨달은 우리는 자연의 가혹한 법칙을 마음속으로 받아들였다. 우리는 누베 데 아과에게 시선을 고정한 채 눈도 깜박이지 않고 빤히 바라보았다. 그런데 누베 데 아과는 다시 고개를 쳐들더니 하늘에 애원하는 대신 사납게 울부짖었다.

"음매애애애애!"

그 순간, 우리도 애절한 목소리로 소리쳤다.

"제발, 다니엘! 너무 불쌍하잖아!"

누베 데 아과가 꼼짝도 않고 있는 것에 관해 다니엘은 그 어떤 희망도 주지 않았던 반면, 누베 데 아과의 고통과 슬픔에 관련해서는 낙관주의적인 모습을 보여주었다.

"그냥 놔둬! 내버려두라고! 마음이 홀가분해질 때까지 오늘 하루 실컷 울도록 내버려둬. 하루 온종일 슬퍼하도록 내버려두라고. 나는 내일 위로하면서 다독거려줄 테니까 너무 걱정하지 마. 죽은 이는 언젠가 잊히게 마련이니까!"

아버지답게 선견지명이 있는 다니엘은 바로 그날 칼과 여러 가지 필수 도구를 들고 오더니 누베 데 아기타 사체의 가죽을 벗겨냈다. 왜 그랬을까? 그 가죽으로 변장 옷을 만들어 엄마 소를 위로하기 위해서였다. 다음 날 아침, 다니엘은 슬픈 가죽을 소금물에 담갔다. 그렇게 이음매가 풀린 채 소금물에 적신 아들의 옷은 짧지만 엄마의 평퍼짐한 옷과 너무도 비슷했다. 똑같은 목걸이 아래 똑같이 불그스레한 색깔, 똑같은 허리 벨트, 똑같이 하얀 장갑. 다니엘은 꿰매지 않고 딱딱하게 굳은 옷(엄마의 옷과 놀라운 유사성을 보여주는)을 어느 송아지에게 입혔다. 이처럼 조잡하게 속임수를 쓴 송아지를 고통에 빠진 엄마 소의 눈과 입이 닿는 범위 내에 조심스럽게 둔 다음, 다니엘은 엄마 소의 앞다리 중 하나를 변장한 송아지에 묶었다. 너무나 사랑하는 겉모습에 코를 킁킁대며 냄새를 맡은 엄마 소는 자신의 영혼을 달래고 혀를 기쁘게 만들기 위해 미몽과 젖을 교환하면서 사랑하는 아들의 가죽에 깊이 배어든 소금물을 핥고 또 핥았다. 관념론자들처럼 엄마 소는 환상과 사유의 상징인 소금을 좋아했다. 불행한 연인들처럼 엄마 소는 낯선 몸을 통해 영원히 사라진 영혼에 입을 맞추었다. 그사이 사라진 송아지의 포괄적인 후계자인 송아지, 즉 행복하게 변장한 송아지는 그의 옷을 얻어 입은 것 외에도 그의 몫의 젖도 맛있게 다 먹었다.

그 속임수는 며칠간 계속되었다. 그 뒤로는 변장도, 소금물도 필요 없었다. 낯선 송아지는 관습에 따라 누베 데 아과의 아들로 인정되었다. 결과적으로 다니엘의 말이 옳았다. 죽은 이는 언젠가 잊히기 마련이다. 그렇다고 한동안 진심으로 슬퍼하고 눈물을 흘리지 않는다는 것은 아니다. 다니엘은 이를 잘 알고 있었기 때문에, 극심한 고통의 위기가 지속되던 동안 조언과 위로를 하면서 비통한 목소리로 철학과 경건함이 담긴 이 노래를 아침마다 불러주었던 것이다.

더 이상 울지 마, 누베 데 아과
피맺힌 슬픔을 억누르다보면,
우유는 모두 치즈가 되고,
괴로움도 사라질 테니까

그의 조언으로 슬픔을 이겨내고 노래를 들으면서 잠잠해진 누베 데 아과는 조용히, 부드럽게 스스로를 위로했다. 그사이 자연의 고통과 아무 관계도 없는 치즈가 거기서 무슨 역할을 하는지 도저히 이해할 수 없어 조바심이 난 우리는 노래를 중단시키며 파리 떼처럼 그에게 달려들었다.

"무슨 치즈를 말하는 거야, 다니엘? 어떤 치즈야?"

아우로라

1

작은 요정(세련된 모습을 하고 있었지만 널리 알려지지 않았다)은 엄마의 귀에 입을 갖다 대고 덤벙거리면서 우리의 이름을 불러주었지만, 그래도 한번은 제대로 맞혔다. 하지만 그 적중은 불행한 결과를 초래했다. 항상 옳은 말만 하고 살 필요는 없다. 행운의 열매를 거두기 위해서 반드시 진실의 씨앗을 뿌려야 하는 것은 아니니까. 가엾은 엄마. 엄마는 그것을 알고 있었지. 그래서 마음의 가장 민감하고 여린 곳에 그것을 새겨두었어. 어쩌다 우연히 한번 맞히고 나면 반드시 많은 눈물을 흘려야 하는 법이야.

아우로라의 7년은 온 세상을 황금빛으로 물들이며 밝아오는 날과 같았다. 뽀얀 살결, 그리고 떠나가는 밤의 마지막 조각처럼 까만 눈동자. 아침의 첫 햇살이 미소 지어주는 옅은 빛깔의 머리카락. 그 아이의 가벼운 발걸음, 잠든 이들을 배려하는 듯한 그 아이의 가느다란 목소리, 그 아이의 몸가짐, 그 아이의 다정하고 온순한 성격, 그 아이의 창백한 아름다움, 모든 것, 이 모든 것이 새벽을 지배하는 법칙에 잘 어울렸다. 아우로라는 그 이름처럼 여명 같은 아이였다. 아우로라는 입술에 손가락을 대고 꽃이 만발한 엄마의 정원을 잠시 굽어보다가 동이 트기 시작하면 조용히, 그리고 조심스럽게 그곳을 떠났다. 엄마가 그 아이의 이름을 아우로라라고 지은 것은 정말 잘한 일이었다. 그리고 우리에게 절대 도시로 가지 말라던 아빠의 위생 수칙도 정말 타당한 결정이었다. 아우로라는 여덟 살이 되던 해 카라카스에 가자마자 백일해를 동반한 홍역으로 세상을 떠났으니까.

웬만하면 그렇게 슬픈 사건에 대해서는 조용히 넘어가고 싶다. 다만 엄마는 누베 데 아과의 행동을 단 한순간도 따라 하지 못한 채 기나긴 시간 동안 커다란 슬픔과 고통에 시달리다가 결국 생을 마감했다는 것만 말하고자 한다. 상처로 인한 극심한 고통은 엄마의 삶이 지속되는 동안 계속되었다. 10년, 15년, 20년이 지난 후에도 엄마는 여전히 아우로라의 이름을 목 놓아 부르곤 했다. 그렇게 울부짖으며 슬픔을 토로할 때도, 엄마의 표현은(아무리 슬픔에 젖어 있다고 해도) 평소 말과 사유를 지배하던 세련되고 멋들어진 수사학을 철저히 따랐다. 그래서인지 다소 희극적인 연극성이 밴 입술에서 그처럼 애절한 절규가 터져 나올 때마다 보는 이의 가슴을 더욱 뭉클하게 했다. 엄마는 다른 이들이 있는 자리에서, 그러니까 가장 거북한 순간에 가슴을 뭉클하게 만들 뿐 아니라 부담스럽게, 언제나 들릴락 말락 한 목소리로, 그리고 일정한 톤으로 아우로라의 이름을 부르짖곤 했다. 엄마는 세상을 떠나는 그날까지 그렇게 살았다. 상점에서, 극장에서, 지폐를 내고 거스름돈을 받는 순간, 비와 강풍을 피하기 위해 우산을 펼칠 때, 세탁소에 옷을 맡길 때나 제화점에서 신발을 신어볼 때처럼 전혀 예상치 못한 상황에서도 아무 규칙이 없던 엄마는 갑자기 하던 일을 멈추고 다정한 눈길로 하늘을 쳐다보며 한숨을 내쉬고는 고통스러우면서도 나긋한 목소리로 부르짖었다.

"오! 아우로라, 사랑스러운 내 딸, 어여쁜 내 딸, 왜 나를 버리고 떠난 거니? 왜 나를 홀로 남겨두고 떠난 거니?"

'홀로'라는 말이 강렬하지 않거나 자신의 심경을 제대로 표현하지 못한다고 여겨질 때는 '외톨이'라고 했다. 가장 외롭고 고독한 상태를 가리키는 이 말을 쓸 때마다 엄마는 오히려 마음이 편안해졌다.

"왜 나를 외톨이로 남겨두고 떠난 거니?"

불쌍한 엄마는 대답을 들을 가망이 없더라도 더 큰 안도감을 갖기 위해 늘 그렇게 묻곤 했다. '외톨이'라는 말이 우리의 고함, 뛰어다니는 소리, 시끌벅적한 웃음소리에 묻혀 들리지 않더라도 전혀 중요하지 않았다. 여느 때와 마찬가지로 현실을 무시하고 마음껏 사람들과 함께하고 그들에게 둘러싸여도, 엄마는 자신의 영혼이 말속에 나타나도록 더 높은 진리에 따라 행동하고 말했다. 엄마에게 '외톨이'는 없어서는 안 될 말이었다. 우리는 세상을 떠난 우리 언니를 배려해 너그러운 마음으로 그 아이가 왜 우리를 황무지와 비교하지 않았는지 결코 물어보지 않았다.

아우로라의 죽음은 우리 가족이 카라카스에 정착하고 나서 맛본 가장 쓰라린 시련이었지만, 그걸로 끝나지 않았다. 우리에게 농촌 생활에서 도시 생활로 이어지는 길은 무척이나 가파르고 험난했다.

아빠는 피에드라 아술에서 하느님처럼 절대적이고 방만한 권위를 가진 권력자로 군림했다. 하지만 그의 자비심과 정의감이 지배하는 다정스러운 혼란뿐 아니라 어마어마한 최고 권위를 가졌는데도 이를 은근히 조롱하는 이들이 많았기 때문에 아빠를 피에드라 아술의 독점적인 소유주라고 보기는 어려웠다. 아버지의 법적 권리는 두 형제의 권리와 균형을 이루고 있었다. 언젠가는 재산을 분할해야 했다. 내가 보기에 아빠는 농부의 영혼을 가진 터라 우리 여섯 자매와 마찬가지로 도시에서 황금빛 행복을 누릴 거라고 순진하게 믿었던 것 같다. 하지만 독립해서 카라카스로 가서 일하기 위해서는 농장을 분할하거나 팔아야 한다고 했을 때, 아빠는 심각한 딜레마에 빠지고 말았다. 나중에 아빠는 이렇게 덧붙여 말했다.

"이젠 농촌 생활도 질렸어. 더군다나 딸아이들 교육도 생각해야 한다고."

아! "딸아이들 교육"이라니! 하지만 아빠의 말에 일리가 있었다. 이제는 눈물의 골짜기● 안에 있는 문으로 들어가야 할 때였다.

몇 주 동안 회의가 열리고 편지와 토론이 오갔을 뿐 아니라 낯선 손님들이 찾아와 아빠와 함께 말을 타고 커피 농장과 사탕수수 밭을 둘러본 다음, 집에서 따뜻한 점심을 먹으며 수다를 떨기도 했다. 그런 일이 몇 주 동안 일어난 뒤 어느 날 아침, 엄마는 우리를 불러 모아놓고 이렇게 말했다.

"얘들아, 농장은 이미 팔렸단다. 무슨 말인지 알겠니? 그러니까 내 말은 이 농장은 이제 우리의 것이 아니라는 거야. 이제 우리는 이곳을 떠나 카라카스로 가서 영원히 살게 될 거란다. 그런데 거기서 우리가 살 집은 여기만큼 크지 않아. 그래서 너희는 제분소에서 뿜어져 나오는 물로 멱을 감지도, 저 넓은 들판을 보지도 못할 거야. 그런 건 꿈도 꾸지 못하겠지. 거기는 집들이 다닥다닥 붙어 있으니까. 이제 더 이상 너희 마음대로 뛰어다니면서 소리를 지르지 못할 거야. 그 대신 너

● 기독교 교리에서 인간이 속세를 떠나 천국에 들어갈 때 뒤에 남겨두어야 하는 삶의 고난을 가리킨다. 여기서는 세상을 가리킨다.

희 두 할머니와 이모들을 자주 보게 될 거고, 학교에 다니면서 친구들도 사귀게 될 거란다. 잘 알겠지만, 너희는 다음 주에 나와 함께 마차를 타고 거기로 떠날 거야."

그 소식을 들은 우리는 너무 기뻐서 죽을 것만 같았다.

"와! 우리 모두 마차를 타고 영원히 카라카스로 간대! 다음 주에 말이야!"

그것은 우리가 부엌이나 젖소 우리, 제분소나 이웃 오두막, 그 어디에 들어갈 때마다 지르던 호산나의 외침•이자 배은망덕함의 외침이었다. 그 이야기를 널리 알리고 싶은 마음이 급했던 나머지 우리는 지나다니다 만나는 이가 있으면 누구든(사람이든 동물이든 식물이든) 가리지 않고 큰 소리로 외쳤다.

"우리는 이제 카라카스로 떠날 거야! 다음 주에 마차를 타고 영원히! 너무 좋아. 기뻐 죽겠어!"

그리고 우리는 열렬히 박수를 쳐댔다. 영원히 카라카스로 떠난다는 사실은 사실 우리에게 커다란 슬픔과 낙담을 안겨주었을 테지만, 피에드라 아술에서 마지막으로 보낸 일주일 동안 우리는 정신없이 행복했다.

그러던 어느 날 아침, 마침내 우리 여섯 자매는 인형을 품

• 하느님을 찬양하는 말로, "구하옵나니, 이제 구원하소서"라는 뜻을 가지고 있다. 신약성서에 나오며 예수가 예루살렘에 마지막으로 입성할 때 군중이 환영하는 뜻으로 외쳤다고 한다.

에 안고 과거에 여러 번 엄마를 태우고 떠났던 바로 그 마차에 올라 여행 가방, 과일 바구니, 알폰도케 상자 사이를 비집고 들어가 자리를 잡자마자 박수를 치고 환호성을 지르며 기쁨에 겨운 웃음을 터뜨렸다. 돌이켜보면 영원한 작별 인사와는 너무 어울리지 않는 행동이었으리라! 말들은 힘겹게 움직이기 시작했고, 우리는 천천히 움직이면서 영원히 피에드라아술을 떠났다.

벌집처럼 빽빽이 들어찬 마차는 골목길의 움푹 팬 곳을 지나가면서 덜커덩거리는 소리와 함께 심하게 비틀거리다 결국 마지막 길모퉁이를 지나갔다. 그러고 얼마 뒤에는 우리가 살던 저택 지붕이 몰락한 루시퍼처럼 보이지 않았다. 죄를 지은 후의 아담과 하와처럼, 워털루 패전 후의 나폴레옹처럼 우리는 이제 막 하나의 제국을 잃어버렸다. 굴욕감에 사로잡혀 넋을 잃은 나머지 그 순간 우리는 더 이상 세상을 굽어볼 수 없었다.

혼잡한 마차에서 소리 지르는 가엾은 소녀들! 가장 나이 들고 가장 현명한 사람들과 마찬가지로, 우리는 결코 배우지 않은 진리, 내 기억 속에 오 분 이상 담아둘 수 없었던 진리에 대해 무지했다. 삶에서 가장 두드러진 변화, 즉 단조로운 다양성 속에서 이루어진 가장 즐거웠던 여행이 우리에게 가르쳐준 것이 있다면, 그건 획기적이면서도 가혹한 변화가 곧 우리 자신의 불행으로 이어진다는 사실, 그리고 다가올 불행을

까맣게 모르고 살았던, 이제는 영원히 잃어버린 그 시절이 너무도 행복하고 즐거웠다는 사실뿐이다.

2

카라카스에 도착해서 가장 먼저 알아차린 것은 주변에 땅과 물이 없다는 사실이었다. 흙과 물은 눈 씻고 찾아봐도 없었다. 사방이 시멘트, 판자, 또는 벽돌로 덮여 있었다. 기껏해야 안마당이나 자그마한 텃밭에 메마른 흙이 조금 있을 뿐이었다. 기껏해야 동네의 공동 우물 두 개, 기껏해야 주방과 목욕탕에 있는 수도꼭지 두세 개. 그나마 그것들은 자신의 꼴이 얼마나 우스꽝스러운지 전혀 몰랐다. 하긴 그것들은 제분소에서 세차게 뿜어 나오는 물줄기를 한 번도 본 적이 없을 테니까. 작은 뜰에 서글프게 있는 서너 그루의 나무들은 그나마 너무 작고 가늘어서 놀이를 할 때 숨을 수도 없었고, 지평선이 보이지 않도록 사방을 가로막고 있는 담은 그야말로 형무소의 벽이나 다름없었다. 자유와 탁 트인 풍경을 모두 빼앗긴 상태에서 그리움은 점점 커져만 갔고, 우리 사이에 다툼도 더 잦아졌다. 반면 돈으로 계산하는(피에드라 아술에서는 전혀 없던 일이다) 생활비는 줄어들었다. 어디를 가든 우리 뒤를 졸졸 따라다니던 하인이나 사람들의 무리 대신, 이제 어느 정도 성장한 우리 다섯 자매를 돌봐주는 하녀는 고작 한 명밖에 없었다. 다만 신처럼 매사에 무관심하고 태연자약한 아우라 플로르만이 여전히 보모 곁에 붙어살았다. 에벌린은 트리니다드로 돌아갔다. 그래서 이제 우리를 혼내는 사람은 아무도 없었다. 이런저런 것들을 금지함으로써 무미건조하기 짝이 없는 우리의 삶에 소금을 치거나 양념을 해주는 이는 이제 아무도 없었다. 섭리의 손길이 닿지 않자 많은 싹을 튼튼하게 틔운 우리의 변덕은 우리를 슬픔과 우수에 잠기게 했다.

엄마는 식탁 한 귀퉁이에 앉아 뭉툭한 연필과 줄이 그어진 종이를 든 채 성격은 좋지만 '음식 솜씨'가 형편없는 새 요리사를 앞에 세워놓고 장 본 물건값을 일일이 계산하면서 구입한 식료품의 이름을 복수형으로 자세히 기록했다.

"바나나들…… 소고기…… 감자들…… 커피…… 마카로니……."

매일 똑같이 반복되던 목록은 언제나 다음과 같은 말로 끝났다.

"오늘 내가 준 돈을 너무 많이 썼어!"

비센테 이가 구부정해진 당나귀 등에 야채, 아보카도, 바나나, 설탕 등을 잔뜩 싣고 와서 칸델라리아가 경계의 눈초리로 지켜보는 가운데, 부엌의 널찍한 탁자 위에 즐겁게 쏟아붓던 풍족한 시절은 어디로 갔단 말인가? 피에드라 아술이라면 누가 복수형 단어를 이어 써가면서 단조롭게 돈 계산을 했겠는가? 누가 요리사에게 연극적인 말투로 "오늘 내가 준 돈을 너무 많이 썼어!"라고 했겠는가? 그런 이는 아무도 없었을 것이다.

카라카스에 도착한 지 여드레째 되던 날, 우리는 저택에 사는 여섯 명의 자매들, 피에드라 아술의 어여쁜 공주들이 이제는 개미 떼에 불과하다는 것을, 아니 줄지어 걸어가다가 결국 익명성과 획일성 속에 파묻혀 사라지면서도 즐거워하는 걸 보면 개미 떼보다 더 형편없는 존재로 전락했다는 것을 뼈저리게 깨달았다. 그렇지만 우리는, 아! 익명성 속에 파묻혀 우리 자신을 잃어버리지 않았다. 다른 여자아이들, 친구들, 사촌들과 함께 있을 때, 우리는 개미들 속의 개미들과 같은 존재였지만 서글프게도 우리의 순진함, 우리의 바보 같은 질문, 헤벌어진 우리의 입, 계속되는 우리의 놀라움에 의해 남들과 구별되었다. 이보다 더 무지할 수는 없었다. 이보다 더 솔직하게 무지할 수는 없는 노릇이었다.

카라카스에 도착한 후로 우리는 두 번에 걸쳐 도시를 돌아다녔는데, 그릇된 관찰과 잘못된 발견으로 점철되었다.

거기 도착해서 우리가 가장 먼저 한 일은 현관 밖에 발을 내딛자마자 옆으로 나란히 서서 뛰는 것이었다. 새 하녀, 또는 보모는 이미 수년 전부터 천식으로 고통받고 있어서 에벌린처럼 침착하고 능수능란하게 오른손으로 우리의 고삐를 잡지 못했다. 새 보모는 나이가 든 터라 천방지축으로 날뛰는 우리를 보자 길 한복판에 서서 이러지도 저러지도 못하고 여기저기 둘러보며 윽박질러도 보았지만, 소용이 없었다. 우리는 잠시도 그녀 앞에 모이지 않았으니까. 우리는 사방으로 흩어져 이것저것 살펴보느라 정신이 팔려 그녀를 볼 틈도 없었다. 우리는 서로 떨어져 있었기 때문에 큰 소리로 서로를 불러야 했다. "이봐, 블랑카 니에베스!" "기다려, 비올레타!" 마치 젖소 우리에 가려고 골목길을 따라 올라가는 것 같았다. 눈에 보이는 모든 것이 놀라울 따름이었다. 어느 상점이 눈에 띄자 우리는 그 자리에 멈춰 서서 손가락으로 그곳을 가리키며 소리쳤다. "와, 식료품점이다!" 우리는 보도를 둑이라고 했고, 가스등을 철 나무라고 했다. 그리고 거리에서 신사와 숙녀가 엄숙한 표정으로 팔짱을 끼고 걷는 것을 보았을 때, 우리는 그 자리에 멈춰 서서 그들을 손가락으로 가리키며 말했다.

"저기 한 쌍•의 사람이 오고 있어!"

그게 다가 아니었다. 파괴의 씨앗을 뿌리는 대신 소박함과 순진함을 쏟아붓던 반달족처럼 우리의 무궁무진한 무지는 순식간에 도시 전체로 흘러넘쳤다.

우리가 피에드라 아술에서 모자를 쓰는 습관이 생겼다면, 그건 엄마가 목가적 취향의 나비매듭으로 장식하고 에벌린이 실용적인 목적(햇볕으로부터 우리를 보호하는 것)으로 머리에

• 여기서 말하는 한 쌍(yunta)은 원래 마차나 수레를 끄는 한 쌍의 소를 가리킨다.

단단히 고정해준 소박하고 가벼운 밀짚모자였다. 우리 몸에 너무 잘 들어맞고 딱 고정되어 더 이상 걱정할 필요가 없는 그런 모자는 우리의 귀나 머리카락과 마찬가지였다. 하지만 다른 모자들, 훌륭한 우리 엄마가 거기 도착한 날 서둘러 사 온 모자들은 그와 전혀 달랐다. 쓸모없는 장식들이 가득 달려 있고 고무줄로 된 턱 끈을 매어야 하는 그 모자는 성가시고, 항상 불안정한 느낌을 주었다. 그래서인지 대개의 경우 쓸 필요도 없었을뿐더러 쓰고 싶지도 않았다. 아무튼 지금까지도 그 모자를 잊을 수가 없다. 대문을 통과할 때, 모자를 착용하는 것이 관례였던 점을 고려해 우리는 그곳을 지나가는 즉시 주변을 살펴보면서 모자를 벗어 당당하게 손에 들고 다녔다. 물론 비올레타처럼 손을 자유롭게 놀리고 싶어 하는 이들은 늘 머리 꼭대기에 모자를 쓰고 다녔다. 그런데 문제는 머리 꼭대기에 쓰는 순간, 모자는 곧바로 무게중심을 잃고 말았다는 점이다. 모자를 잘 쓰고 다니는 데 필수적인 정확한 판단력과 감각이 없는 데다 그 크기에 필요한 공간을 눈대중으로 짐작할 수도 없었기 때문에 우리가 쓴 모자는 문손잡이나 낮은 창문, 또는 지나가는 사람들의 팔꿈치에 자주 걸리곤 했다. 그러고 나면 모자는 눈 쪽으로나 귀 위쪽, 또는 목덜미 쪽으로 기울어졌다. 모자는 주로 어디에 부딪히거나 넘어진 방향과 반대쪽으로 기울어졌다.

두 번째로 도시를 구경하러 나간 날, 우리는 우연히 대성당

앞을 지나게 되었다. 탑이 지키고 있는 웅장하고 광대한 대성당의 자태는 똑같이 굴뚝, 혹은 탑이 지키고 있는 기억 속의 사탕수수 제분소를 떠올리게 했다. 그 순간 누군가가 손가락으로 성당을 가리키며 소리쳤다.

"제분소다!"

늘 그랬던 것처럼 비올레타는 누구보다 먼저 궁금증을 풀기 위해 서둘렀다.

비올레타는 어지러울 정도로 빠르게 길을 건너 성당 안으로 들어서며 문을 살짝 열더니 잠시 안을 들여다보았다. 그러고는 평소처럼 센스 있게 모자를 귀에 대고 나오면서 말했다.

"여긴 제분소가 아니야! 여기가 정말로 제분소라면 사탕수수는 어디 있지? 여기가 가마솥 방이라면, 가마솥은 어디 있는 거지? 게다가 어디에 쓰려고 의자가 이렇게 많은 거야?"

그사이 거리 저 끝에 있던 나이 든 보모는 저 먼 수평선에서 허우적거리는 조난자처럼 숨을 헐떡이고 달려오면서 우리에게 자기가 갈 때까지 거기 꼼짝 말고 있으라고, 시끄럽게 소리를 지르면서 성당 안으로 들어가지 말라고 손짓했다. 그리고 손에 모자를 들고 들어가서도 안 된다고 했다.

그날 오후, 우리를 따라잡지 못해 뒤처진 보모는 우리가 집에 도착하고 얼마 지나서야 안으로 들어왔다. 그녀는 숄을 벗지도 않고 안마당을 쌩 지나가 곧장 엄마가 있는 곳으로 가더니 정색하고 화난 얼굴로 가쁜 숨을 몰아쉬며 말했다.

“이제 다시는 따님들과 안 나갈 거예요. 다 끝났어요. 내 말은 귓등으로도 안 듣는데 전들 어떡하겠어요? 거리에 나가자마자 사방팔방으로 흩어져 다니더라고요. 어디 그뿐인 줄 아세요? 모자를 손에 들고 가다가 사람들과 연방 부딪히지를 않나, 사람들에게 손가락질하질 않나, 성당 안으로 뛰어 들어갔다가 고함을 지르면서 나오질 않나. 하여간 창피해 죽겠더라고요. 부담스럽기도 하고요. 따님들을 산책시킬 다른 보모를 구해보세요. 저는 나갈 테니까요.”

보모의 말이 엄마의 예민하고 여린 마음에 남긴 깊은 상처를 말로 설명하기는 어렵다.

“얘들아, 제발.” 큰 충격을 받은 엄마는 말끝의 ‘s’를 휘파람 소리같이 내며 말했다.• “너희들은 언제 교양 있게 행동할 거니? 여기가 피에드라 아술이 아니라는 걸 대체 언제쯤 깨달을 거냐고? 모자를 손에 들고 거리를 돌아다니다니! 고함을 지르면서 감히 성당에 들어가다니! 더구나 사람들에게 손가락질을 하다니! 사람들이 나더러 뭐라고 하겠어! 얘들아, 정말이지 너희 때문에 못살겠어! 제발 교양 있게 행동하라고!”

• “얘들아, 제발(Niñitas, por Dios)”은 모두 ‘s’로 끝난다.

3

하루라도 빨리 우리를 교육시켜야겠다는 마음에 가엾은 엄마는 그다음 날부터 신발이 다 닳도록 돌아다니더니 결국 우리를 학교에 집어넣었다. 다시 말해 우리는 집에서 한 블록 반 떨어진 곳에 있는 어느 집으로 오전과 오후마다 규칙적으로 가기 시작했다. 낡기는 했지만 안은 깨끗했고, 말할 때마다 메아리가 울려 퍼지던 그 집에서 재능이 넘치는 두 명의 훌륭한 여자 선생님이 침울한 표정으로 열두 명의 학생들에게 알파벳과 교리문답을 가르쳤다.

널찍한 방에는 빈의 가구들 사이로 코바늘 손뜨개질 카펫이 깔려 있었고, 고상한 포즈를 취한 초상화들이 벽에 걸려 있었다. 그런데 나방과 생쥐들이 경쟁이라도 하듯 액자와 캔버스를 갉아놓았다. 카펫이 깔린 바닥은 군데군데 벽돌들이 즐거운 모습을 드러냈고, 벽지를 바른 천장은 군데군데 스며든 비로 얼룩져 있었다. 그 방에서, 두 명의 훌륭한 여선생님과 아직 까막눈인 열두 명의 여자아이 사이에서 교화 과정이 빠르게 이루어지고 있었다. 고백하자면 그 과정은 수많은 모욕과 싸움, 그리고 패배의 대가로 이루어졌다. 우리가 그랬듯이 사람들도 싸우고 괴로워하면서 문명을 획득한다.

예를 들어 나는 잊을 수 없는 방법으로, 다시 말해 꼬집히고 뺨을 얻어맞아가면서 돈의 가치를 배웠다.

우리가 다니는 학교, 아니 슬픔과 글자를 배우는 수용소 맞은편, 어느 현관 계단에는 오후마다 머리와 어깨에 하얀 천을 두른 여자 과자 장수가 오른손에 하얀색 파리채를 들고 햇빛을 받아 보석처럼 반짝이는 쿠키, 수스피로, 예마, 멜코차, 코키토• 등이 가득 든 널찍한 광주리를 무릎에 얹은 채 앉아 있었다. 몸에 하얀 천을 두르고 수수께끼 같은 검은 얼굴을 하고 엄한 표정으로 앉아 있는 그 과자 장수는 여신이나 요정 같았다. 아무 목적 없이 파리채로 칠 때마다 낭랑하게 울려 퍼지는 소리와 함께 부드럽게 흔들거리는 광주리 속 과자들은 자기에게 동전을 주는 이에게 자신의 손이 건네주는 신의 선물이었다. 하지만 우리에게는 그 선물을 받을 희망이 조금도 없었다. 아빠가 우리에게 단단히 일러두었기 때문이다.

"나는 너희들을 굳이 서둘러 학교에 보낼 필요가 없다고 생각해. 앞으로 글을 배울 시간은 많으니까 말이다. 하지만 내 생각에 너희들이 길을 건너 먼지나 파리로 뒤덮인 과자를 사 먹으러 가지 않도록 철저하게 감시하는 건 꼭 필요하다고 봐."

우리는 그러한 계율에 얽매여 평소 주머니 속에 한 푼도 없이 지냈다. 하지만 솔직히 고백하자면 나는 마음속 깊은 곳에

• 수스피로는 밀가루, 설탕, 달걀로 만들고, 예마는 설탕과 계란 노른자위를 섞어 만든다. 그리고 멜코차는 가공된 엿으로 만드는 반면, 코키토는 잘게 썬 코코넛에 캐러멜을 끼얹는 방식이다.

서 우러나오는 겸손한 헌신과 존경의 공물을 그 과자 장수에게 바치지 않은 날이 하루도 없었다. 가능하면 나는 그녀 앞에 멈춰 섰다. 그러고는 광주리에 딱 붙어 서서 순종의 표시로 뒷짐을 진 채 쿠키와 예마, 멜코차와 코키토를 바라보며 파리채를 휙휙 휘두르는 소리를 들었다. 그렇게 이룰 수 없는 욕망을 보고 있으면 결국 영혼에서 깊은 한숨이 새어 나오기 마련이었다.

하지만 법을 너무 존중할 필요는 없었다. 오히려 우리를 감시하는 권위의 눈길 앞에서 그것을 무시하는 어떤 협력과 공모를 언제라도 받아들일 마음의 준비를 하면서 그런 법을 조롱하는 것이 더 현명하다.

그러던 어느 날 오후, 나는 학교에 가기 전에 엄마에게 슬며시 다가가 능숙한 솜씨로 대담하면서도 다정하게 말했다.

"엄마, 나 1센타보•만 줘."

딴 데 정신이 팔려 있어서도, 마음이 너그러워서도 아닐 텐데 엄마는 내게 1센타보 대신 5센타보짜리 은화를 주었다. 그런데 은화는 크기가 너무 작아서 받는 순간, 내 영혼에서 의심으로 인한 불안감이 고개를 내밀었다. 하지만 나는 은화를 덥석 받아 들고, 끈기 있고 조심성 있게 필요한 만큼 오랫동안 손에 꼭 쥐고 있기로 했다. 나는 땀에 젖은 5센타보 은

• 베네수엘라의 화폐단위.

화를 가지고, 학교에 가서 수업을 들었다. 나는 알파벳 p와 b를 여러 차례 혼동한 뒤에야 a와 w를 분명히 구분할 수 있었다. 그날 오후 우울한 여선생님은 내가 수업 내용을 충실히 익혔다고 애처롭게 말했다.

그날 할 일을 다 했다는 생각에 가슴이 뿌듯한 데다 그사이 5센타보를 손에 꼭 쥐고 있던 터라 나는 기회를 틈타 커다란 방에서 몰래 빠져나와 현관을 가로질러 뛰어나갔다. 그러고는 보도와 개천을 건너 유레카! 과자 장수가 있는 곳에 도착했다. 나는 그 앞을 그냥 지나치지도, 평소처럼 뒷짐을 지지도 않은 채 간절한 눈빛으로 그녀의 광주리를 빤히 바라보았다. 하지만 그 순간에도 나는 망설였고 작은 동전에게 품은 의심으로 괴로워했다.

잠시 후, 나는 과학을 중얼거리며 읽고 있는 교실로 돌아왔다. 우러러보이게 만들고 싶은 인간의 불행한 욕망 때문에, 우리의 눈부신 행운을 이용해 가능한 한 많은 이의 머리를 숙이게 하면서 나는 평소처럼 칠판과 선생님에게 등을 돌린 채 활기차게 대화를 나누고 있는 한 무리의 아이들에게 다가갔다.

"나, 나갔다 왔다!" 나는 여전히 입안을 가득 채운 채 의기양양하게 말했다. "길 맞은편 과자 장수한테 가서 쿠키 하나를 집고 그녀에게 쪼그마한 5센타보를 주었지. 그랬더니 그녀는 내게 큼지막한 4센타보와 맛있는 쿠키 하나를 주더라고. 벌써 다 먹었지!"

짤막하게 말을 마치자 듣고 있던 아이들이 조롱, 비웃음, 야유를 쏟아냈다. 그런데 잠자코 있던 비올레타는 그 정도가 너무 심하다고 생각했는지, 나를 지켜주기 위해 가족애와 그때까지 내가 한 번도 의심하지 않았던 대범한 기질을 발휘해 아이들의 뺨을 때리고 꼬집기 시작했다. 여자 선생님, 또는 우울한 숙녀가 그만하라고 크게 호통을 치고 엄한 표정으로 노려봤지만, 아무 소용이 없었다. 곧 교과서 여러 권과 선이 삐뚤삐뚤하게 그려지고 잉크로 심하게 얼룩진 공책이 수없이 날아다니자 내가 나설 수밖에 없었다. 싸움은 너무 일방적이고 난폭했다.

그러던 중 아이들은 그날 엄마가 내 머리에 묶어준 리본을 뜯어내고 한 방 치려고 했다. 나는 결국 빈의 가구에 부딪혀 쓰러지면서 바닥에 나뒹굴었다. 그 바람에 손에 쥐고 있던 1센타보짜리 동전 네 개 중 세 개가 떨어져 올이 풀어지고 해어진 카펫 틈 사이로 사라졌다. 그사이 비올레타는 전혀 예상치 못한 잔인한 방식으로 싸움을 끝냈다. 싸움에 가담하지도, 야유를 퍼붓지도 않고 조용히 구경만 하고 있던 한 여자아이가(실로 이를 간신히 묶어 버티고 있었다) 자리를 뜨려는 찰나, 비올레타가 그 옆을 난폭하게 지나가다 그 아이와 부딪히고 말았다. 그 결과, 본의 아니게 그 아이의 이가 뿌리째 뽑히면서 피가 흘러나왔다. 끔찍한 장면이 눈앞에서 벌어졌다. 가만히 구경만 하다 졸지에 봉변을 당한 아이는 조용히 울기만 했다. 불행 중 다행으로 싸움은 그쳤지만, 비올레타는 수치스러워서 얼굴을 들 수 없었다. 그때 우울한 여선생님의 목소리가 들렸다. 피와 빠진 이를 본 선생님은 비올레타와 나를 보며 쉰 목소리로 같은 말을 네 번, 아니 다섯 번이나 반복했다.

"당나귀나 송아지 외에는 잘 다루지 못하는 걸 보면 너희 둘은 시골에서 온 것이 분명하구나."

원래 진실의 맛은 씁쓸한 법이다. 나는 말없이 쓰디쓴 진실을 삼켰다. 하지만 비올레타는 그러지 않았다. 비올레타는 늘 울적하고 쉰 목소리를 내는 선생님이야말로 촌스럽고 고집 센 송아지이고 당나귀라며 곧장 맞받아쳤다. 그러자 우리 가족 전체를 대상으로 하는 복수형의 비난과 모욕이 우리 둘에게 쏟아지기 시작했다.

4

시간이 고요히 흐르는 동안, 폭력적인 방식의 교육을 받던 와중에도 갑작스러운 깨달음을 얻으면서 모든 문명의 기반인 문화, 즉 관습에 대한 인식이 우리의 영혼에서 꽃을 피우기 시작했다.

그사이 2년이 흘렀다.

멜랑콜리의 오라에 둘러싸여 있고, 이미 세상을 떠난 아우로라의 추억이 오롯이 남아 있는 아득한 피에드라 아술 시대, 잃어버린 낙원의 황금시대는 저기, 과거의 한구석에 또렷이 자리 잡고 있었다. 그러한 과거 덕분에 나는 일고여덟 살 때 이미 충분한 경험을 쌓았다고 판단했을 뿐 아니라 하찮고 사소한 문제를 제외한 삶의 모든 진실을 깊이 알고 있다고 믿었다. 그래서 이미 지나가버린 순수한 시절을 떠올릴 때마다 해맑게 웃곤 했다. 하지만 70년이 지난 지금, 오만함에 물들어 있던, 나 자신의 경험에 대한 자부심은 많이 사라진 편이다. 그동안 예기치 못한 불행을 많이 겪은 덕분에, 또 실수를 저지를 가능성이 무한하다는 것을 깨달은 덕분에 나는 마침내 내 경험에 대한 올바른 인식을 얻게 되었다. 그 인식은 겸손하게, 그리고 장밋빛의 맑고 신선한 모습(일곱 살 때 그 모습이 자취를 감추자 나는 한숨을 지으며 탄식했다)으로 아직도 내 곁을 지키고 있다.

그리움이 짙게 배어 있고, 서글프기 그지없는 "기억나니?"라는 말이 수시로 튀어나오는 우리의 대화에서 피에드라 아술이라는 이름은 매 순간 등장했다. 거기에 보물과 같은 행복을 두고 왔다는 생각이 들 때마다 우리는 단 몇 시간 동안만이라도 그 보물을 다시 차지하고 싶은 욕망에 사로잡혔다. 그래서 우리는 틈날 때마다 엄마, 아, 가엾은 엄마의 귀에 못이 박이도록 이야기했다.

"엄마, 우리 언제 피에드라 아술로 돌아가는 거야? 우리를 데려다줘, 엄마. 잠깐이라도 좋으니까 아무 때나 마차로 데려다달라고. 안 될 것 없잖아?"

하지만 엄마는 예전의 농장으로 돌아가고 싶은 생각이 없었다. 그건 먼지를 뽀얗게 뒤집어쓴 채 멀고 힘든 여행길을 가야 하기 때문이 아니라 저 먼 곳에 고이 묻어두고 온 우리의 추억을 새로이 마주하는 것이 얼마나 위험한지를 마음속의 경고를 듣고 충분히 알고 있었기 때문이다.

우리가 끈질기게 졸라댄 결과, 마침내 농장의 새 주인에게 허락을 얻었다. 어느 날, 우리는 엄마와 함께, 그리고 점심으로 먹을 음식이 가득 든 커다란 바구니와 함께 마차를 타고 우리의 잃어버린 낙원으로 돌아가게 되었다. 가는 내내 과거로 돌아가는 듯한 느낌이 들었다. 거기에 도착하면 아우로라는 금지된 난간, 심판의 난간 위에 올라선 채 우리에게 손을 내밀 것이고, 에벌린은 우리를 한 명씩 마차에서 내려주며 잊지 않고 주의를 줄 것이다.

"카라카스에서 온 예쁜 드레스가 더러워지지 않도록 조심해. 그리고 절대로 바닥에 앉지 말고."

하지만 그렇지 않았다. 거기에는 우리에게 손을 내미는 아우로라도, 우리를 마차에서 내려주는 에벌린도 없었다. 낯익은 그늘 대신, 사방에 우리의 마음을 아프게 하는 것들만 있었다. 피에드라 아술의 새 주인은 진보를 꿈꾸고 사랑하는 부자로, 개혁을 궁리하고 실천하기 위해 지칠 줄 모르는 열정을 가지고 활동했다. 사랑하는 우리의 피에드라 아술. 딴판으로 변한 피에드라 아술은 우리를 잃어버린 채 애처롭게 개혁을 외치면서 울고 있었다. 그 외침은 저 멀리서도 들렸다. 새로온 집사는 만족스러운 표정을 지으며 우리의 기억 속에 저질러놓은 무수한 모독 행위를 자랑스럽게 보여주었다. 그것만으로는 부족했던지 자기도 모르게 불손한 미소를 지으며 엄마에게 물었다.

"너무 달라져서 금방 못 알아보시겠지요? 아! 하지만 알아보기 힘드실…… 아무튼 여기까지 오는 데 자그마치……."

그의 입에서 엄청난 액수가 튀어나왔다.

모든 것이 변해 있었다. 그것은 권리와 정의에 대한 반전의 승리였다. 가령 거실이 있던 자리는 식당으로 변했고, 식당이 있던 자리는 거실로 변했다. 그리고 예전에 문이 있던 자리는 토담이 세워졌고, 매끄러운 벽이 있던 자리는 이제(이게 가능하다면) 창문이 달린 새 문이 들어서 있었다. 우리의 쾌적한 과수원으로 이어진 땅에 자라던 나무는 죄다 베어버렸고, 그 자리에 영국식 정원이 기하학적으로 배치되어 있었다. 그리고 우리의 향긋한 정원은 깨끗이 밀어버리고 그 자리에 수많은 외래종 나무들의 작은 묘목을 심어놓았다. 자주 서로의 몸을 껴안으며 휘감곤 하던 엄마의 재스민과 장미는 어떻게 되었는가? 구아버, 커다란 아카시아, 그라비올라 나무, 그리고 과야비타 아라얀•은 어디에 있는가? 망나니들이 저주의 '머리카락'을 숨겨놓곤 하던, 벨벳 신발을 신고 노래를 부르던 대나무들은 어디로 갔는가? 아우로라처럼, 에벌린처럼, 그리고 우리처럼 그것들은 모두 어디론가 사라져버렸다!

회랑 바닥과 안마당은 모두 황량한 시멘트를 발라놓아서 비센테 이가 쪼그리고 앉아 잡초를 뽑던 판석은 온데간데없었다. 천장과 새로 깐 마룻바닥을 모두 태피스트리로 장식한 방에서 아우로라를 부르는 엄마의 힘없는 목소리는 메아리가 되어 사방에 울려 퍼졌다. 미래 도시의 이상적인 모델이던 젖소 우리 자리에는 우사가 세워져 있었다. 질서정연하게 구획된 우사 안에는 젖소 한 마리가 폐쇄적인 집에서 내뿜는 해로운 이기주의를 들이마시며 홀로 외로이 살고 있었다. 사탕수수 제분소에는 수많은 문이 나 있었는데, 문마다 '출입금지', '금연'이라는 팻말이 을씨년스럽게 붙어 있었다. 가마솥 방과 바가소를 널어놓는 마당은 예전과 반대로 뒤집혀 있었다. 마지못해 황폐해진 풍경을 구슬픈 눈빛으로 굽어보던 물레방아만이, 사탕수수를 빻던 거대한 물레방아만이 제자리를 지키고 있었다. 아, 가엾어라! 착하디착한 물레방아 할머니, 충직한 제분소 할아버지! 물레방아는 두 팔을 활짝 벌린 채 다정하면서도 겁먹은 목소리로 우리에게 말했다.

• 도금양과의 일종이다.

"그런데 아씨들이 보기에 여기는 어떤 것 같나요?"

마지막으로 엄마는 물이 콸콸 쏟아져 나오던 물구덩이로 갔다. 친구이자 물의 아버지, 그리고 우리의 목욕 가운 노릇을 하던 쿠히 나무를 찾아가 아우로라가 왜 자기를 외톨이로 남겨놓고 떠났는지 물어보고 싶었기 때문이다. 하지만 정작 그 나무가 있어야 할 곳에는 벽돌 벽이 세워져 있었다.

잠시 후 우리는 디저트 삼아, 또는 하나도 빼먹은 것 없이 잘 마무리하기 위해 이전 일꾼 중 한 명과 이야기를 나누던 중 안타까운 소식을 들었다. 비센테 이가 더 이상 농장에서 일하지 않는다는 소식이었다. 그건 십중팔구 그가 이 세상에 없다는 뜻이었다. 마지막 봉기를 승리로 이끌고 무사히 돌아온 그는 어느 날 새벽, 평소 습관대로 약초를 캐거나 혁명 동지들에게 전갈을 전해주기 위해 집을 나섰다고 한다. 어쩌면 그건 그를 함정에 빠뜨리기 위한 계략이었는지도 모른다. 확실한 것은 그날 아침 불분명한 이유로 집을 나섰다가 다시는 돌아오지 않았다는 점이다.

"길을 잃었을 리는 없어요. 절대 길을 잃을 사람이 아니니까요. 아니면 재수 없이 어떤 사건에 휘말렸거나 적이 보낸 자객에게 암살당했을지도 몰라요. 불쌍한 비센테! 그토록 많은 이를 땅에 묻어주었던 그가, 남의 관을 짜줄 만큼, 기억나세요? 손재주가 좋던 그가 관이고 뭐고 없이 산속에 쓰러져 있을 걸 생각하면……. 어쩌면 그는 절벽에서 떨어져서, 아니면 병에 걸렸거나 심한 부상을 당해 결국 콘도르 떼에게 뜯어 먹혔을지도 몰라요."

우리는 물구덩이 옆, 그러니까 쿠히 나무가 있던 곳 주변 풀밭에 앉아 우울한 분위기 속에서 말없이 점심을 먹었다. 빵, 닭고기, 삶은 계란에서도 슬픔의 맛이 느껴졌다.

엄마의 말이 옳았다. 아름다운 추억이 있다면 살면서 끊임없이 변해가는 사물이나 존재 위에 경솔하게 올려놓으려 하지 말고, 우리 마음속에 소중히 간직해야 한다. 기억은 변하지 않지만, 변하는 것은 이 세상에 존재하는 모든 것의 법칙이기 때문이다. 가장 가깝게 지내던 이들과 가장 사랑하던 이들이 죽고 오랜 세월이 흐른 끝에 다시 우리 곁으로 돌아온다면, 그리고 베어낸 나무들이 우리의 영혼 속에서 영국식 정원과 벽돌 벽, 다시 말해, 괴롭겠지만 예전과 다른 애정, 다른 취향, 다른 관심을 발견하게 된다면 어떻게 될까? 아마 그들은 잠시 우리를 바라보다가 조용히 눈물을 훔치고 다시 무덤 속에 들어가 누울 것이다.

우리도 점심 식사를 마치고(굳이 누가 말을 꺼내지 않아도) 마차로 돌아가고 싶어 했다.

잠시 후, 마차 바퀴가 움푹 파인 곳을 지나가면서 튀어 오르자 우리 몸이 이리저리 흔들렸다. 그 와중에 우리 곁을 천천히 스쳐 지나가는 나무들과 노새 무리를 보자 그동안 참았던 감정이 마침내 폭발하고 말았다.

"오, 엄마!" 그때 누군가가 엄청나게 고통스러운 비명을 지르며 말했다. "보니까 쿠히 나무도 베어버리고, 젖소 우리도 모두 없애버렸어. 그것도 모자라 불쌍한 비센테 이가 콘도르 떼에게 뜯어 먹혔을 거라는 소리까지 듣다니. 이럴 줄 알았으면 오지 말걸 그랬어!"

엄마는 마차가 두 번 튀어 오른 뒤에 깊은 한숨을 두 번 내쉬며 대답했다.

"이 고집쟁이 아가씨들아, 너희가 하도 생떼를 써서 온 거잖아. 내가 그럴 거라고 미리 말했지!"

해설

기억의 초상화

―도래할 시간을 찾아서

베네수엘라의 작가 테레사 데 라 파라가 1929년에 출간한 《마마 블랑카의 회고록》은 인간의 보편적인 주제, 즉 유년 시절에 대한 그리움을 서정적이면서도 유머러스한 필치로 그린 한 편의 서사시다. 이 작품이 출간된 당시는 베네수엘라의 농촌공동체가 붕괴되면서 자본주의 시장으로 급속히 편입되던 시대였다. 따라서 당시의 지배적인 이데올로기, 또는 문학 담론은 시대의 변화에 상응한 이접 명제인 '문명이냐 야만이냐'(즉 농촌 중심의 공동체 사회냐, 아니면 도시 중심의 자본주의 체제냐)를 중심으로 전개되고 있었다(베네수엘라 문학의 기념비적인 작품으로 평가받는 로물로 가예고스의 《도냐 바르바라》(1929)는 야만을 극복하기 위한 방편으로 문명을 제시하고 있다). 테레사 데 라 파라는 로물로 가예고스와 달리 양극단 어디에도 치우치지 않은 채 삶의 중심에 서서 차분한 언어로 어린 시절을 그려낸다. 그래서인지 작품을 펼쳐 드는 순간, "잃어버린 낙원의 황금시대"가 눈앞에 무지개처럼 눈부시게 펼쳐지는 듯하다. 그런데 이 흔하디흔한 주제가 왜 당시의 독자들을 그토록 매료시켰던 것일까? 그건 이 작품이 과거에 대한 단순한 향수에 머무르지 않고, '이야기'(할머니가 들려주는 '옛날이야기')를 통해 무한하게 전개되는 삶의 지도를 부단히 그려내고 있기 때문이다. 따라서 《마마 블랑카의 회상록》은 인물이나 사건이 아니라 '이야기'가 주인공의 역할을 하는 소설이다.

《마마 블랑카의 회고록》의 세계를 제대로 이해하려면 우선 그 얼개부터 살펴보아야 한다. '머리말'에서는 포괄적 화자인 '나'(작가의 올터 에고)가 등장해 이 글이 나오게 된 배경을 설명한다. '나'는 "혈연으로 맺어진 관계는 아니지만" "불가사의한 정신적 친밀감을 통해 마마 블랑카와 밀접하게 연결"된 어린 여자아이다. 마마 블랑카는 세상을 떠나기 직전, 그동안 자기가 틈틈이 써둔 "기억의 초상화" 원고를 '나'에게 넘겨준다. 그러니까 《마마 블랑카의 회고록》이라는 책은 '나'와 마마 블랑카의 영혼이 서로 소통하면서 오랫동안 지속된 "공감과 우정, 그리고 사랑의 이야기"를 통해 세상의 빛을 보게 된 것이다. 우연한 계기로 마마 블랑카를 만나게 된 '나'는 수시로 그녀의 집을 드나들며 할머니가 들려주는 이야기의 세계 속으로 빠져든다. 할머니는 숱한 우여곡절을 겪었지만 이야기를 통해 경험을 승화시켜 '선량함'과 '즐거움'이 넘치는 세계를 부단히 빚어낸다. "이야기를 하면서 무언가를 자아내는 데 뛰어난 재주"가 있던 마마 블랑카. 할머니의 존재는 '나'에게 삶의 무한한 지평을 열어주는 이야기의 '박물관'이나 다름없다. 박물관을 따라 "감상적 순례"를 떠나는 동안 '나'의 앞으로 "평화로운 농촌 풍경"과 "음악과 시가 울려 퍼지는 무한한 세계"가 어른거린다. 마마 블랑카와 '나'는 그 풍경과 음악, 시를 통해 "지상의 세계에서 벗어나 **다른 존재로 탈바꿈하는**"(이하 강조는 모두 인용자) 신비로운 경험을 한다. 즉 마마 블랑카의 이야기를 통해 '나'는 "삶이 우리에게 주는 것이 아니라 **약속하는 것** 때문에 멋지고 아름답다는 사실을" 깨닫는다. 결국《마마 블랑카의 회고록》은 할머니와 '나'의 교감과 우정을 통해 과거가 아니라 미래로, 다시 말해 가능한 삶의 형식을 향해 나아가는 순례의 기록이다(그런 점에서 이 작품은 라틴아메리카식의 교양소설이다).

'나'가 편집해서 출간한《마마 블랑카의 회고록》은 블랑카 니에베스(마마 블랑카의 본래 이름)가 화자로 등장해 이야기를 이끌고 나간다. 회고록은 그녀가 어린 시절을 보낸 '피에드라 아술' 농장을 배경으로 주변 인물과 자연환경이 박물관식으로 묘사되는 동시에 문명과 야만이라는 이분법적 대립을 넘어 새로운 삶과 세계를 넘나든다. 주인공 마마 블랑카와 마찬가지로 피에드라 아술에 사는 이들의 삶은 모두 이야기로 촘촘하게 짜여 있다(발터 베냐민의 말처럼 "엷고 투명한 층의 짜임"•

으로 이루어져 있을 뿐만 아니라 '인물이 곧 이야기다'). 마마 블랑카의 엄마인 카르멘 마리아는 "시골에서 고립된 삶을 살았던 탓에" 평생을 "책 속에 파묻혀" 지냈고, "모든 것을 기억에 의존"할 수밖에 없었다. 낭만주의적 시인의 기질을 타고난 엄마는 이야기를 통해 "현실을 **굴복**"시키고 넘어서려고 한다. 매일 아침 소중한 관습처럼 반복되는 엄마의 '이야기보따리'는 "하나의 영혼이 아니라 열 명, 아니 열두 명의 영혼을 내 안에 품고 그토록 아름다운 곳으로" 데려갔다.

> 엄마의 이야기 솜씨 덕분에 허구는 현실과 조화롭게 어우러지고, 시와 사실주의라는 보물을 서로 나누며 행복한 균형을 이룰 수 있었다. 그래서 나의 상상력은 몸을 기댈 의자로 가득 찬 환상적인 길을 따라 달리면서 진실을 깨달을 수 있었다.

물론 엄마의 이야기를 하나로 묶고 새로운 이야기로 변형시키는 것은 '나'(블랑카 니에베스)의 몫이지만, 엄마와 더불어 이야기를 통해 블랑카 니에베스의 삶을 아름답게 직조해주는 또 하나의 인물은 '사촌 후안초'다. 넓은 학식과 뛰어난 말재주를 자랑하는 사촌 후안초는 이 세상의 악을 뿌리 뽑겠다는 일념으로 "매일같이 총총걸음으로 유토피아를 향해 돌

● 발터 베냐민, 《발터 벤야민의 문예이론》, 반성완 옮김, 민음사, 1983, 177쪽.

진"하는 이상주의적 인물이다. 사촌 후안초에게 끊임없이 불운을 안겨다주는 유토피아는 다름 아닌 그가 화려한 언변으로 빚어내는 이야기와 같다. "그가 겪은 재난이 세세한 부분에 있어서는 무한히 다양하다 할지라도 근본적으로, 혹은 본질적인 연결에 있어서는 거의 다르지 않았다. 잘 들어보면, 언제나 **같은 이야기**였다." 엄마와 마찬가지로, 사촌 후안초 또한 같은 이야기를 끊임없이 반복(변주!)함으로써 무한하게 증식되는 이야기보따리를 풀어내는 셈이다. 다시 말해 엄마와 사촌 후안초는 평생을 단 한 가지 이야기로만 살아가면서 그 이야기("상상적인 재화")를 모두에게 아낌없이 나눠준다. 여기서 중요한 것은 그들의 이야기가 재미에 그치지 않고 현실에 틈입해 사람들의 삶을 즐겁게 변화시킨다는 점이다. 현실이 되기를 꿈꾸는 이야기. 가령 엄마의 옛날이야기와 마찬가지로, 사촌 후안초가 들려주는 《돈키호테》는 어린 블랑카 니에베스의 마음속에서 현실로 살아난다.

> 실제로 그로부터 몇 년 후, 그보다 진지하고 박학한 사람들이 《돈키호테》를 읽고 지루해하는 반면 아직 교양도, 최소한의 역사의식도 갖추지 못하고 있던 나는 사촌 후안초 덕분에 선한 의도가 담긴 방랑 기사의 조언을 귀담아들을 줄 알았고, 산초의 소탈한 대화를 듣고 즐거워했으며, 산초가 같은 속담을 두 번 말하면 소리를 질러 이를 따졌고, 그의 당나

> 귀와 같이 놀았다. 그리고 나와 산초는 삐쩍 마른 몸매를 뽐내는 로시난테를 지나치며 서로를 마주 보고 눈을 찡긋했다. 그러다 나는 마침내 그들 모두를 사랑하게 되었고, 성녀들처럼 **그들과 하나가 되어** 걷고 또 걸으면서 온갖 고난과 시련을 당하는 그들을 사랑하는 마음으로 따라갔으며, 그들이 몽둥이질을 당하고 담요에 싸여 헹가래질을 당하는 즐거우면서도 가슴 찡한 순교 장면을 보며 슬퍼서 울다가 웃기도 했다.

피에드라 아술 농장에서 잡역부로 일하는 '비센테 이' 또한 탁월한 이야기꾼이자 노래꾼이다. 블랑카 니에베스를 포함한 여섯 자매의 "철학 및 자연과학 선생님, 마라카스 연주자, 도랑 삽질꾼, 사탕수수 제분소에 사탕수수를 날라 쌓아놓고 판석에서 잡초를 뽑는 인부인 동시에 피에드라 아술의 의사, 약제사, 장의사"인 비센테 이는 소박한 자연미를 갖춘 어조와 리듬(반면 엄마의 언어는 세련미를 지니고 있었다)으로 노래하듯 이야기한다. 이처럼 음악성을 겸비한 그의 이야기는 죽어 있는 말을 깨우고 자연을 풍요롭게 만들어준다. 그리고 여섯 자매가 가장 좋아하는 사탕수수 제분소는 그야말로 자유와 즐거움의 공간으로 그들에게 "클럽이자 극장인 동시에 도회지"나 마찬가지다. 모두의 감각을 즐겁게 해주는 제분소는 화자에게 즐거움과 활력을 주는 탁월한 이야기꾼이다.

> (……) 널찍한 제분소 안에서 자유롭고 즐거운 삶이 보글보글 끓고 있었다. 거기서는 모든 요소와 가치가 한데 어울렸다. 물과 불, 그리고 태양, 이 모든 것은 장엄한 모습으로 느릿느릿 돌아가는 거대한 물레방아의 박자에 맞춰 벌거벗은 채 사이좋게 걸어 다녔다. 전기 모터로 돌아가는 공장의 불쾌하면서도 이해할 수 없는, 그리고 어둡고 우울한 권태라고는 눈 씻고 찾아봐도 없었다. 그런 건 전혀 없었다. 사탕수수 제분소에는 불가사의한 일도, 숨을 곳도 없었으니까. 어떤 일이든 모두가 보는 앞에서 일어났다. 모든 이는 이런저런 일이 왜 일어나는지 훤히 알았고, 어떤 요소나 동물, 또는 사람들은 누구든 가리지 않고 **자유롭게** 드나들 수 있었다.

산업이 아니라 자연의 영역에 속하기 때문에 아무것도 갇혀 있지 않고 열려 있다. 세상 모든 것이 들락날락하는 제분소는 갖가지 소리와 향기(즉 자연의 이야기)를 통해 블랑카 니에베스에게 소박하고 즐거운 행복을 줄 뿐만 아니라 삶의 진실을 알려준다.

젖소 우리의 "주인이자 제사장"인 다니엘은 엄마와 마찬가지로 탁월한 낭만주의 시인이자 소젖을 짤 때 "철학적인 **조언**•으로 가득 찬 민요"를 불러주는 노래꾼이다. 다니엘은 "우선 젖소들이 우유를 많이 생산하도록, 그리고 그들이 자기 없이는 살 수 없을 만큼 행복하고 만족하도록(지배자의 부성애적

이타주의) 최대한 잘 보살피"기 위해 노래를 통해 소들을 지혜롭게 다스리는 "마키아벨리적인 정치"가다. 블랑카 니에베스에 따르면 권력에 의한 강제나 억압이 아닌 자연의 리듬에 따라 움직이며 살아가는 젖소 우리는 완벽한 삶의 질서일 뿐 아니라 **"이상적인 미래 도시의 질서"**를 보여준다.

하지만 블랑카 니에베스의 가족은 이러한 '황금시대'를 뒤로하고 수도인 카라카스로 이주한다. 도시로 가면서 그들의 삶은 급격히 자연의 리듬을 잃고 '익명성'과 '획일성'에 갇혀 시들어가기 시작한다. 이제 그들은 삶의 지혜가 담긴 이야기나 노래를 모두 잃어버린 채 기계처럼 반복되는 일상의 늪 속으로 가라앉고 만다. 설상가상으로 맏언니인 아우로라가 카라카스로 가자마자 병에 걸려 세상을 떠나자 나머지 식구들은 낯설고 적대적인 도시 환경에 둘러싸인 채 피에드라 아술을 그리워하며 살아간다. 다섯 자매들이 떼를 써서 엄마와 함께 피에드라 아술을 찾아가지만, 눈앞에 펼쳐진 것은 과거의 모습이라고는 거의 남아 있지 않은 생소한 풍경이다. "권리와 정의에 대한 반전의 승리"는 서글픈 결말이지만, 놀랍게도 작가는 이 장면을 유머러스하게 비틀어버린다.

● 엄마, 사촌 후안초, 비센테 이, 다니엘의 이야기에 '조언'이 담겨 있다는 표현이 자주 등장한다. 여기서 조언이란 단순한 충고라기보다 과거 삶의 경험에서 비롯되어 미래 공동체적 삶의 원리를 밝혀주는 지혜, 즉 '도래할 세계의 윤리학'을 가리킨다.

"오, 엄마!" 그때 누군가가 엄청나게 고통스러운 비명을 지르며 말했다. "보니까 쿠히 나무도 베어버리고, 젖소 우리도 모두 없애버렸어. 그것도 모자라 불쌍한 비센테 이가 콘도르떼에게 뜯어 먹혔을 거라는 소리까지 듣다니. 이럴 줄 알았으면 오지 말걸 그랬어!"

엄마는 마차가 두 번 튀어 오른 뒤에 깊은 한숨을 두 번 내쉬며 대답했다.

"이 고집쟁이 아가씨들아, 너희가 하도 생떼를 써서 온 거잖아. 내가 그럴 거라고 미리 말했지!"

이처럼 유머러스하고 아이러니한 결말을 통해 이 작품은 통속성으로 빠지지 않을 뿐만 아니라 절망적이고 비극적인 전망을 넘어 긍정적인 낙관의 세계로 들어선다. 다시 말해 이 결말을 통해 기존의 흐름이 전복되면서 작품 전체가 새로운 의미로 재구성되는 효과를 얻는다. 앞서 말한 바와 같이 이러한 효과는 할머니의 옛날이야기, 즉 '이야기의 힘'에서 비롯된다. 엄마, 사촌 후안초, 비센테 이, 다니엘, 제분소, 젖소 우리, 블랑카 니에베스로 이어지는 이야기의 강은 삶을 과거에 가두어두지도, 그렇다고 미래로 무한정 미루지도 않는다. 그들의 이야기는 "아직 이루어지지 않은 수많은 **삶의 약속**"(이는 기억의 불변성과 변화라는 모든 존재의 법칙 사이의 모순에서 비롯되는 일종의 잠재태다), 즉 사물의 질서와 의미가 모두 와해되는 동시에 새로운 세계가 어렴풋이 모습을 드러내는 '영원한 현재'를 가리킨다(따라서 할머니의 (옛날)이야기, 그리고 거기 등장하는 인물들은 언제나 영원한 현재를 향해 움직이고, 그 안에서 영원히 살아간다).• 장차 어떻게 될지 불안해할 일도, 또 과거의 고통으로 가슴 아파 할 일도 없는 현재의 매 순간은 오로지 활기와 힘, 그리고 기쁨과 환희만이 넘치며 영속된다. 아무것도 가로막는 것이 없기에 모든 욕망과 열정이 한꺼번에 현재 속으로 분출하면서 어우러지는 찬란한 순간. 언제나 황홀한 분위기로 들끓는 감각의 난장. 이러한 현재 속에서 살아가는 이들의 눈에는 모든 것이 다르게 보인다. 영원한 현재라는 절대적 순간은 또 다른 세계로 틈입하는 통로, 마마 블랑카의 표현을 빌리면 "내면의 세계로 들어가는 황금의 문"이다. 이야기라는 영원한 현재를 통해 인물뿐 아니라 독자 또한 현실을 넘어 "다른 존재로 탈바꿈"하게 된다.

《마마 블랑카의 회고록》의 인물들처럼 평생을 단 하나의 이야기만으로 살아간다는 것은 결국 하나의 이야기에 내재하는 모든 가능성, 즉 영원한 현재 속에서 가능한 모든 방향으로 갈라지고 분기될 수 있는 이야기들의 수많은 변주 형식

• 마마 블랑카가 이 회고록을 쓴 것도 그런 이유 때문이다. "이미 돌아가신 분들이 나와 함께 다시 죽는다고 생각하니 마음이 아파 견딜 수 없었어. 그래서 그 분들을 글 속에 잘 모셔놓아야겠다는 생각이 들었단다. 결국 그 원고는 내 기억의 초상화인 셈이지."

을 모두 실험하고 경험한다는 뜻이다. 다시 말해 이야기를 통해 우리는 미래와 과거를 향해 무한하게 분열하고 증식해가는 삶의 형식들을 경험하게 된다. 모든 가능한 것이 그물처럼 펼쳐지는 영원한 현재 속에서 독자들은 수많은 사람의 목소리와 기억, 그리고 이야기들을 만나게 되고, 마침내 잃어버린 '경험의 논리'를 복원하게 된다("그동안 예기치 못한 불행을 많이 겪은 덕분에, 또 실수를 저지를 가능성이 무한하다는 것을 깨달은 덕분에 나는 마침내 내 **경험에 대한 올바른 인식**을 얻게 되었다"는 마마 블랑카의 진술도 그런 의미가 아닐까?). 그 목소리와 기억은 유토피아의 비밀 문자처럼 도래할 것을 우리에게 알려주는 신탁이나 마찬가지다. 도래할 세계, 즉 영원한 현재 속에서 무한한 삶의 형식을 경험하게 되는 세계를 통해 모든 존재는 자신을 옭아매고 있던 굴레로부터, 그리고 자신의 이름으로부터 벗어나 마침내 즐거움이 넘치는 절대적인 자유의 세계로 진입하게 된다.

> 마마 블랑카라는 이름은 마침내 **모든 연령과 성별, 그리고 모든 조건의 사람**을 가리키게 되었다.

이제 등장인물들뿐 아니라 이 소설을 읽는 독자들도 모두 '마마 블랑카'로, 따라서 '이야기'로 변함과 동시에 현실을 넘어 도래할 세계의 자유로운 (공동체의) 삶을 일시적이나마 만끽하면서 영원히 존재하게 된다. 우리는 모두 마마 블랑카다! 우리는 모두 대지, 아니 우주의 근원이자 할머니의 품에서 영원히 샘솟는 이야기다!

엄지영

휴머니스트 세계문학 024

마마 블랑카의 회고록

1판 1쇄 발행일 2023년 7월 17일

지은이 테레사 데 라 파라

옮긴이 엄지영

발행인 김학원

발행처 (주)휴머니스트출판그룹

출판등록 제313-2007-000007호(2007년 1월 5일)

주소 (03991) 서울시 마포구 동교로23길 76(연남동)

전화 02-335-4422 **팩스** 02-334-3427

저자·독자 서비스 humanist@humanistbooks.com

홈페이지 www.humanistbooks.com

유튜브 youtube.com/user/humanistma **포스트** post.naver.com/hmcv

페이스북 facebook.com/hmcv2001 **인스타그램** @booook.h

편집주간 황서현 **편집** 이성근 이은서 김대일 김선경 **디자인** 김태형

조판 아틀리에 **용지** 화인페이퍼 **인쇄** 청아디앤피 **제본** 민성사

ISBN 979-11-7087-019-7 04870

979-11-6080-785-1 (세트)

휴머니스트 세계문학

시즌 1. **여성과 공포**

001 프랑켄슈타인 메리 셸리 | 박아람 옮김
002 회색 여인 엘리자베스 개스켈 | 이리나 옮김
003 석류의 씨 이디스 워튼 | 송은주 옮김
004 사악한 목소리 버넌 리 | 김선형 옮김
005 초대받지 못한 자 도러시 매카들 | 이나경 옮김

시즌 2. **이국의 사랑**

006 베네치아에서의 죽음·토니오 크뢰거 토마스 만 | 김인순 옮김
007 그녀와 그 조르주 상드 | 조재룡 옮김
008 녹색의 장원 윌리엄 허드슨 | 김선형 옮김
009 폴과 비르지니 베르나르댕 드 생피에르 | 김현준 옮김
010 도즈워스 싱클레어 루이스 | 이나경 옮김

시즌 3. **질투와 복수**

011 폭풍의 언덕 에밀리 브론테 | 황유원 옮김
012 동 카즈무후 마샤두 지 아시스 | 임소라 옮김
013 미친 장난감 로베르토 아를트 | 엄지영 옮김
014 너희들 무덤에 침을 뱉으마 보리스 비앙 | 이재형 옮김
015 밸런트레이 귀공자 로버트 루이스 스티븐슨 | 이미애 옮김

시즌 4. **결정적 한순간**

016 노인과 바다 어니스트 헤밍웨이 | 황유원 옮김
017 데미안 헤르만 헤세 | 이노은 옮김
018 여행자와 달빛 세르브 언털 | 김보국 옮김
019 악의 길 그라치아 델레다 | 이현경 옮김
020 위대한 앰버슨가 부스 타킹턴 | 최민우 옮김